Über dieses Buch

Ein defekter Fahrstuhl wird einem jungen Mädchen zum Verhängnis. Die Polizei hat bald einen Schuldigen gefunden, es ist jedoch der falsche. Das Ermittlerteam um Mike Callaghan und seine Freundin wird hinzugezogen, um die wahren Verbrecher zu entlarven. Der Fall spitzt sich zu, seine hübsche Freundin wird angeschossen und Mike muss um ihr Leben bangen.

Sie haben es mit einem harten Gegner zu tun, es sind Veteranen des zweiten Weltkrieges, skrupellose und erfahrene Kämpfer.

Ich bedanke mich bei meiner Frau, meinem größten Fan und gleichzeitig meiner größten Kritikerin, für ihre unermüdliche Arbeit am Manuskript und die schöpferischen Diskussionen.

Über den Autor:

Peter Eckmann, geboren 1947, lebt im Niederelbe-Dreieck in der Nähe von Cuxhaven

Mit dem Wilden Westen fing es an…

Da der Autor zunehmend Spaß am Entwickeln von Geschichten bekommen hat, warum nicht einmal einen Thriller?

Der Privatdetektiv Mike Callaghan entstand, ein Enkel des Gunfighters aus den Wildwest Romanen. Er ermittelt im New York Mitte des vorigen Jahrhunderts. Unterstützung bei seiner Arbeit erhält er von ein paar Freunden und einer hübschen Frau.

Allan Greyfox

Mit dem Fahrstuhl kam der Tod

© 2017 Peter Eckmann
Herstellung und Verlag:
BoD – Books on Demand, Norderstedt.
ISBN: 978-3-7431-8250-9

Version: 5

Mit dem Fahrstuhl kam der Tod

Die Personen	6
Der Tod kommt unverhofft	9
Der Postzusteller	18
Omaha Beach	28
Der Spezialist	42
Das Treffen der Veteranen	75
Die Redaktion	80
Der verschwundene Geldschrank	101
Mike Callaghan greift ein	126
Das Attentat	176
Im Krankenhaus	190
Goddon's Garage	224
Der Zweite Weltkrieg in Manhattan	254
Hochzeit auf Long Island	268
Nachwort	278

Die Personen

In der Reihenfolge ihres Erscheinens…

Lana Miller	ein Fotomodel in der Zeitschrift Fortune
Charly Walters	ihr Freund, ein Lastwagenfahrer
William Goddon	Veteran der Invasion in der Normandie 1944, jetzt Inhaber einer kleinen Autowerkstatt
Arthur Ecclewood	Veteran der Invasion in der Normandie 1944, jetzt Kleinkrimineller und Witwentröster
Candice Evans	Candy, sie ist die Schwester von Annie Millburgh, 25 Jahre alt. Sie ist unvorstellbar vermögend und genauso gut aussehend, sie liebt ihren Mike und arbeitet als Partnerin in ihrer gemeinsamen Detektei. Sie fährt einen roten Alfa Romeo Supersport, Baujahr 1939, aus dem Nachlass ihres Vaters. Sie hat ebenfalls Jura studiert, um später einmal einen Posten in der Firma ihres Vaters übernehmen zu können. Aber dann kam Mike Callaghan…
Michael Callaghan	Mike, 35 Jahre alt, groß und gut aussehend, er hat Jura studiert und drei Jahre als Angestellter in einer Detektei gearbeitet, danach war er acht Jahre beim Militär in der Abwehr, davon drei Jahre während des Krieges gegen Deutschland. 1947 hat er

	sich mit einer kleinen Detektei selbstständig gemacht
Janet Wilson	Janet Wilson, die Sekretärin der Detektei
Annie Millburgh	Mitte dreißig, geborene Evans, die ältere Schwester von Candice Evans. Verheiratet mit Ernest Millburgh. Sie ist Mitinhaberin und im Aufsichtsrat der Lackawanna Steel und leitet so die Geschicke der Firma ihres verstorbenen Vaters
Sarah Escott	Inhaberin und Chefredakteurin der Modezeitung »Fortune« Sie ist reich und stammt aus betuchten Verhältnissen.
Henry Byrnes	Postbote im Verlagshaus der »Fortune«, Veteran der Invasion in der Normandie 1944, er hat seinen linken Arm dort verloren
Gordon Batcher	Ein früherer Mitarbeiter des FBI und Kriegskamerad von Mike Callaghan
Willy Murdoch	Mitte dreißig, mit unübersehbarer roter Haartolle. Ein weiterer, sehr guter Freund von Mike, er ist ein lustiger Kerl und erheitert seine Freunde immer wieder mit seinen Anekdoten. Er fährt Taxi in Manhattan
Eduard Costein	Eddie, Anfang vierzig, einer von Mikes beiden besten Freunden. Er hat ein paar Jahre im Gefängnis verbracht und ist jetzt durch die Ehe mit seiner Frau Marita geläutert, mit Kontakten zu Manhattans Unterwelt, Eigentümer und Barkeeper des 'Grey Dog', einer kleinen Kneipe in

	Chelsea
Ernest Millburgh	Ernie, der Mann von Annie Millburgh, erfolgreicher Manager in der Firma seines Schwiegervaters, des vor vier Jahren verstorbenen Horace Evans
Joseph Ripley	Detective im 19. Revier, er erweist sich als Pfundskerl und ist eine große Hilfe für Mike

Alle anderen Figuren spielen in für die Handlung erforderlichen Nebenrollen

Der Tod kommt unverhofft

Es ist 6:00 Uhr in der Früh, Lana Miller ist heute ganz besonders früh aufgestanden. Brrr! Sie schüttelt sich in ihrem dünnen Kleid. Hätte sie sich doch bloß eine Jacke übergezogen!
Heute sollen Außenaufnahmen auf Coney Island angefertigt werden. Da der Strand in den späteren Stunden des Tages wegen des angekündigten guten Wetters wieder völlig überfüllt sein wird, sollen die Aufnahmen so früh wie möglich abgeschlossen werden. Anschließend werden sie wieder zurück in die Redaktionsräume fahren, um in den beiden Ateliers die Arbeit fortzusetzen. In den letzten Tagen ist dort Sand verteilt worden und ein großes Bild vom Strand in Coney Island schmückt die Wand noch für eine Weile. Später sollen hier Bilder entstehen, die etwas Flair von Meer und Urlaub vermitteln. Um Aufnahmen vor Ort kommt man nicht herum, das bedeutet zwar viel Arbeit, die schöne Stimmung am Meer kann man im Studio nicht erzielen.
Die Sonne ist aufgegangen und vertreibt die Nebel vom East River. Nur wenige Autos sind in den frühen Morgenstunden unterwegs. Unter anderem sind drei Personenwagen und ein kleiner Lastwagen dabei, die die Mitarbeiter des Fotostudios, drei Models, eine Kosmetikerin und zwei Fotografen befördern. Zwei Helfer fahren in einem kleinen Truck hinterher, der mit allerlei Gerätschaften beladen ist. Stative, die Kameras und mehrere Kisten mit Strandmode, sind nur ein Teil der umfangreichen Ausrüstung.
Eines der drei Models ist Lana Miller. Sie ist die jüngste der drei jungen Frauen, sie wird das Ende des heutigen Tages nicht mehr erleben…
Jetzt sieht sie dem heutigen Tag mit Freude und Spannung entgegen. Wegen des frühen Beginns geht es für alle am

Nachmittag wieder zurück. Sie freut sich schon auf die Zeit danach, denn diese Woche hat ihr Freund Charly Walters an den Nachmittagen frei, er muss für einige Tage Nachttransporte durchführen, sodass sie bis zum Abend Zeit füreinander haben.

Jetzt sollen sie und ihre beiden Kolleginnen Bademoden für den kommenden Sommer vorführen, die beiden Fotografen werden die drei Grazien fachkundig auf vielen Aufnahmen festhalten.

Es sind Badeanzüge, deren perfekter Sitz man bereits in den letzten Tagen geprüft hatte. Eine Schneiderin führte noch kleinere Korrekturen durch. Auf den späteren Bildern sollen sie perfekt sitzen, jede Falte verschlechtert den guten Eindruck, den die Fotografie bei den Lesern hervorrufen soll.

Das Wetter ist perfekt, es weht fast kein Wind. Die Sonne scheint diffus durch den morgendlichen Dunst und beginnt ihn allmählich aufzulösen.

Die Helfer bauen eine Umkleidekabine auf, in der sich die Mädchen beim Umziehen vor den neugierigen Blicken ihrer Begleiter und etwa vorbeikommenden Spaziergängern verbergen können.

Die nächsten Stunden bedeuten viel Arbeit für die Mannschaft. Die Mädchen müssen sich immer wieder drehen und ihre Position verändern. Die Helfer halten Reflexschirme und müssen auch die Spuren im Sand glattstreichen. Die großen Kameras auf den Stativen werden ab und zu auf andere Aufnahmepositionen gestellt.

Der weiße Strand von Coney Island ist fast unberührt. Einige wenige neugierige Zuschauer kommen und beobachten interessiert die Arbeit des Teams. Mit zunehmender Stunde müssen die immer zahlreicher werdenden Zuschauer gebeten werden, sich einen anderen Schauplatz zu suchen.

Aber dann ist auch das geschafft. Jesse Chandler, einer der beiden Fotografen und gleichzeitig der Aufnahmeleiter,

klatscht in die Hände. „So, meine Lieben. Das hat bisher sehr gut geklappt. Ich denke, dass wir genügend Material auf den Filmen haben. Unsere Zuschauer werden immer zahlreicher, so dass wir nicht mehr ungestört arbeiten können. Wir packen jetzt ein und fahren in die Redaktion zurück. Auf dem Weg dorthin werden wir noch in einen Imbiss einkehren, um einen kleinen Lunch zu uns zu nehmen." Er blickt belustigt zu den drei Mädchen, die sich etwas durchgefroren unter einer Decke wärmen. „Unsere drei Schönen können sich mit einem Saft begnügen, damit sie auch später noch in ihre Kleider passen."
„Blödmann! Das könnte dir so passen, wir wollen auch etwas essen!", erwidert eine Kollegin von Lana Miller. Es stimmt, sie fühlt ebenfalls einen bohrenden Hunger.
Auf dem Rückweg finden sie einen Imbiss direkt an der Straße. Es ist zwar laut, aber es hält sie nicht lange auf.
Jesse Chandler sieht auf seine Uhr. „Es ist jetzt 12:00 Uhr. Wir werden noch drei Stunden drinnen arbeiten, dann können wir für heute Schluss machen. Was haltet ihr davon?"
„Ja!", Lana Miller freut sich schon auf das Treffen mit ihrem Freund. Er wollte sie an der Redaktion abholen, ob er schon so früh kommen wird?

Charly Walters hat sich heute fein gemacht. Er trägt seinen einzigen Anzug, für den er sich eine neue Krawatte gekauft hat. Zusammen mit dem schwarzen, breitkrempigen Hut, sieht er sehr ansehnlich aus. Er freut sich bereits auf das Treffen mit seiner schönen Freundin und begibt sich schon früh auf den Weg zu ihrer Arbeitsstätte.
Kurz nach 2:00 am Nachmittag kommt er an der Ecke der 57. Straße mit der Park Avenue an. Die Sonne scheint schon warm, er stellt sich in den Schatten und steckt sich eine Zigarette an. Was soll er machen, bis Lana fertig ist? Vielleicht kann er ihr bei der Arbeit zusehen? Er glaubt nicht, dass das möglich sein wird, aber einen Versuch ist es

wert. Er raucht seine Zigarette zu Ende und betritt das Erdgeschoß der Redaktion. Gleich hinter dem Eingang hat ein Pförtner sein Büro. Der schwarze Mitarbeiter sitzt hinter einer Glasscheibe und sieht ihn mit gleichmütigem Gesicht an. Charly Walters stellt sich vor und bringt sein Anliegen an. „Ich habe eine Freundin, Lana Miller, sie arbeitet hier. Ist es möglich, dass ich drinnen auf sie warten kann?"
Der Schwarze blättert in einem kleinen Büchlein und greift zum Telefon. Einen Moment später legt er auf und sieht zu Charly hoch, der gespannt die Antwort erwartet.
„Junger Mann, ich höre gerade, dass die Aufnahmen im Atelier bald beendet sein werden. Ihre Freundin wird dann hierher kommen, nehmen Sie bitte bis dahin Platz."
Charly Walters setzt sich in den kleinen Warteraum. Zusehen scheint nicht erwünscht zu sein, aber er freut sich, dass er Lana bald in den Arm nehmen kann. Auf dem Tisch liegen einige Exemplare der Zeitschrift »Fortune« aus. Um die Wartezeit zu überbrücken, greift er sich eines der Magazine und blättert darin. Er rümpft unwillkürlich die Nase. Das ist ja nur für Frauen! Kochrezepte, Tipps für Partys, neue Frisuren und die allerneueste Mode! Dazwischen immer wieder Anzeigen für Kleidung und Konserven. »Hunt's Tomatoe Sauce« sieht er, auch »Uncle Ben's Rice« ist zu finden. Den letzteren kennt er sogar, den hat er schon ein paar Mal in seiner kleinen Küche zubereitet. Flüchtig blättert er weiter. Ab und zu inseriert eine Automarke, ganzseitige Anzeigen von Buick und Ford ziehen seine Aufmerksamkeit an. Er liest sich die wohlklingenden Werbetexte durch. Ja, ein eigenes Auto, das wäre was. Aber auf absehbare Zeit wird er sich das nicht leisten können. Vielleicht in ein paar Jahren ein gebrauchter Wagen?
Sein Blick fällt auf das Bild eines Mädchens mit schwarzen Haaren. Es ist ein Beispiel für die Hutmode dieses Frühjahres. Sein Herz klopft und er fängt unwillkürlich zu lächeln an. Es ist Lana, unter hunderten hätte er sie erkannt.

Wie schön sie ist! Ihr Makeup ist perfekt, das kann er sogar als Laie erkennen, auf den Hut achtet er nicht weiter. Rasch blättert er weiter, aber er kann kein weiteres Bild von seiner Freundin mehr finden. Er greift zu einer anderen Ausgabe, da öffnet sich die Tür und Lana kommt herein.

„Charly!", ruft sie. Er lässt die Zeitschrift fallen und nimmt sie in die Arme. „Wie schön, dass du schon fertig bist!", er sieht sie mit strahlenden Augen an.

„Was machen wir mit dem schönen Nachmittag?", fragt sie ihn. „Hast du eine Idee?"

Charly nickt. Auf diesen Nachmittag freut er sich, seitdem er mit Lana dieses Treffen geplant hat. „Wir könnten in den Central Park gehen und uns einen schönen Tag machen! Ich dachte an ein Picknick!"

Lana Miller strahlt, das gefällt ihr. Der Central Park ist nicht weit von ihrer Wohnung entfernt, dann hat sie nur einen kurzen Fußweg zurück.

Sie fahren mit dem Bus zu ihrer Wohnung in der Fifth Avenue. Der Central Park liegt direkt gegenüber, das ist sehr bequem. Lana Miller und Charly Walters fahren mit dem Fahrstuhl in ihre Wohnung im neunten Stock. Lana will noch ein paar belegte Brote schmieren, die sie für ihr Picknick mitnehmen können. Zum Trinken brüht sie Kaffee auf, den sie in eine Thermoskanne füllt. Am Schluss kommt alles in einen Tragekorb. Sie holt noch eine Decke aus dem Schlafzimmer, dann ist sie fertig. „Trage du den Korb, ich nehme die Decke!"

Er folgt ihr zum Fahrstuhl, dann beginnt ihr Picknick-Nachmittag. Es ist etwa 4:00, als sie den Central Park erreichen. Direkt neben dem Zoo befindet sich einer der vielen Zugänge. Vom Zoo her ist gelegentlich das Brüllen der Seelöwen zu hören.

Das junge Paar ist glücklich, sie halten sich an der Hand und gehen einen der Wege an der »Sheep Meadow«, der Schafwiese, entlang. Bald finden sie ein Plätzchen auf dem

Rasen, das ihnen gut gefällt. Sie sind nicht die Einzigen, die es sich hier in der Sonne gut gehen lassen. Viele andere New Yorker genießen den schönen Tag auf den großen Rasenflächen des Central Parks. Der Rasen ist ungepflegt, an vielen Stellen ist das Gras sehr dünn und felsige Buckel unterbrechen das Grün. Im Hintergrund sind die hohen Häuser der Fifth Avenue zu sehen, Verkehrslärm ist zu hören, sodass es nie wirklich still ist.
Die beiden Liebenden stören sich nicht daran, sie haben nur Augen für sich.

Das mitgebrachte Brot ist schnell aufgegessen, auch die Thermoskanne mit dem Kaffee ist bald leer. Nun liegen sie nebeneinander auf der Decke und sehen sich an.
Lana Miller erzählt von dem Vormittag auf Coney Island, wie aufgeregt sie bei ihren ersten Außenaufnahmen gewesen war. Charly Walters sieht ihr die ganze Zeit verliebt in die Augen und freut sich an ihrer munteren Schilderung.
„Ihr wart noch mehr Mädchen? Du bist doch bestimmt die Schönste gewesen?", neckt er sie und stubbst einen Finger auf ihre Nase.
Sie lächelt glücklich, sie hält seinen Finger fest und drückt einen zarten Kuss auf die Fingerkuppe. „Charly, rede nicht so einen Unsinn. Ja, ich sehe ganz ordentlich aus, meine Kolleginnen finde ich aber noch hübscher."
„Und was ist mit den Männern? Wenn ich deine Geschichte richtig verstanden habe, dann sind vier Männer dabei gewesen?"
„Mit den Männern ist nichts, die haben genauso wie wir, nur ihre Arbeit gemacht."
Charly sieht sie skeptisch an. „Du kannst mir viel erzählen. Sie sehen dir bestimmt immer hinterher."
Lana schüttelt energisch den Kopf, sodass ihre schwarzen Locken fliegen. „Lass das, Charly, es ist deren Beruf, sie haben jeden Tag mit hübschen Mädchen zu tun. Da werden sie nicht ausgerechnet immer hinter mir her sein."

Wegen seiner ständigen Eifersucht kommt jetzt etwas Ärger in ihr hoch. Sie sieht auf die Uhr. „Musst du nicht bald arbeiten?"
„So war das jetzt nicht gemeint. Aber du hast recht, ich habe noch eine Stunde Zeit. Lass uns doch noch ein wenig kuscheln."
Das mit dem Kuscheln kennt sie schon. „Du willst mich nur immerzu küssen!"
„Das macht doch nichts, du möchtest das doch auch."
„Ja, schon, aber doch nicht nur und nicht hier!" Lana sieht sich um.
„Aber von deinen Arbeitskollegen lässt du dich immer anglotzen. Die haben doch bestimmt noch mehr als nur das Badezeug gesehen!"
„Nein! Und selbst wenn es so gewesen wäre, das gibt dir keinen Grund, meine Loyalität dir gegenüber in Frage zu stellen. Ich liebe dich doch!"
Charly Walters nickt und sieht betrübt vor sich auf den Rasen. „Ich kenne euch Mädchen. Ihr sagt immer, dass ihr einen liebt und seht dann doch nach anderen Männern."
„So?", Lana funkelt ihn zornig an. „Wie viele Mädchen haben dir denn schon gesagt, dass sie dich lieben?"
Charly windet sich unter ihren Argumenten. „Das erzählen meine Freunde, außerdem ist das in jedem zweiten Film zu sehen!"
„Das sind ja ernstzunehmende Quellen, um sich ein Urteil zu bilden!" Lana Miller sieht ihren Freund zornig an. „Es reicht mir jetzt, lass uns gehen, ich möchte nach Hause!"
„Bitte, Lana. So war das nicht gemeint!"
Doch Lana Miller ist jetzt wütend. Ihr Zorn lässt sich jetzt nicht mehr zügeln, einen Streit wie diesen hatte sie schon oft mit Charly, sie ist es jetzt leid. Heftig packt sie die Kaffeekanne in den Korb, sie steht auf und ergreift die Decke. „Wie hast du es dann gemeint? Ich möchte lieber nicht wissen, was du alles denkst, das ist wohl noch viel schlimmer!"

„Bitte, Lana! Ich bin ein Idiot! So bleib doch noch!" Er versucht, ihre Hand zu ergreifen, doch Lana zieht sie heftig fort und beschleunigt ihre Schritte. Geschickt nutzt sie eine Lücke im Verkehr aus und läuft über die Fifth Avenue zur anderen Straßenseite.
Charly Walters eilt mit schnellen Schritten hinterher. Er hat längst bereut, dieses Thema angesprochen zu haben, das Lana so aus der Fassung gebracht hat – er kann sich einfach nicht beherrschen, wenn er sich vorstellt, wie seine Freundin jeden Tag von fremden Männern angesehen wird. „Bitte, Lana, lass mich doch erklären!"
Wegen ihres Streites bemerken Lana und Charlie die beiden Männer nicht, die mit einer großen Tasche in der Hand den Eingang mit der Nummer 825 betreten.

Lana zittert vor Wut. „Das hättest du dir vorher überlegen sollen! Nun hast du alles verdorben!"
Und Charly hört sich sagen: „Na gut, wenn du das so siehst! Ich will dich nicht mehr sehen!"
Das hatte er gar nicht sagen wollen, aber sein Zorn und seine Unfähigkeit, seine Gefühle auszudrücken, haben seine Worte in diese Sackgasse gelenkt.
Lana Miller stürzt mit Tränen in den Augen auf die Haustür zu und verschwindet im Gebäude. Charly steht niedergeschlagen vor der Tür. Nach ein paar Minuten macht er sich auf den Weg zur Untergrundbahn.

Lana Miller fährt im Fahrstuhl in den neunten Stock hinauf. Sie tritt vor die Tür und steckt den Schlüssel in das Schloss. Verwundert registriert sie, dass die Tür nicht abgeschlossen ist. Weit öffnet sie die Tür und bückt sich zu ihrem Korb. Sie blickt wieder auf und sieht zwei Männer auf sich zu kommen.

„Was ist denn das jetzt? Ich denke, diese Escott ist ein paar Tage fort?", hört sie einen der Männer sagen.

„Was machen Sie in meiner Wohnung?", ruft Lana Miller mit vor Angst geweiteten Augen.
„Halt die Klappe!", herrscht einer der beiden Männer sie an, „du schreckst das ganze Haus auf!"
Doch Lana Miller ist in Panik und lässt sich nicht beruhigen. Sie spürt ihr Herz vor Entsetzen bis zum Hals schlagen. „Hilfe! Hilfe!!" Sie dreht sich zur Tür und will in den Flur hinaus laufen. „Hilfe, Einbrecher!", ruft sie wiederholt mit sich überschlagender Stimme.
Das letzte, was Lana Miller sieht, ist das Blitzen eines Messers mit einer langen Klinge.

drei Wochen vorher......

Der Postzusteller

März 1948, Manhattan. Der Winter ist vorbei, nur ein gelegentlich eisiger Wind weckt noch Erinnerungen an die zurückliegenden kalten Monate. Die New Yorker Bürger kommen wieder aus ihren Wohnungen, die ersten Mutigen haben sich schon frühlingshaft gekleidet und erfreuen sich an den ersten Krokussen im Central Park.
Im Detektivbüro Callaghan & Evans herrscht heute besonders gute Stimmung. Candice Evans hat anlässlich der Verlobung mit ihrem Freund und Partner Michael Callaghan für alle Angestellten ein Lunch spendiert. Die Lieferanten des Restaurants aus der Columbus Avenue sind gerade verschwunden, nun stehen in der kleinen Küche ein paar Töpfe mit dampfendem Inhalt.
Noch vor einem Jahr nutzte eine Versicherung das Büro. Die sind nun in größere Räumlichkeiten gezogen und Candice Evans hat die Gelegenheit genutzt, das komplette Erdgeschoss zu erwerben Die Räume sind gerade renoviert worden, nun ist es ein frisch hergerichtetes, ausreichend großes Büro mit genügend Platz für zusätzliche Mitarbeiter. Die Räume sind modern eingerichtet, auf jedem Schreibtisch befinden sich ein Telefon und eine Tischlampe mit grünem Schirm, wie sie jetzt gerade modern sind. Eine ganz große Errungenschaft ist das Telefon mit Weiterschaltmöglichkeit, das auf dem Schreibtisch von Janet Wilson, ihrer Sekretärin, steht. Ihr kleines Reich ist das heimliche Zentrum der Detektei. Nicht nur wegen der geschmackvoll ausgewählten Details, sondern wegen der immer gut gelaunten und hilfsbereiten Janet.

Es sind vier Personen, die sich mit einem Teller in der Hand von dem leckeren Essen bedienen. Der erste in der Reihe ist Jesaja Milton, er gehört seit kurzem zu der Truppe, ist aber der Älteste von ihnen. Candice Evans, die Chefin, hat ihn nach Weihnachten des vergangenen Jahres als Mitglied in ihr noch kleines Team aufgenommen. Bis zu diesem Zeitpunkt hatte er in der Umgebung des Herald Square Schuhe geputzt. Seine hervorragende Beobachtungsgabe und sein gutes Gedächtnis waren ihr aufgefallen, nun ist er seit drei Monaten in dem Team nicht mehr wegzudenken. Jesaja ist Schwarzer und ist 54 Jahre alt.
Janet Wilson, ihre Sekretärin, ist die nächste in der Reihe. Sie gehört der kleinen Firma seit Oktober vergangenen Jahres an. Seitdem hat sich ihre Anstellung als Glücksgriff für die Detektei erwiesen, sie ist fleißig und aufmerksam. Sie hat dunkle, lockige Haare und ist etwa Mitte dreißig. Seit zwei Jahren ist sie geschieden und hat aus der Ehe zwei Jungen, um die sie sich neben ihrer Arbeit noch kümmern muss. Sie bewältigt auch das mit der von ihr gewohnten Perfektion.
„Wann verlobst du dich denn, damit wir wieder so einen netten Lunch bekommen?", fragt Jesaja, an ihre Sekretärin gerichtet.
„Das könnte dir so gefallen! Aber zurzeit fehlt mir noch der passende Mann."
„An Verehrern mangelt es dir doch sicher nicht, oder?", lacht Jesaja sie an.
„Ich habe erst einmal von euch Männern die Nase voll!", bekommt er es heimgezahlt.
Michael Callaghan und seine Partnerin sind die letzten in der Reihe und beobachten wohlgelaunt das muntere Gespräch ihrer beiden Angestellten vor sich.

Michael, Mike, dreht an dem ungewohnten Ring an seinem Finger herum. Er und Candice tragen ihre Verlobungsringe seit dem Wochenende. Sie haben sie bei dem Juwelier Martin im Rockefeller Center gekauft. Dort kauft die Familie Evans häufiger ihren Schmuck, nicht erst seit dem Diebstahl im September 1947 besteht eine besondere Beziehung zwischen dem bekannten Juwelier und ihrer Detektei. Candice Evans sollte gestohlenen Schmuck wiederbeschaffen und hatte dabei einen gefährlichen Verbrecher aufgescheucht. Mit einer Mordanklage am Hals landete ihr geliebter Mike über Weihnachten für fast drei Wochen im Gefängnis. Mit der Lösung dieses Falles hat sie sich endgültig als hervorragende Ermittlerin qualifiziert.

Sie betrachtet sinnend ihren Ring. Sie hätte gerne einen mit einem Diamanten genommen, aber Mike fand das zu auffällig. Ja, ihr Mike, er hat wahrscheinlich recht. Bei solchen Gelegenheiten zeigt sich das monetäre Gefälle zwischen ihnen beiden. Sie stammt aus reichem Hause und ist die Tochter eines vor vier Jahren verstorbenen Multimillionärs, Mike hat im fernen Wyoming ein paar ganz gut situierte Tanten. Er war bisher jedoch zu stolz, sie um Geld zu bitten, selbst als es ihm finanziell wirklich nicht gut ging. Jetzt sind sie auf deren Geld nicht mehr angewiesen, die Detektei läuft gut und wird inzwischen als Geheimtipp gehandelt.

Sie lächelt zu ihm hoch. Mit seinen 6 1/2 Fuß ist er fast einen Kopf größer als sie. Wenn sie ihm nicht begegnet wäre, hätte sie wahrscheinlich nie entdeckt, dass ihre wahre Begabung in der detektivischen Ermittlungsarbeit liegt. Die Tätigkeit in der Firma ihres verstorbenen Vaters hatte sie schon vor längerer Zeit hingeworfen. Eine Arbeit als Prokuristin oder gar im Vorstand des riesigen Stahlkonzerns in Buffalo kann sie sich jetzt überhaupt nicht mehr vorstellen. Sie sitzen nun alle an dem großen Tisch im Besprechungszimmer. Bevor sie zum Besteck greifen, möchte Mike ein paar Sätze loswerden.

„Janet und Jesaja, ich freue mich ganz besonders, euch bei diesem Essen dabei zu haben. Ein Essen, das anlässlich der Verlobung mit meiner lieben Candy stattfindet. Ich freue mich auf die weitere gemeinsame Arbeit mit euch und wünsche euch einen guten Appetit."

Das Essen ist eben beendet, da betritt ein gern gesehener Gast die Büroräume. Es ist Annie Millburgh, die verheiratete Schwester von Candice. Sie ist mit ihren 36 Jahren 10 Jahre älter als ihre Schwester. Im Gegensatz zu Candice, ist sie in der Firma ihres Vaters engagiert. Die Arbeit im Aufsichtsrat lässt ihr jedoch reichlich Zeit, sich für soziale Belange einzusetzen.
Candice und Annie fallen sich in die Arme, Mike bekommt wie immer ein Küsschen auf die Wange.
„Schwesterherz, was führt dich hierher?"
„Heute Vormittag war eine Aufsichtsratssitzung, jetzt möchte ich gleich eine Freundin besuchen. Mir gefiel der Gedanke, bei euch hineinzusehen."
„Das ist eine hervorragende Idee. Hast du schon gegessen? Wir haben noch reichlich übrig."
„Vielen Dank, ich war schon zum Lunch. Wenn ich gewusst hätte, das ihr so exquisit tafelt, wäre ich natürlich gleich hierhergekommen."
„Das ist nicht jeden Tag so, der Anlass war meine Verlobung mit Mike."
„Das ist schön, ich freue mich, dass es bei euch so gut läuft."
Candice lächelt und sieht kurz zu Mike hin, der sich gerade mit Jesaja und Janet unterhält. „Ja, das ist wahr. Ich frage mich fast jeden Tag, was wohl ohne Mike aus mir geworden wäre. Detektivin hätte ich nie in Erwägung gezogen." Dann fügt sie hinzu: „Sag mal, kenne ich die Freundin, die du besuchen willst?"
„Ich glaube nicht. Sie heißt Sarah Escott, sie ist die Herausgeberin der »Fortune«."
„Oh! Die Zeitschrift lese ich gelegentlich, sie gefällt mir sehr gut. Sie ist eine der wirklich sehr gelungenen Frauenzeitschriften."

„Weißt du was? Komm doch einfach mit! Ich stelle dich meiner Freundin vor, vielleicht wird es einen Artikel über die jüngste Detektivin von New York geben."
Candice lacht und schüttelt den Kopf. „Das muss ich mir noch überlegen. Auf der einen Seite ist es natürlich eine nette Reklame, auf der anderen Seite sollten wir nicht überall bekannt sein, das könnte bei der Arbeit hinderlich sein. Aber ich komme gerne mit, wenn es dir recht ist."
Mike macht sich bemerkbar. „Entschuldigt bitte, falls ich störe. Ich wollte mit Jesaja zu einem Kunden fahren. Wir werden erst am Abend wieder zurück sein."
Candy sieht ihre Schwester an. „Wie lange werden wir fortbleiben?"
„Es wird sicher bis zum Abend dauern, wir beide könnten anschließend noch essen gehen."
„Wenn zwei Millionärinnen unter sich sind, möchte ich natürlich nicht stören", grinst Mike seine Verlobte und seine Schwägerin an.
Candy steht auf und legt einen Arm um ihn. „Mike, lass diese sarkastischen Bemerkungen. Ich würde mich sehr freuen, wenn du dazu kommen könntest." Sie wendet sich an ihre Schwester. „Was meinst du, Annie?"
„Ich würde mich auch freuen. Ich bin ohnehin alleine, mein Mann ist wieder eine Woche in Buffalo, so könnten wir nach langer Zeit wieder einen gemeinsamen Abend verbringen!"
„Okay, dann müssen wir nur noch einen Treffpunkt ausmachen."
„Wie wäre es um 7:00 im Daniel?", fragt Candy.
Das Restaurant Daniel in der 65. Straße Ost hat einen hervorragenden Ruf, so findet der Vorschlag allgemeine Zustimmung. Mike verlässt mit Jesaja das Büro und auch Annie und Candice fahren etwas später mit Candys Alfa Romeo fort. Ihr Ziel ist die Redaktion der »Fortune«.

Das Verlagshaus der »Fortune« ist an der Ecke 57. Straße mit der Park Avenue. Candice findet nach kurzem Suchen einen Parkplatz für ihren roten Flitzer.
„Der Wagen von Vater ist wohl genau der richtige für dich, oder?"
„Ja, es macht mir Spaß, damit zu fahren, wenngleich die Kupplung und die Lenkung etwas schwergängig sind. Inzwischen habe ich mich aber daran gewöhnt", erläutert Candice.
Annie schüttelt den Kopf. „Ich würde mit dem Wagen nicht zurechtkommen, nicht in hundert Jahren!" Die beiden Schwestern lachen und steigen gut gelaunt aus.

Die unteren drei Stockwerke des weißen zwanzigstöckigen Klinkerbaus sind mit den Büroräumen der Zeitschrift Fortune belegt. Annie kennt sich aus und geht voraus.
Die Herausgeberin erwartet sie bereits. Die Einrichtung in ihrem großen Büro im zweiten Stock verrät den guten Geschmack der Besitzerin. Die dunklen Vorhänge und die dezenten Tapeten dämpfen etwas das Tageslicht.
Sarah Escott, die Besitzerin und Chefredakteurin, steht auf, als Annie eintritt. „Guten Tag, meine Liebe. Das ist schön, dass du kommen konntest!" Sie blickt zu Candice hinüber. „Möchtest du mir ein neues Mannequin vorstellen?"
Annie lächelt und schüttelt den Kopf. „Nein, das ist meine kleine Schwester Candice."
Erstaunt blickt die Chefredakteurin und Eigentümerin der Zeitung Annies Schwester an. „Oh, entschuldigen Sie bitte. Sie sehen sich nicht besonders ähnlich."
„Wir haben unterschiedliche Mütter, dann ist das auch nicht zu erwarten."
Sarah Escott mustert Candice und nickt dabei. „Sie sind schon etwas Besonderes. Und glauben Sie mir, ich habe mit vielen Modellen zu tun. Wenn Ihnen mal Ihr Geld ausgehen sollte, Sie könnten sofort bei mir anfangen."

Jetzt ist es an Candice, zu lächeln. „Erstens habe ich einen Job, der mir sehr gut gefällt und zweitens glaube ich nicht, dass uns jemals das Geld ausgehen könnte. Was meinst du dazu, Annie?"
Annie schmunzelt, sie kommentiert es aber nicht. Ihr Vater hat ihnen beiden seine Anteile am zweitgrößten Stahlkonzern der Vereinigten Staaten von Amerika hinterlassen, das ist mehr Geld, als sie jemals werden ausgeben können. Und ihrem Mann Ernest gelingt es als geschicktem Manager sogar noch, ihr Vermögen zu vermehren.
„Lass uns nicht über uns reden, was macht deine Zeitschrift?"
„Danke, ich bin sehr zufrieden. Das Interesse der weiblichen Bevölkerung an solchen Zeitschriften wie meiner, hat nach dem Krieg sehr zugenommen und uns ist es gelungen, einen guten Teil der Kunden an unsere Zeitschrift zu binden. Meine Leserinnen sind froh, keine Apelle zum Sparen mehr lesen zu müssen. Ich zeige ihnen, was sie anziehen könnten, Frisuren, Tipps für interessante Partys und so weiter." Sarah Escott blickt wieder zu Candice hinüber. „Sie sind doch Detektivin, oder? Ich kann mich erinnern, dass Annie so etwas erzählt hatte."
Candice nickt. „Ja, aber erst seit einem halben Jahr. Mein Verlobter hat mich für diese Art Arbeit interessiert, sie gefällt mir ausgezeichnet."
Sarah Escott lächelt sie an. „Eine weibliche Detektivin, das wäre für meine Leserinnen interessant. Wissen Sie, ein Artikel in meiner Zeitschrift über Sie und ihr Büro, noch dazu mit Ihrem Gesicht als Titelbild, das würde bei meinen Leserinnen gut ankommen."
Candice lächelt über das Kompliment, sie schüttelt aber den Kopf. „Das hört sich verführerisch an, aber ich bin so schon bekannter, als mir lieb ist und wir benötigen keine weitere Reklame. Es wäre nicht gut, wenn ich bei meinen Ermittlungen sofort erkannt werden würde. Außerdem ist

unsere Detektei mit Aufträgen bereits völlig ausgelastet. Trotzdem danke ich für das Angebot."
„Das ist schade. Aber wenn Sie es sich anders überlegen sollten, dann lassen Sie es mich wissen."

Durch die offene Bürotür kommt ein Mann herein, über der Schulter trägt er eine Umhängetasche. Er greift in diese Tasche und legt drei Briefe und einige Hauspostumschläge in den Posteingangskorb, der auf einem kleinen Schrank neben der Tür steht. Der Postausgangskorb ist leer. „Haben Sie Post für mich, Miss Escott?"
„Danke, Mr. Byrnes, heute ist nichts für Sie dabei."
Der unauffällige Mann in dem grauen Kittel verlässt mit leisen Schritten das Büro. Der linke Ärmel ist nach innen gekrempelt, ihm fehlt der Arm auf der Seite.

Miss Escott bemerkt den Blick von Candice. „Das ist unser Postbote, Mr. Henry Byrnes. Er hat im Krieg in Frankreich seinen linken Arm verloren. Seit zwei Jahren arbeitet er nun bei uns und verteilt unsere interne Post."
Candice hat fast ein schlechtes Gewissen. Warum sind die Schicksale so sehr unterschiedlich verteilt? Sie sieht aus wie das blühende Leben, hat nie etwas entbehren müssen und schwimmt in Geld. Der arme Mann hat im Krieg für ihr Land gekämpft, ist jetzt versehrt und muss sicher mit einem Hungerlohn auskommen.
„Wie wäre es, darf ich Ihnen meinen Verlag zeigen?", unterbricht Miss Escott die kurze Stille.
Es folgt eine erfreute Zustimmung der beiden Damen und Miss Escott geht voraus. Stolz zeigt sie ihren beiden Gästen die Redaktionsräume. Auch eine kurze Führung in das Fotoatelier wird nicht ausgelassen.

Henry Byrnes gönnt sich nach mehreren Stunden des Herumlaufens eine kleine Pause. Er hat seinen Postsack abgelegt und sitzt in der Poststelle im Erdgeschoss an einem kleinen Tisch. Aus der Kantine nebenan hat er sich einen Kaffee geholt, den er jetzt genießt. Mit kleinen Schlucken trinkt er das nicht mehr ganz heiße Getränk.

Der kleine Raum ist bis in die letzte Ecke mit Aktenschränken vollgestellt, in der Mitte steht ein kleiner, hölzerner Tisch. Das einzige Licht rührt von zwei Glühlampen an der Decke her, durch die geöffnete Tür dringt etwas Tageslicht aus dem Nebenraum herein. Die wichtigste Ausstattung ist der Sortierkasten. Es ist ein kleines Schränkchen mit einem Fach für jede Poststelle im Verlag. Dort wird die eingehende Post von Henry Byrnes hinein sortiert und anschließend sauber getrennt wieder herausgenommen. Dieser Vorgang wiederholt sich mehrere Male am Tag, sodass die Post im Haus ständig aktuell ist. Die externe Post landet ebenfalls in dieser zentralen Stelle. Eingehende Briefe werden in die Fächer der entsprechenden Empfänger gelegt und gemeinsam mit der internen Post verteilt.

Von der Straße ist durch das im Nebenzimmer geöffnete Fenster gedämpft der in Manhattan allgegenwärtige Verkehrslärm zu hören, Henry Byrnes hat sich zurückgelehnt, sein Blick ruht, ohne es wirklich wahrzunehmen, auf den Schränken und Ablagen vor ihm.

Seit zwei Jahren läuft er hier mit dem Postsack über der Schulter herum. Seine Aufgabe ist es, alle Unterlagen in jedem Büro aus den Postausgangskästen zu nehmen, hier in der kleinen Postsammelstation zu sortieren und wieder zu verteilen. Über 10 Meilen legt er so jeden Tag zurück.

Der Job unterfordert ihn eigentlich, aber was soll er als Einarmiger sonst machen? Verbitterung kommt in ihm hoch. Er hat sein Leben im Kampf für sein Land riskiert, am Ende ist sein Arm auf der Strecke geblieben. Die Versehrtenrente, die er vom United State Department of Defense, dem Verteidigungsministerium, erhält, reicht vorn und hinten nicht. Er kann froh sein, dass er diese Anstel-

lung erhalten hat, so muss er wenigstens keinen Hunger leiden.
Jetzt sitzt er hier, seelisch und körperlich ein Wrack.
Verdammt, warum ist das Leben so ungerecht? Vorhin, als er die Post in das Büro seiner Chefin gebracht hat, da ist ihm die Ungerechtigkeit des Lebens ihm gegenüber wieder besonders bewusst geworden. Da saßen drei Frauen, eine schöner und reicher als die andere, und haben nichts weiter zu tun, als sich nett zu unterhalten. Und er ist froh, wenn ihm sein fehlender Arm mal keine Schmerzen bereitet. Es ist ein Phantomschmerz, hat ihm sein Arzt erklärt, aber helfen konnte er ihm auch nicht.

Es gibt aber einen Lichtblick. Vor ein paar Tagen hat er eine Postkarte von William Goddon erhalten. Bill, wie sie ihn genannt haben, war während des Krieges in der Normandie einer seiner untergeordneten Sergeants gewesen. Als er mit dem Lazarettschiff vorzeitig in die Heimat zurückgebracht wurde, hatten ihm seine Kameraden geschworen, sich nach dem Krieg bei ihm zu melden.
Seit seiner Verletzung sind jetzt vier Jahre vergangen, der Krieg ist seit drei Jahren vorbei. Das ist eine lange Zeit, er hat sich trotzdem, oder gerade deswegen, riesig über die Karte gefreut. Eine Telefonnummer war darauf angegeben, dort hatte er gestern noch niemanden erreicht, aber heute will er es noch einmal versuchen.
Es war eine entbehrungsreiche und gefährliche Zeit gewesen. Seine Kameraden und er hatten immer wieder um ihr Leben kämpfen müssen, sie haben überlebt und die gemeinsamen Erlebnisse haben sie fest zusammengeschweißt. Vor seinem inneren Auge erstehen die Bilder aus dem vergangenen Krieg. Er spürt förmlich das Beben durch die Abschüsse der schweren Geschosse, die die Zerstörer weit hinter ihnen auf die Küste abfeuern. In seinen Ohren erklingt das Prasseln der Maschinengewehr-

salven auf der gepanzerten Vorderseite ihres Higgins Landungsbootes.

Omaha Beach

6. Juni 1944. Lieutenant Byrnes steht mit seinen Soldaten, eines Zuges oder Platoon der 1. US Infanteriedivision, der berühmten »Big Red One«, in dem kleinen Landungsboot. Mit ihnen sind noch über 4000 andere Landungsboote und insgesamt über 6000 Schiffe vor der französischen Küste auf See. Die Aufgabe des fünften US-Korps ist es, diesen Teil von Frankreich, eine zehn Meilen lange, strandähnliche Küste auf der Ostseite der Normandie, einzunehmen. Der militärische Codename ihres Teiles der Küste ist »Omaha Beach«. Vor einer halben Stunde, also um 5:20, sind sie von ihrem Mutterschiff, 3 Meilen vor der Küste, zu Wasser gelassen worden. Die Nachwirkungen des Sturmes der letzten Tage sind noch deutlich zu spüren. Das Wasser ist aufgewühlt, die Wellen sind bis zu sieben Fuß hoch. Das 36 Fuß lange Boot ist mit 36 Soldaten bis an die Grenze seiner Kapazität besetzt. Es schlingert und stößt in den hohen Wellen, einige der Soldaten haben sich übergeben und nun stehen sie dichtgedrängt mit den Stiefeln in einer Mischung aus Seewasser und Erbrochenem. Die Sonne erhebt sich gerade über den Horizont und scheint durch einige Wolkenlücken in die gespenstisch anmutende Szenerie. Das Meer ist schwarz von Schiffen. Über ihren Köpfen fliegt ein Bomberkommando, bestehend aus über dreihundert B-24 Bombern mit über tausend Tonnen Bomben, auf die Küste zu. Deren Aufgabe ist es, die Stellungen der Deutschen zu bombardieren und so die Einnahme dieses Abschnittes zu erleichtern. Wegen der schlechten Sicht landet keine der Bomben wie vorgesehen. Das französische Hinterland muss die Bombenlast ertragen, ein Viertel der Flugzeuge kehrt wegen Orientierungsschwierigkeiten mit ihrer tödlichen Last unverrichteter Dinge wieder um. Diese Bomben werden beim Rückflug über dem Ärmelkanal abgeworfen. Eine Landung mit dieser brisanten Ladung wäre zu gefährlich.

Die beste Wirkung erzielen noch die Bordkanonen der Zerstörer, seit einigen Minuten beschießen sie mit ihren gewaltigen Geschützen die Küste aus zehn Meilen Entfernung. Trotz der großen Entfernung sind viele Zufallstreffer dabei. Wie ein nicht endendes Gewitter hallen die Abschüsse der schweren Kanonen und die gefährliche Last jagt über die Köpfe der Männer in ihren Holzbooten hinweg. Die kleinen Boote des Mr. Higgins sind die idealen Schiffe für diesen Zweck. Außen sind sie mit Stahl verkleidet, die Landeklappe ist gepanzert. Außer ihrem Platoon sind noch der Schiffsführer und ein Maschinist mit an Bord.

Kaum jemand spricht, ergeben blicken die meisten Soldaten auf den Boden. Sie nähern sich dem Strand, plötzlich beginnt irgendwo vor ihnen ein Maschinengewehr zu feuern. Erschreckend laut prasseln die Schüsse auf die Landeklappe. Ihr Bootsführer ist ein erfahrener Seemann der Coast Guard, geschickt steuert er ihr Boot an den Strand. Nicht jedem gelingt das Manöver so gut, einige der Landungsboote erreichen Meilen entfernt die Küste.
Das Geschützfeuer scheint nicht enden zu wollen und der unerträgliche Lärm erstickt jeden klaren Gedanken. Die Landeklappe senkt sich, vor ihnen ist das flache Wasser des Atlantiks, noch sind es etwa 50 Schritte bis zum festen Boden.
„Los jetzt, lauft was ihr könnt!" Lieutenant Byrnes und seine vier Sergeants rufen laut Befehle und treiben ihre Soldaten an, von denen die meisten apathisch nach vorne blicken. „Los! Lauft, bis an den Fuß der Steilküste!"
Die Deutschen feuern mit ihren Maschinengewehren in die offenen Landeklappen hinein. Die Panzergeschütze aus den Widerstandsnestern beschießen ohne Unterlass die sich nähernden Schiffe.
Lieutenant Byrnes handelt wie in Trance. Unentwegt feuert er seine Leute an und treibt sie vorwärts. Einige fallen von den deutschen Kugeln getroffen und sinken in die aufgewühlte See. Den Zugführern und den meisten seiner Männer gelingt es, den Fuß der Steilküste zu erreichen. Hier sind sie einigermaßen sicher, weil die Waffen der Deutschen sie hier nicht erreichen können.

Der Strand ist übersät mit Toten, am Ende des Tages werden es über zweitausend sein.
First Lieutenant Byrnes sieht sich um. Vor einer halben Stunde waren sie noch sechsunddreißig, nun scharen sich noch ungefähr zwanzig Mann um ihn.
„Wir müssen die Aufgänge erreichen!", brüllt er. „Vorwärts!" Einige der Männer sind kaum ansprechbar. Er stürmt vorwärts, mit Handgranaten und dem Sturmgewehr in der Hand. Einige der deutschen Geschütze sind verstummt, offenbar ist es anderen Gruppen gelungen, sie auszuschalten. Aber um welchen Preis!

Auf der gegenüberliegenden Seite versucht ein Soldat mit einem Flammenwerfer, ein Widerstandsnest der Deutschen auszuräuchern. Gelbrot leuchtend züngeln die Flammen in die Geschützöffnung des Bunkers. Ein Zufallstreffer zerstört den Kerosinbehälter auf dem Rücken des Soldaten. Die auslaufende Flüssigkeit entzündet sich sofort und der Mann fällt, einer lebenden Fackel gleich, den Abhang hinunter.
Der vereinbarte Treffpunkt des 26. Infanterie-Regimentes ist Colleville-sur-Mer. Das ist ein kleiner Ort eine Meile landeinwärts. Im Moment sieht es nicht so aus, als wenn sie es jemals erreichen werden.
First Lieutenant Byrnes sieht sich um und versucht seine Männer auszumachen. Die Zustände am Strand hat er sich in seinen schlimmsten Befürchtungen so nicht ausgemalt. Zwei Panzer stehen getroffen im Sand und brennen lichterloh. Er hofft, dass sich die Mannschaft retten konnte, aber das ist sehr unwahrscheinlich. Nun bilden die brennenden Kolosse einen Schutz für eine Gruppe Soldaten, die in der Hitze hinter den Flammen aushalten und die Stellungen der Deutschen beschießen.
Nach und nach kann er seine Soldaten erkennen, er befürchtet, dass manche der vielen Toten, die hinter ihm auf dem Strand liegen, zu seinem Platoon gehört haben.
Er und seine verbliebenen Leute nutzen eine Feuerpause, um die Höhe der Steilküste zu erklimmen. Einem seiner Leute gelingt es, eine Handgranate in den Bunker vor ihnen zu werfen. Als sich die Rauchwolke verzogen hat, klettern zwei Soldaten durch die Öffnun-

gen für die Geschütze in das Innere. Er ist immer wieder überrascht, wie zäh und flink manche Soldaten sind, die sich trotz der nassen Kleidung und der schweren Ausrüstung noch behände bewegen.

Ihr Glück ist es, dass die Verteidigungslinie der Deutschen nicht tief ist. Nachdem sie die Festungen an der Steilküste überwunden haben, ist die direkte Gefahr vorerst vorbei. Jetzt gilt es, die Geschütznester in einigen Häusern auszuschalten. Er kann nur hoffen, dass die Unterstützung der Deutschen durch ihre Panzer noch so lange auf sich warten lässt, bis sie ihre eigenen Panzer an Land gebracht haben.

Drei von seinen vier Sergeants sind noch am Leben, er gibt ihnen das Zeichen zum Sammeln und zeigt auf eine mit Strandhafer gesäumte Mulde vor ihnen. Dort sind sie vorerst geschützt. Wie hoch mögen die Verluste sein? „Sind noch Verletzte zu verarzten?" Er muss fast brüllen, um sich bei dem Lärm der Geschützfeuer verständlich zu machen.

Es stellt sich heraus, dass von den 35 Soldaten noch 22 am Leben sind. Die Verletzungen halten sich in Grenzen. Ihr Sanitäter hat die schwersten Wunden bereits verbunden.

Sergeant Jackson hat eine merkwürdige Wunde. Ein Splitter ist ihm durch die eine Wange eingedrungen und durch die andere wieder heraus. Nun muss er zwischen seinen Befehlen immer wieder Blut spucken.

First Lieutenant Byrnes ruft seine drei verbliebenen Sergeants zu sich. „Teilt die verbliebenen Männer unter euch auf. Gable, Sie nehmen sich drei Mann und versuchen Kontakt mit unserer Einheit aufzunehmen."

Der Angesprochene ist ein Sergeant Mitte dreißig. Er ist schon in Italien dabei gewesen und durch nichts aus der Ruhe zu bringen.

Sie haben einen Funker dabei, der seine fünfzig Pfund schwere Kiste bis hierher getragen hat. Sein Apparat hat das Wassers des Ärmelkanals nicht vertragen.

„Vielleicht funktioniert es morgen wieder, wenn es etwas getrocknet ist." Missmutig blickt er auf die schwere, in Persenning eingepackte Kiste.

Die kleine Gruppe um Sergeant Gable kommt wieder zurück. „Lieutenant, wir müssen nur 200 Yards weiter nach Westen, dort liegt der Rest des Regiments. Dem 3. Panzerbataillon ist es gelungen, zwei Panzer bis dorthin durchzubringen."
„Sehr gut, Sergeant! Ich hoffe, dass wir dort unsere Lebensmittel und Munition ergänzen können." Seine Leute müssen sich bewegen. Einige haben sich schon hingesetzt, sie werden Mühe haben, sich zu erheben.
Es ist jetzt High Noon, Mittag, sie sollten schon eine Meile weiter im Landesinneren sein. Es gab nur wenig, was bei diesem Angriff nicht schief gegangen ist. Der folgenschwerste Fehler war seiner Einschätzung nach, dass keine Bombe des Bomberkommandos die Küstenbatterien getroffen hatte. „Los, Leute, nur eine kurze Strecke noch!" Seine Männer setzen sich schwerfällig in Bewegung, angetrieben von den Unterführern. Sie nutzen jede Möglichkeit zur Deckung und erreichen nach einer halben Stunde den Rest des Regimentes.

Colonel Burke, der Führer des Bataillons, ist erfreut, ihn zu sehen.
„Es freut mich, Sie zu sehen, Lieutenant. Ich habe schon befürchtet, Sie und ihr Platoon hätten es nicht geschafft."
„Doch, aber leider mit vielen Verlusten, wir sind nur noch 22, von den Gruppenführern ist Sergeant Austin nicht mehr unter uns."
„Diese verdammten Deutschen! Wir werden sie besiegen, auch wenn es schwer fällt! Kümmern Sie sich um die Absicherung nach Westen, dort hat sich eine Gruppe Deutscher in einem Haus verschanzt."
„Okay, Sir!"
Der Lieutenant will sich selbst ein Bild von der Lage verschaffen. Sergeant Goddon, einer seiner verbliebenen Unterführer, sieht nicht ganz so erschöpft aus, wie seine Kollegen.
„Sergeant, kommen Sie mit mir, wir wollen die Lage erkunden!"
„Ja, Sir!"
Sergeant Goddon ist ein kräftiger, stämmiger Mann. Er mag Mitte dreißig sein und hat blonde Haare. Er setzt seinen Stahlhelm wieder auf und folgt dem Lieutenant.

Der Ort Colleville-sur-Mer liegt vor ihnen. Die Häuser am Ortsrand sind von den Deutschen requiriert worden und teilweise zu Widerstandsnestern umgebaut worden. Die Fenster des Hauses vor ihnen sind zur Seeseite bis auf schmale Schlitze zugemauert worden.
Das im Hintergrund liegende Dorf weist schwere Schäden auf. Die Granaten der Schiffsartillerie haben nicht nur die direkte Küste getroffen, viele von Ihnen sind in das Hinterland geflogen und haben an den Häusern und unter der Zivilbevölkerung schwerste Schäden angerichtet.
Im Obergeschoss des Hauses ist ein Maschinengewehr montiert. Von der erhöhten Position bedeutet es eine große Gefahr für die anrückenden Alliierten. Wieder erklingt das harte Stakkato des MG-42. Irgendwo in der Nähe schlägt die Geschossgarbe ein, mit lautem Pfeifen fliegen einige Querschläger vorbei. Unwillkürlich ducken sich die Soldaten.
Sergeant Goddon wendet sich an den Lieutenant hinter ihm. „Sir, ich habe eine Idee. Sehen Sie den kleinen Wall, der auf das Haus zuführt?"
Der Lieutenant sieht einen mit spärlichem Buschwerk bewachsenen Wall, der in etwa 20 Schritt Entfernung am Haus vorbeiführt und offensichtlich die Grenze zum Nachbargrundstück bildet. Er ist etwa einen Yard hoch.
„Ich könnte in der Deckung des Walles entlang kriechen und dann eine Handgranate in die Geschützöffnung werfen. Ich muss nur etwas Feuerschutz bekommen."
„Sehr gut, Sergeant. Glauben Sie, dass Sie die Handgranate so genau werfen können?"
Jetzt grinst der stämmige Bursche. „Ich bin seit vielen Jahren der beste Werfer in unserer Baseballmannschaft. Das ist eine ganz leichte Übung für mich."
„Na schön, ich wünsche Ihnen viel Erfolg."
Dann hat der Lieutenant noch eine Idee und wendet sich an seine Männer. „Es tut mir leid, Leute, euch jetzt damit zu behelligen, aber ausruhen könnt Ihr nachher. Falls Sergeant Goddon Erfolg hat, werdet ihr sofort losstürmen und das Haus einnehmen. Wir müssen sicherstellen, dass diese wichtige strategische Position wirklich ausge-

schaltet wird." Die Männer richten sich trotz ihrer Erschöpfung auf und greifen nach ihren Gewehren.

Zwei Squads von seinem Platoon richten ihre M1 Garand auf die Öffnungen in dem Haus. Aus dieser Entfernung können sie nichts ausrichten, zum Ablenken der Deutschen reicht es allemal. Immer wieder gibt einer der Soldaten einen Schuss ab. Sergeant Goddon hat jede unnütze Ausrüstung abgelegt, ohne Waffen und Munition kriecht er flink in der Deckung des Walles voran, lediglich in seinem Gürtel hängen drei Handgranaten.
Nur wenige Minuten benötigt er, um sich dem Haus zu nähern. Er löst eine Granate und richtet sich rasch auf. Er aktiviert sie und wirft sie in den ersten Stock. Der Wurf geht leider wenige Zoll daneben. Sofort greift er eine zweite Granate und wirft erneut. Jetzt hat es gepasst!
Die erste Granate ist auf den Boden gefallen und detoniert mit lautem Knall. Dreck und Gras fliegen durch die Gegend. Nur Sekunden später kracht die zweite Granate im ersten Stock. Schwarzer Rauch strömt aus dem zu einem Schlitz zugemauerten Fenster.
„Los, Männer! Ich wünsche euch viel Glück!"
Die Soldaten des Lieutenant Byrnes stürzen los und laufen am Haus herum zu der Tür, die sich an der Vorderseite befindet. Lieutenant Byrnes hört vier, fünf Schüsse aus dem Haus, dann ist es still.
Kurz darauf kommen seine Männer zurück. Sie sind offenbar guter Laune, sie sind alle am Leben und offensichtlich nicht verwundet.
Sergeant Goddon wendet sich an seinen Platoon Lieutenant. „Sir, es sind alle erledigt. Private Ecclewood ließ sich nicht zurückhalten."
Das war eindeutig gegen die Abmachung. Lieutenant Byrnes winkt den Soldaten Ecclewood zu sich. „Private, Sie wissen, dass wir nur im Kampf töten dürfen. Sonst werden immer Gefangene genommen!"
Private Ecclewood sieht nur wenig beeindruckt aus. Er zieht sich unbekümmert eine Zigarette aus der Tasche und zündet sie an. Er sieht gut aus mit seinen schwarzen Haaren, die ihm verwegen in die Stirn hängen. Er ist schlank und kräftig und scheint stolz auf seine „Lösung" zu sein.

„Wissen Sie, Lieutenant, nur tote Deutsche sind gute Deutsche. Und ich habe eben schlechte Deutsche zu guten Deutschen gemacht."
Er macht eine Pause und sieht seinen Chef herausfordernd an. „Wo sollen wir denn mit den Gefangenen hin? Wir können ja kaum für uns selbst sorgen!"
Lieutenant Byrnes weiß, das Private Ecclewood recht hat. „Ich will das jetzt so stehen lassen. Bei der nächsten Gelegenheit will ich vorher gefragt werden!"
Private Ecclewood nickt und sieht dem Rauch seiner Zigarette hinterher.
Der Lieutenant schüttelt den Kopf. Was soll er machen? Es ist bitter und verstößt eindeutig gegen die seit 1868 bestehenden Genfer Konventionen. Auf der Gegenseite wird auch nicht anders vorgegangen. Das ist und kann keine Entschuldigung sein, aber hätte er selbst anders gehandelt?

Die nächsten Tage bestehen aus langsamen, zähen Vorwärtskämpfen. Busch für Busch, Straße für Straße wird nach zähem Kämpfen den Deutschen abgerungen. Der Regen hat wieder eingesetzt, dieser Sommer wird der regenreichste seit langer Zeit werden. Wegen der tief hängenden Wolken kann die so dringend benötigte Unterstützung aus der Luft nur gelegentlich stattfinden. Die deutschen Panzerdivisionen sind den Fahrzeugen der Alliierten in Panzerung und Feuerkraft überlegen, am Ende müssen sie aber unter der zahlenmäßigen Übermacht der alliierten Truppen zurückweichen.

Am 11. Juni erreichen sie nach langen, erbitterten Kämpfen die Nähe der Stadt Villers-Bocage. Dort ist ein kleiner Berg, die »Höhe 213«, der aus strategischen Überlegungen eingenommen werden soll.
Der Ort ist benannt nach der Landschaft, in deren Mitte er liegt. Die »Bocage« ist eine flache, weite Landschaft, die sich durch ihre bepflanzten Erdwälle auszeichnet. Seit hunderten von Jahren pflegen die Bauern die Umfriedung ihrer Ländereien, die ihren Boden vor der Austrocknung durch den andauernden Wind vom Atlantik her schützt. Die Wälle sind ein bis drei Yards hoch und ebenso breit. Bewachsen sind sie mit Sträuchern und kleinen Bäumen bis zu 6

Yards Höhe. Militärisch ist diese Landschaftsform eine Katastrophe. Hinter jedem Wall können sich zahllose Soldaten verschanzen, wovon sie auch Gebrauch machen. Selbst kleinere Fahrzeuge verschwinden hinter den dichten Hecken.
Laut Plan liegen sie bereits zwei Tage hinter ihrem Zeitplan zurück. Gottseidank ist es der siebten britischen Panzerdivision gelungen, eine Artillerieeinheit und ein Panzerbataillon hierher zu verlegen. Das Platoon von Lieutenant Byrnes lagert nicht weit von der Kreisstraße 67 entfernt hinter einem kleinen Gehöft. Die Bewohner der Farm sind schon vor zwei Tagen geflüchtet und haben ihren Hof verwaist zurückgelassen.

Die britischen Cromwell Panzer bleiben vor der Einfahrt nach Villers-Bocage stehen und einige Leute der Besatzung verlassen ihr Fahrzeug. Lieutenant Henry Byrnes liegt mit seinen Männern hinter einer kleinen Mauer, vielleicht 100 Schritte entfernt.
Plötzlich kommt hinter einem kleinen Wäldchen eine Gruppe deutscher Tiger-Panzer hervor. Einer von ihnen, anscheinend der Anführer, löst sich aus seiner Gruppe und prescht mit seinem schweren Fahrzeug auf die Kolonne der englischen Panzer zu. Der MG-Schütze des deutschen Panzers eröffnet das Feuer auf die vor den Fahrzeugen stehenden Soldaten. Der Tiger stoppt und richtet seine gefürchtete 88 mm Kanone auf den nächsten Cromwell. Ein Schuss - der dem Tiger in jeder Hinsicht unterlegene Panzer ist nur noch Schrott. Die Kanone schwenkt zum nächsten Panzer, auch dieser wird abgeschossen. Der Tiger nimmt wieder Fahrt auf und das grausame Spiel beginnt von neuem. Einige der Cromwell Panzer schießen zurück und treffen auch. Doch ihre 75 mm Kanonen vermögen gegen die starke Panzerung des Tigers kaum etwas auszurichten. Die letzten Cromwells in der Reihe suchen ihr Heil in der Flucht, doch bei Rückwärtsfahrt erreichen sie nicht einmal Schrittgeschwindigkeit.

Lieutenant Byrnes und seine Männer verfolgen den ungleichen Kampf mit Entsetzen. Hoffentlich ist ihre Artillerie bald einsatzbereit, damit das Schlachten der Panzer beendet werden kann. Kann er denn gar nichts tun? Leider ist er mit seinen Leuten völlig hilflos.

Das Maschinengewehr, das sie mitführen und ihre Sturmgewehre, vermögen gegen Panzer nichts ausrichten.
Doch plötzlich erhebt sich einer seiner Soldaten und schießt mit wutverzerrtem Gesicht mit seinem Sturmgewehr auf den Panzer.
Lieutenant Byrnes sieht zu dem Schützen hin. Es ist Private Ecclewood, natürlich. Sein Temperament geht mit ihm durch. Er hat den verständlichen, aber unrealistischen Wunsch, seine Schüsse könnten helfen, den Tiger aufzuhalten.
Die Besatzung des Panzers hat die Schüsse bemerkt. Er stoppt seine Vorwärtsfahrt, langsam dreht sich der Geschützturm, die Kanone zeigt genau auf die kleine Mauer, hinter der sie in der Deckung liegen. Eine kurze, unheilvolle Pause tritt ein, jetzt justiert der Richtschütze die Kanone.
Der Knall und die gelbe Mündungsflamme ist das letzte, woran sich Lieutenant Byrnes erinnern kann. Ein heftiger Schmerz erfasst seine linke Brusthälfte, dann wird ihm schwarz vor Augen.

Der Lieutenant kommt wieder zu Bewusstsein. Das erste, was er sieht, ist das Gesicht eines ihrer beiden Sanitäter. Sofort fühlt er einen rasenden Schmerz in der linken Schulter. Sein Oberkörper ist stramm mit Binden umwickelt. Er kann noch nicht sprechen, der Ausdruck seines Gesichtes sagt aber genug.
"Sie haben ihren linken Arm oberhalb ihres Ellenbogens verloren. Damit haben Sie es besser getroffen als Private Miller, der lebt nicht mehr."
Verdammt! First Lieutenant Byrnes sammelt seine letzte Kraft und flüstert: "Was ist mit dem Rest unseres Bataillons?"
"Wir sind abgeschnitten worden, Sir. Die Deutschen haben sie angegriffen und sie mussten ausweichen. Im Moment wissen wir nicht, wo sie sind."
Im Kopf des Lieutenants arbeitet es. Die Verbindung zu ihrer Truppe es jetzt das Wichtigste. Nur von dort können sie mit Lebensmitteln und Munition versorgt werden.
"Sir, wir müssen Sie so schnell wie möglich zur Einheit zurückbringen. Sie müssen in ein Lazarett!"

Auch das noch! Seine eigene Situation hatte er für einen Moment vergessen.

Private Ecclewood kommt zu ihm und beugt sich zu ihm hinunter. Er sieht seinen Chef betrübt an. „Tut mir leid, dass es so gekommen ist. Ich weiß, ich hätte die Panzer nicht auf uns aufmerksam machen dürfen."
Jetzt tut ihm Arthur Ecclewood beinahe leid in seiner Zerknirschung. Trotzdem, er hatte für seine Aktion keine Erlaubnis. Mit letzter Kraft bringt er hervor: „Das ist nicht zu entschuldigen. Ich könnte Sie vor ein Kriegsgericht bringen!"
„Ja, Sir!", antwortet der Private kleinlaut. Von seiner bisherigen Selbstsicherheit ist nichts mehr zu bemerken.
„Wir müssen in Richtung Nordosten, zurück zur Küste. Dort haben wir größere Chancen, auf unsere Truppen zu treffen und laufen den Deutschen nicht über den Weg."
Lieutenant Byrnes ist am Ende seiner Kräfte, ihm wird schwarz vor Augen und er verliert das Bewusstsein. Sergeant Gable als Dienstältester übernimmt das Kommando. William Goddon und Private Ecclewood befördern ihren bewusstlosen Chef in einer Trage. Der Rest des Platoons sichert nach vorne und hinten. Sie halten sich im Schutz der vielen Hecken und Wälle, die hier überall einen Steinwurf voneinander entfernt sind.
Vor ihnen liegt ein kleines Dorf, es besteht aus wenigen Häusern, die sich zum Schutz gegen den ständigen Wind zusammenzukuscheln scheinen. Ein kleines Haus mit einem winzigen Gehöft liegt direkt vor ihnen.
Sergeant Goddon war gerade als Erkunder unterwegs. Er kehrt zu der Gruppe zurück, die sich in der Deckung einer Hecke verbirgt. „Das Haus ist in Ordnung. Es wohnt ein älteres Ehepaar und deren Tochter darin. Sie gehören alle drei der SOE an (eine Abteilung des britischen Geheimdienstes, »Special Operations Executive«)."
„Und woher weißt du, dass es keine Falle ist?"
Sergeant Gable sieht skeptisch zu dem Haus hinüber, der Hof ist leer, er wirkt wie ausgestorben. „Das weiß ich nicht. Aber du kannst

gleich deinen Charme spielen lassen und die Tochter des Hauses umgarnen! Vielleicht verrät sie dir, zu welcher Seite sie gehören."
Lieutenant Byrnes wird jetzt von zwei anderen Soldaten getragen. Den ganzen Tag haben sich seine Männer darin abgewechselt. Er bekommt nicht viel davon mit, die meiste Zeit ist er in einem Dämmerschlaf. Der Sanitäter hat ihm Morphium gegeben, damit er die Schmerzen aushalten kann.

Zwanzig Männer, einschließlich ihres verletzten Führers, erreichen ungestört das Haus. Es liegt an der Straße, nach vorne befindet sich ein kleiner Lebensmittelladen.
Das ältere Ehepaar ist in heller Aufregung wegen der vielen Soldaten. Immer wieder halten sie den Finger an den Mund und mahnen so zu mehr Ruhe. Lieutenant Byrnes übernachtet im Haus, zusammen mit dem Sanitäter. Die übrigen Männer bekommen Platz im Stall. Das windschiefe Gebäude ist leer, die Kühe sind auf der Weide. Die drei Pferde, die sie besaßen, sind von den Deutschen schon vor einem Jahr beschlagnahmt worden.
Einer aus ihrer Gruppe ist Kanadier, mit französischen Eltern. Er versteht etwas französisch und versucht, sich mit dem Ehepaar zu verständigen. Sie können jedoch nicht viel helfen. Nicht sie sind Mitglieder der Résistance, sondern nur ihre Tochter. Und sie ist unterwegs und wird erst erwartet, nachdem es dunkel geworden ist.
Der kleine Laden enthält keine Vorräte mehr. Es war nie viel, nun sind ihnen die letzten Reste von den Deutschen abgenommen worden.
„Les damné Allemande!", der Franzose schüttelt seine Faust in Richtung Vichy, dem Sitz der deutschen Ersatzregierung.
Später läuft der alte Mann mit seinen krummen Beinen durch das Dorf und versucht, noch etwas Essbares aufzutreiben. Eine Stunde später ist er wieder zurück. Mit der Hilfe ihres französisch-kundigen Soldaten bekommen sie heraus, dass später jemand kommen und Essen bringen wird.
„What about Cigarettes?", fragt einer der Soldaten.
»Cigarettes« versteht der Mann, er schüttelt aber bedauernd den Kopf. Die Soldaten erhalten laut Plan sieben Stück pro Mann und

Tag, ihre Vorräte an Glimmstängeln sind inzwischen aufgebraucht und können hier auch nicht ergänzt werden.

Es ist fast 9:00 Uhr am Abend, die Tochter kommt nach Hause. Sie sieht überrascht die vielen Soldaten, als sie ihre Eltern zu dem Stall führen. „Mon Dieu!"
Sie ist Mitte zwanzig, ihre schwarzen Haare sind zu einem Knoten gebunden, der mit einem Kopftuch verdeckt wird.
Es stellt sich heraus, dass sie leidlich gut Englisch spricht. Ihre Kontaktperson ist Engländer, im vergangenen Jahr hat sie viel von dieser Sprache gelernt. Zur Freude der Männer kennt sie die Lage der Truppen in der Umgebung.
„Wir sind hier in Juaye-Mondaye, das nächste Lager der Amerikaner ist in Bayeux, bis dahin sind es noch etwas über zehn Meilen."
„Wie sieht es mit den Deutschen aus?"
„Die Gegend bis zu Küste ist nahezu komplett von den Alliierten besetzt, Sie haben höchstens mit versprengten Partisanen zu tun."

Sergeant Goddon berät sich mit dem Sanitäter. „Wenn wir morgen früh aufbrechen und nicht noch auf Deutsche stoßen, können wir bis morgen Mittag in Bayeux sein, ist das in Ordnung?"
„Heute Abend wäre noch besser, aber das können wir heute nicht mehr erreichen."
„Okay, wir werden morgen ganz früh marschieren."
Eine Stunde später kommt ein Mann aus dem Dorf mit einer Schiebkarre zu ihnen. Darauf hat er Kartoffeln, Gemüse und etwas Wurst. Die Lebensgeister der Männer erwachen beim Anblick der Köstlichkeiten. Sie müssen sich jedoch noch etwas gedulden, bis das Essen fertig zubereitet ist.

Am nächsten Morgen, gleich nach Sonnenaufgang, geht es wieder los. Es ist kurz vor 6:00. Der Nebel hängt noch in den Sträuchern und auf den Wiesen. Es ist endlich einmal trocken, Gottseidank.
Leise brechen die Männer auf. Heute Morgen sind es wieder Sergeant Goddon und Private Ecclewood, die sich des verletzten Lieutenants annehmen. William Goddon ist der kräftigste von ihnen, dem Solda-

ten Ecclewood plagt das Gewissen, er sieht ganz klar seine Schuld an diesem Desaster und er versucht seinem Chef bei jeder Gelegenheit zu helfen. Der bekommt nur wenig davon mit, heute Morgen hat er die letzte Morphium-Spritze vom Sanitäter erhalten.

Ungestört erreichen sie das Lager der Briten und Amerikaner. Die Aufregung ist groß, als sie eintreffen.
„Thank God! Wir dachten schon, ihr seid alle tot!"
„Wir haben einen Schwerverletzten, holen Sie bitte einen Arzt!"
Sofort setzt sich ein Soldat in Bewegung und kehrt kurz darauf mit einem erschöpft aussehenden Arzt in Camouflage wieder zurück. Der hockt sich neben die Trage und spricht mit dem Sanitäter. Dann steht er auf und benennt zwei Soldaten, die nun mit der Trage hinter ihm her laufen.

Die Reste ihres Platoons werden unter den anderen Truppenteilen, die ebenfalls viele Verluste erlitten haben, aufgeteilt. Dem First Lieutenant Byrnes wird der Arm fachgerecht amputiert und die Wunde vernäht. Private Ecclewood und Sergeant Goddon nehmen an seinem Krankenbett Abschied von ihm.
„Sie haben es gut, Sir. Sie können mit dem nächsten Lazarettschiff zurück in die Heimat, wir müssen noch so lange hierbleiben, bis dieser verdammte Krieg endlich vorbei ist."
First Lieutenant Byrnes ringt sich ein Lächeln ab. „Passt auf Euch auf und zeigt es diesen Deutschen!"
„Klar doch!"
Private Ecclewood hat zu seiner Selbstsicherheit zurückgefunden, jetzt, wo sein Chef am Leben geblieben ist. „Wir melden uns bei Ihnen, sobald auch wir wieder in der Heimat sind."

Das ist jetzt fast vier Jahre her. Geblieben ist ihm sein Leben, so mancher hat die Folgen einer Amputation nicht überlebt. Und vor drei Tagen hat er die erste Nachricht von seinen Kameraden erhalten.

Der Spezialist

Wie jeden Montag, ist heute wieder Pokerabend bei Eddie. Das vorige Mal war ausgefallen, weil Willy Murdoch Spätschicht hatte. Er fährt Taxi im Schichtdienst bei der Checker Cab Company.
„Hallo, Eddie!" Mit einem kräftigen Händedruck begrüßt Mike seinen Freund. Eddie ist fast kahl und sehr kräftig. Seit seiner Heirat mit seiner Frau Marita ist er viel gelassener als früher, nun ist er unter ihnen der Fels in der Brandung, er ist durch nichts zu erschüttern.
Die Tür wird aufgerissen und herein kommt Willy Murdoch, mit dem für ihn typischen Schwung. „Hallo, Jungs! Heute werde ich euch alle schröpfen!"
„Nun mach mal halblang. Wieso eigentlich? Hast du heimlich geübt?", meint Eddie.
Willy grinst. „Nein, das nicht. Aber ich habe heute eine gute Tat vollbracht, deshalb muss ich jetzt vom Schicksal belohnt werden."
„Eine gute Tat? Erzähl mal!", seine Freunde hören gerne seine Erlebnisse, die Willy mit viel Herzblut erzählt.
„Heute Morgen hatte ich eine alte Dame und ihre kleine Enkelin als Fahrgäste. Die Enkelin war vielleicht zehn Jahre alt und saß in einem Rollstuhl. Die Großmutter erzählte mir, dass die Kleine Kinderlähmung gehabt hatte und nun nur mit Einschränkung gehen kann. Sie ist zu Besuch bei ihr und nun wollte sie ihr etwas von Manhattan zeigen. ‚Wo kann ich denn mit meiner Enkelin hin, machen Sie doch einen Vorschlag! Als Taxifahrer kennen Sie sich doch sicher aus, oder?' Hat sie gefragt."
Willy fährt fort: „Ihr kennt mich ja, ich hatte sofort eine Idee. ‚Fahren Sie doch in den Zoo', habe ich der alten Dame vorgeschlagen. ‚Dort gefällt es Ihrer Enkelin bestimmt. Der Zoo im Central Park ist der zweitälteste Tierpark in den USA'. Die Dame hat erfreut zugestimmt und ich habe sie zum Tierpark gefahren."

„Und was war jetzt deine gute Tat dabei?", will Eddie wissen.
„Warte doch ab, ich bin noch nicht fertig. Das war so: Ich habe dem Mädchen aus dem Taxi geholfen und in den Rollstuhl gesetzt. Da hat mich die Großmutter gefragt, ob ich sie nicht durch den Zoo führen kann. Klar, habe ich gesagt, sie müssen mir aber die Zeit bezahlen. Und dann habe ich sie den ganzen Vormittag durch den Tierpark geschoben. Ihr wisst ja, dass ich gut mit Kindern umgehen kann."
Ja, seine Freunde nicken dazu. Willy hat einen Sohn aus einer geschiedenen Ehe, der bald fünf Jahre alt wird. Zu seinem Kummer kann er ihn nur selten sehen, seine geschiedene Frau legt ihm nur Steine in den Weg.
„Was war jetzt deine gute Tat dabei?", möchte Eddie wissen.
Willy ist noch nicht fertig. „Einen Moment noch, das Beste kommt zum Schluss!" Er strahlt über das ganze Gesicht. „Als ich die beiden wieder abgesetzt habe, wollte mir die alte Dame 10 Dollar extra geben. ‚Für den schönen Tag', hat sie gesagt. Ich habe aber abgelehnt und gesagt: ‚Es war mir eine große Freude, Sie und ihre Enkelin betreuen zu dürfen!' "
Willy nickt sich selbst zu. „Das war doch eine gute Tat, oder?" Seine Freunde klopfen ihm auf die Schulter und lachen.

Mike hat seinen Freunden auch etwas mitzuteilen. „Ich lade euch zu einer Runde ein. Der Grund ist meine Verlobung mit Candy. Wir haben uns vor einer Woche verlobt."
„Mensch, Mike, wieso wissen wir davon nichts? Das freut uns für dich!"
Eddie und Willy strahlen beide über das ganze Gesicht.
„Wir haben schon damit gerechnet, aber so schnell?"
„Ja, das hatten wir gleich zu Jahresanfang geplant, gleich nach meiner Entlassung aus dem Gefängnis."

„Das kann ich mir vorstellen. Eine Frau, die einem so unermüdlich hilft, die lässt man nicht wieder los!", Eddie nimmt Willy die Worte aus dem Mund.
Seine Freunde kennen diese Geschichte, sie hatten ihm, ebenso wie seine Partnerin, geholfen, seinen schuldlosen Aufenthalt im Untersuchungsgefängnis zu beenden.

„Sag, mal Mike, kennst du einen Gordon Batcher?", wendet sich Eddie an Mike.
„Hm, dazu fällt mir im Moment niemand ein. Warum fragst du?"
„Ich hatte vor ein paar Tagen einen Gast, der hat mir etwas von seiner Vergangenheit erzählt. Er war früher beim FBI und dann bei der Abwehr der Amerikaner in England. Du bist doch auch dabei gewesen, oder?"
„Ja, das stimmt, lass mich mal überlegen." Mike kramt in seiner Vergangenheit und passt beim Bieten in der Runde nicht auf. Dann fällt ihm etwas ein. „Das war in einem Vorort von London. Er war dort Major. Major Batcher, ja, an den erinnere ich mich. Den würde ich gerne wiedersehen, hast du noch mehr Informationen von ihm?"
„Nein, ich habe nur seinen Namen."
„Gut, das finde ich heraus. Ich habe schließlich eine Detektei, oder?"
„Na", meint Eddie, „hoffentlich ist das nicht zu schwierig…", und lacht.

Gleich am nächsten Morgen im Büro geht Mike zu ihrer Sekretärin. „Janet, kannst du mal versuchen, einen »Gordon Batcher« ausfindig zu machen? Das ist ein früherer Bekannter von mir, er scheint jetzt in Manhattan zu wohnen und ich würde ihn gerne wiedersehen."
Janet Wilson sieht von ihrem Schreibtisch zu Mike hoch. „Hat dein Bekannter vielleicht Telefon?"

„Er war früher in der Armee, davor beim FBI in Washington. Dort hat man vielleicht noch Unterlagen über ihn. Du schaffst das schon, ich bin ganz sicher."
„Vielen Dank für diese Einschätzung" meint Janet trocken, „du könntest mir vielleicht ein paar deiner Kontakte vom Militär geben, dort hat man in der Regel ganz gute Kenntnisse über die entlassenen Soldaten. Ich telefoniere mich da schon durch."
Das Selbstwählverfahren ist in New York vor ein paar Jahren eingeführt worden. In manch anderer Stadt muss noch das »Fräulein vom Amt« bemüht werden, jetzt hat es Janet erheblich leichter.
Mike findet in seinen privaten Entlassungspapieren von der »Military Intelligence Division« noch die Adresse der Personalverwaltung in Washington.
Er sitzt an seinem Schreibtisch und kramt noch einen Moment in seinen Erinnerungen. Bis Mitte 1947 ist er bei der Abwehr gewesen. Der Krieg war vorbei und damit auch die spannende Arbeit. Am besten hatte es ihm in London gefallen, in dem großen Haus am St. James Square war immer viel los gewesen. Von der Hektik bis zur Panik gab es alle Varianten der Aufregung. Seine Aufgabe als Second Lieutenant einer kleinen Gruppe war es, die Kontakte zu ihren Spionen und deren Partnern bei der französischen Widerstandsbewegung aufrecht zu erhalten, sie mit Geld zu versorgen und Informationen auszutauschen.
Das dreistöckige Gebäude im neu-gregorianischen Stil war bis unter das Dach mit Militär gefüllt. Jeder hatte eine Aufgabe, die mit der Spionage gegen Deutschland zu tun hatte. Dort war ihm Major Batcher begegnet, er war etwa zehn Jahre älter als er. Über seine Aufgabe hat er nie gesprochen.
„Die ist so geheim, das darf ich selbst nicht wissen", hat er auf die Frage jedes Mal grinsend erklärt. Und nun könnte er ihn möglicherweise bald wiedersehen. Sie hatten immer viel Spaß bei ihren Begegnungen auf den Fluren gehabt.

Ein einziges Mal hatte sich die Gelegenheit zu einem gemeinsamen Treffen in einem Pub in der Nachbarschaft ergeben. Früher als erwartet, mussten sie den feuchtfröhlichen Abend wegen Fliegeralarms abbrechen.
Nach der Rückkehr in die Vereinigten Staaten hat er Gordon Batcher nicht mehr wiedergesehen. Es hieß, dass er noch vor Kriegsende vom Militär entlassen worden war.

Die Telefonnummer aus den Unterlagen gibt er Janet, sie ist sehr pfiffig im Heraussuchen von Informationen.
Er bearbeitet gemeinsam mit Candy einen Fall, der sie beide den ganzen Tag in Trab hält. Es ist ein großangelegter Autodiebstahl, Autos waren aus dem Lager eines großen Importeurs verschwunden. Alle Diebe hatten sich vermutlich nach Europa abgesetzt. Verschwunden waren auch die Autos, sie hatten alle Käufer gefunden. Irgendwo. Von Steven Haggrath von der Central Manhattan Insurance haben sie diesen Auftrag erhalten. Seit der Untersuchung eines Juwelendiebstahls in seinem Auftrag hat er ihnen schon zwei weitere Fälle übertragen.
Die Polizei hat die Suche nach den Dieben ergebnislos abgebrochen, mit den verschobenen Autos beschäftigen sie sich nicht.

Am nächsten Morgen kommt Janet stolz in Mikes Büro. Mike ahnt schon, warum sie ihn jetzt aufsucht.
„Na, wo wohnt er?", lächelt er sie an.
„Er wohnt in der 14. Straße Ost, Nummer 426. Brauchst du auch seine Telefonnummer?"
„Das wäre natürlich großartig!"
„In der Wohnung selbst ist kein Telefon. Er ist aber ab 8:00 p.m. telefonisch bei Harpers Market in der 8. Straße Ost zu erreichen, dort macht er Nachtdienst", sie reicht ihm einen Zettel mit der Telefonnummer, sauber in ihrer geschwungenen Schrift geschrieben.

„Das hast du prima gemacht. Was würden wir bloß ohne dich machen?"
Lächelnd verlässt sie sein Büro.

Am Abend will er seinen Bekannten von früher aufsuchen, das passt heute gut. Er geht zu Candice ins Büro, um sie ein wenig von der Arbeit abzuhalten. Seine Partnerin telefoniert gerade. Er setzt sich zu ihr auf den Schreibtisch und lächelt sie an. Als sie kurz aufsieht, formt er einen Kussmund. Candy lächelt und schüttelt den Kopf. Dann verabschiedet sie sich von ihrem Gesprächspartner und legt auf. „Dieser blöde Versicherungsfall ist wirklich öde. Ich werde Mr. Haggrath bitten, uns nur noch Fälle zu geben, die mit Mord und Totschlag zu tun haben", sie lächelt Mike an und lehnt sich entspannt zurück. „Was führt dich zu mir, mein Schatz?"
„Das sind zwei Gründe. Erstens wollte ich mich an deinem Anblick erfreuen und außerdem habe ich gerade einen Hänger."
Candice lächelt ihn an, mit einem Lächeln, bei dem ihm jedes Mal der Verstand stehenzubleiben droht. „Du meinst also, ich bin dein Pausenclown?"
„Ja!"
„Komm mal her, du verrückter Kerl!" Sie steht auf, reckt ihm ihren Mund entgegen und gibt ihm einen langen Kuss. Nach Luft schnappend trennen sie sich. Mike findet zuerst seine Worte wieder. „Dich küsse ich am liebsten!"
„Das ehrt mich außerordentlich, Mr. Callaghan!", dann streckt sie ihm die Zunge heraus.
Mike lächelt und wird dann wieder etwas ernsthafter. „Bei Eddie hat sich ein Kriegskamerad von mir gemeldet. Ich werde heute Abend versuchen, ihn zu treffen."
„Oh, das ist aber schön. Ich wünsche dir schon jetzt viel Vergnügen."

Kurz vor 8:00 p.m. ruft Mike sich ein Taxi und lässt sich zu dem großen Supermarkt in der 8. Straße Ost fahren. Vor einer halben Stunde ist die Sonne untergegangen, nun ist es dunkel. Die vielen Laternen und die erleuchteten Schaufenster werfen ein gelbliches Licht auf die Bürgersteige, vorbeilaufende Passanten erzeugen unruhige Schatten. Auf den Straßen glitzert ein Lichtermeer aus weißen, gelben und roten Leuchten, wie in einem überdimensionalen Kaleidoskop ändert sich ständig das Muster.

Der Markt hat 24 Stunden am Tag geöffnet, er betritt ihn und sieht sich um. Von den fünf Kassen sind jetzt zwei besetzt. Er geht an die erste besetzte Kasse und spricht die schwarze Kassiererin an. „Ich suche einen Mr. Batcher, er soll hier beschäftigt sein."
Sie sieht mit großen Augen zu ihm hoch. „Das stimmt, Mister. Ich habe ihn gerade kommen sehen. Wenn Sie einen Moment warten mögen, er wird sicher gleich erscheinen."
Mike bedankt sich und betritt den Markt. Lange Reihen mit Lebensmitteln, Konservendosen, Tüten und Schachteln aller Art, ragen neben ihm auf. Am Ende der großen Halle befinden sich mehrere Türen. Zwei davon führen zu den Toiletten und Waschräumen. Eine der anderen Türen öffnet sich und ein Mann kommt ihm entgegen. Er ist recht groß, etwa so groß wie er selbst und sehr schlank, fast mager. Er trägt eine dunkelblaue Uniform mit einer Pistole am Gürtel. Unter der dunklen Schirmmütze sehen einige wirre Haare hervor.
Er sieht kurz zu Mike hin, er scheint ihn nicht zu erkennen. Mike ist sich auch nicht ganz sicher, ob dieser Mann jetzt der richtige ist. Wenn es sein Kriegskamerad sein sollte, dann hat er sich sehr verändert. „Mr. Batcher? Gordon Batcher?", ruft er dem Wachmann zu.
Der schlanke Wachmann dreht sich zu ihm um. „Sir?"
„Ich bin es, Mike Callaghan. Erkennst du mich nicht?"

Wie vom Donner gerührt, erstarrt der Mann. Seine dunklen Augen mustern Mike, dann erhellt ein Erkennen sein Gesicht. Er kommt auf Mike zu und schließt ihn fest in seine Arme. „Mike, alter Kumpel, es tut so gut, dich zu sehen! Wie hast du mich gefunden?"
„Ein guter Freund von mir ist der Wirt vom Grey Dog. Und er hat mir von dir erzählt."
„Was für ein Zufall! Wir müssen uns unbedingt ausgiebig unterhalten." Er sieht auf seine Uhr. „Meine Schicht fängt gerade erst an, sie geht bis 8:00 Uhr morgen früh. Dann schlafe ich bis zum Nachmittag." Er sieht Mike ins Gesicht. „Was hältst du davon, wenn wir uns morgen um 4:00 p.m. bei Sarahs Inn an der 14. Straße Ost treffen? Ich nehme dort mein Frühstück zu mir, ich lade dich zu einer Tasse Kaffee ein."
„Abgemacht, alter Freund. Ich freue mich schon darauf. Bis morgen!"

Nachdenklich verlässt Mike den Supermarkt. Was hat sein Kollege angestellt, dass er jetzt, als im zweiten Weltkrieg mehrfach ausgezeichneter Offizier, als Nachtwächter seinen Lebensunterhalt verdienen muss? Morgen wird er es ganz sicher erfahren. Immer noch grübelnd lässt er sich nach Hause fahren, in die Penthousewohnung seiner Verlobten am Central Park West.

Der nächste Tag beginnt trübe und bleibt bis zum Abend so. Candice ist schon seit dem frühen Morgen unterwegs. Sie will heute zum »Department of Motor Vehicles«, dem Kraftfahrtamt fahren und sich über die Möglichkeit zum Fälschen von Nummernschildern und Fahrzeugpapieren erkundigen. Mike arbeitet gemeinsam mit Janet die lange Liste der verschwundenen Fahrzeuge durch.
Dann ist es soweit. Mike will mit der Subway zum »Sarahs Inn« fahren. Er muss nur einmal umsteigen und noch weitere zwei Stationen mit dem Bus fahren.

Die 14th Straße trennt hier den Stadtteil Gramercy von der Lower East Side. Die Wohngegend ist etwas schäbig, dafür sind die Mieten günstig. Der »Sarahs Inn« ist ein kleiner Drugstore mit roten Jalousien vor den Fenstern, er ist sauber und gemütlich. An jedem Tisch leuchtet eine kleine Lampe mit rotem Schirm, die einen freundlichen Schein verbreitet. Mike sieht sich in dem etwas schwachen Licht um. Von seinem Kameraden ist noch nichts zu sehen, er ist auch etwas früh dran. Er nimmt an einem freien Tisch Platz, sein Hut kommt auf den Stuhl neben ihm. Er bestellt sich einen Kaffee, steckt sich eine John Players an und gräbt in seinem Gedächtnis.

Es ist jetzt drei Jahre er. Sein Kriegskamerad war Major und er selbst war Second Lieutenant gewesen, da sie aber nicht in derselben Einheit arbeiteten, war er nicht sein Vorgesetzter, sondern nur ein netter höherer Offizier. In der Nachrichtenabteilung am St. James Square ging es ohnehin nicht sehr förmlich zu.

Die Tür geht auf und Gordon Batcher kommt herein. Er sieht sich kurz um und setzt sich zu Mike an den Tisch.
„Wartest du schon lange? Es tut mir leid, ich habe etwas verschlafen."
Mike schüttelt den Kopf, es ist nur wenige Minuten nach 4:00.
Gordon Batcher bestellt sich Eier mit Schinken, Toast und Kaffee und beginnt mit Appetit zu essen. „Tut mir leid, mein Freund, ich muss mich erst stärken, gleich können wir uns unterhalten."
Mike beobachtet seinen Kameraden. Er ist deutlich älter geworden, obwohl doch seit ihrem letzten Treffen erst drei Jahre verstrichen sind. Die wirren schwarzen Haare sind an den Schläfen bereits grau, sein Gesicht wirkt müde und abgespannt. Die Falten an den Augenwinkeln waren früher eindeutig Lachfalten gewesen, nun sehen sie eher wie Sorgenfalten aus.

Gordon Batcher schiebt seinen leeren Teller beiseite und greift nach der Tasse mit dem Kaffee. Mike zündet eine zweite Zigarette an und reicht sie seinem Kollegen. Der nimmt sie dankbar an und beginnt das Gespräch.
„So, jetzt fühle ich mich sehr viel besser. Nun erzähl du zuerst, wie ist es dir seit London ergangen?"
Mike überlegt einen Moment und beginnt zu erzählen. Nach dem Ende des Krieges war er wie die meisten seiner Kollegen zurück nach Washington gegangen und hatte dort noch zwei Jahre gearbeitet. Der Krieg war vorbei und die Arbeit war deutlich langweiliger geworden. Er hatte eine Liebschaft mit der Frau eines Vorgesetzten angefangen, der laut seiner »Witwe« angeblich im Krieg gefallen war. Das ging so lange gut, bis der angeblich Gefallene plötzlich in der Tür stand. Da er zudem ein Vorgesetzter von Mike gewesen war, hatte er kurz entschlossen den Militärdienst quittiert und sich nach New York abgesetzt. Von der Abfindungssumme konnte er sich eine Weile über Wasser halten und hat in der Zeit sein kleines Detektivbüro gegründet. Der Beginn war quälend schleppend und er musste so manche Durststrecke überwinden.
Gordon Batcher nickt immer wieder dazu, es scheint ihn an eigene Erfahrungen zu erinnern.
Mike nähert sich dem Ende seiner Geschichte. Von einer Millionärin hatte er den Auftrag erhalten, ihren Mann zu beschatten. Der Fall wurde gefährlich, er konnte ihn trotz allem gut zu Ende bringen. Mike strahlt seinen Kollegen an. „Mit der kleinen Schwester der Millionärin bin ich inzwischen verlobt und wir haben eine Detektei eröffnet.
„Du alter Casanova! Dir haben in London schon immer die weiblichen Mitglieder unseres Stabes hinterher gesehen. Ich freue mich für dich, ich habe leider nicht so viel Glück gehabt."
„Ganz so war es nicht", korrigiert Mike, „hinter den Mädchen bin ich nicht mehr her, so manche schlechte Erfahrung hat mich umdenken lassen."

Sie nicken beide, jeder erinnert sich an seine besonderen Erfahrungen mit dem schönen Geschlecht.

Gordon Batchers Geschichte beginnt ebenfalls in London. In den letzten Tagen des Krieges hatte er ein traumatisches Erlebnis gehabt. Eine Bombe traf eine Gruppe von Menschen, die mit ihm im Laufschritt zum nächsten Luftschutzkeller unterwegs war. Viele von der Gruppe, die zum größten Teil aus Müttern mit ihren Kindern bestand, wurden grausam niedergemäht. Er war umgeben von Gliedmaßen und zuckenden Körpern. Es hatte über zwei Wochen gedauert, bis er wieder ein Wort über die Lippen bringen konnte.
Mike mustert seinen Kameraden. Die Spuren des Bombenchaos haben sich in seine Gesichtszüge gegraben. Von seiner früheren Fröhlichkeit ist nichts mehr zu bemerken.
Drei Monate nach dem Ereignis mit der Bombe war Gordon Batcher zurück nach Amerika gebracht worden, für einen militärischen Einsatz war er nicht mehr zu gebrauchen. Er sieht Mike an und unterbricht seine Erzählung.
„Wenn du denkst, das lässt sich nicht mehr steigern, dann irrst du, ein weiterer Schicksalsschlag hat mich zu Hause erwartet."
Mike sieht seinen Kollegen voll Anteilnahme an. Der ehemalige Major setzt seine Erzählung fort.
Zu Hause angekommen, war seine Frau verschwunden. Nachbarn erzählten ihm, dass seine Frau, während er in Europa war, eine Liebesgeschichte mit einem anderen Mann angefangen hatte. Mit diesem Mann war sie auf Nimmerwiedersehen verschwunden.
Mike schüttelt den Kopf, das hat seinen Kollegen wirklich hart getroffen.

„Du weißt, dass ich Mitarbeiter des FBI war?"

„Ja, das hattest du mir mal in London erzählt. Du warst für eine besondere Tätigkeit dem Militär für fünf Jahre zur Verfügung gestellt worden."
„Das ist richtig. Mich nahm man wegen des Traumas allerdings vor Ablauf der fünf Jahre wieder zurück."
Jetzt sieht Mike den Punkt gekommen, seinen früheren Kollegen nach seiner Tätigkeit zu befragen: „Was genau hast du damals in London eigentlich gemacht? Du wolltest zu der Zeit nicht damit herausrücken."
Jetzt schmunzelt Gordon Batcher. „Ja, das war unbedingt erforderlich. Wir waren zur höchsten Geheimhaltung verpflichtet. Weißt du, dass ich Psychologie studiert habe?"
Mike sieht ihn erstaunt an. „Nein, das habe ich entweder nicht gewusst oder ich habe es vergessen."
„Das war der Grund, warum ich in London war. Beim FBI habe ich Täterprofile erstellt und versucht, Zusammenhänge zwischen den vorgefundenen Fakten und den Tätern herzustellen. Im Auftrag des FBI habe ich Studien durchgeführt, um von der Tat auf den Täter schließen zu können, teilweise mit erstaunlichen, mal mit sehr fragwürdigen Ergebnissen. In London habe ich dann am Unternehmen mit dem Codenamen »Fortitude« teilgenommen. Das war eine gewaltige Täuschungsaktion der Alliierten, um die Deutschen glauben zu machen, dass die Invasion bei Calais stattfinden würde."
„Das hat ja auch geklappt. Und was war deine Aufgabe dabei?"
„Ich war der psychologische Berater. Ich sollte beurteilen, ob die Deutschen die vielen Aktionen glauben würden und sollte Hilfestellung geben bei der Koordination der Täuschungsmanöver."
Mike lächelt seinen Kollegen an. „Sieh mal an, du bist ein richtig gelehrtes Haus. Und was passierte dann, nachdem dich deine Frau verlassen hatte?"
„Ich habe angefangen zu trinken. Mein Arbeitgeber, der FBI, hat das eine Weile toleriert, weil man von meinen

Problemen wusste, aber letztlich hat man mich vor einem halben Jahr entlassen."

„Das ist ja großartig!", ruft Mike entsetzt aus, „damit hat man dich noch tiefer ins Unglück gestürzt!"

„So war es auch. Obwohl ich niemanden für meine Trinkerei verantwortlich machen will, getrunken habe ich selbst. Aber ich hatte auch ein wenig Glück. Nicht so einen Mordsdusel wie du, aber immerhin, das Schicksal war mir gnädig. Vor drei Monaten habe ich eine Frau kennengelernt, die mir aus meiner Misere geholfen hat. Sie lässt mich bei sich wohnen und hat mir auch diesen Job als Nachtwächter verschafft. Sie ist übrigens die Filialleiterin des Supermarktes, in dem ich als Wachmann tätig bin."

Mike ist ehrlich entsetzt über das Unglück seines früheren Kameraden. Er fragt sich – nicht zum ersten Mal - warum das Glück eigentlich so ungerecht verteilt ist. Gordon Batcher ist offensichtlich völlig schuldlos an seinem Schicksal.

„Wie lange willst du das mit dem Nachtwächter machen? Du bist doch überqualifiziert für die Tätigkeit."

„Das muss sich zeigen. Ich bin schon auf der Suche nach einer anderen Arbeit."

„Was hast du eigentlich im Grey Dog gemacht? Bist du da häufiger?"

„Das war mehr Zufall. Ich hatte mich in Chelsea für eine andere Anstellung beworben und hatte noch etwas Zeit bis zu meinem Arbeitsbeginn als Nachtwächter. Dann bin ich für eine Stunde in der gemütlichen Kneipe hängengeblieben."

„Ich werde mal mit meinen Freunden reden. Vielleicht können wir ein viertes Mitglied in unserer Pokerrunde gebrauchen."

„Das würde mich sehr freuen, ich kenne bisher kaum jemanden in Manhattan." Ein Lächeln spielt über das Gesicht von Gordon Batcher. Eine kleine Gruppe von Freunden, das ist genau das, was ihm jetzt fehlt und helfen würde. Die beiden Kriegskameraden sitzen noch lange zusammen, bis die Zeit drängt, weil Gordon Batcher zu seiner Arbeit aufbrechen muss.

Am Abend im Penthouse bleibt es nicht aus, dass sich Mike und Candice noch über ihre tägliche Arbeit austauschen.
Candice berichtet stolz von ihrem Besuch im Kraftfahrtamt. Auf Grund ihrer Befragung sind die Vordrucke für die Fahrzeugpapiere überprüft worden und es ist entdeckt worden, dass zwei Dutzend Vordrucke fehlten. Das erklärt, warum die Autos unbemerkt zugelassen werden konnten.
„Was meinst du, sollten wir Jesaja mal Undercover als Putzmann in der Behörde ermitteln lassen? Die Erlaubnis dafür habe ich schon erhalten", fragt sie Mike.
„Das erscheint mir viel Aussicht auf Erfolg zu haben. Jesaja hat einen siebten Sinn darin, andere Personen auszuhorchen. Wenn es jemand schafft, dann er."
Mike berichtet von dem Treffen mit seinem Kriegskameraden. Candy fühlt mit seinem früheren Kollegen. „Der arme Mann, da hast du viel Glück gehabt, dass du von so einem Schicksal verschont geblieben bist."
Jetzt lächelt Mike sie an. „Nicht nur das, das größte Glück war die Begegnung mit dir."
„Danke, das beruht auf Gegenseitigkeit. Wenn ich dich nicht getroffen hätte, würde ich wohl immer noch ohne Perspektive auf den Partys herum tingeln."
„Nicht nur das, jetzt weißt du auch mit deinen Nächten mehr anzufangen!"
„Mike Callaghan, sei nicht wieder so frech!" Lachend weicht sie seinen neugierigen Händen aus. Am Ende landen sie wieder in ihrem Schlafzimmer.

Beim nächsten Pokerabend berichtet Mike seinen Freunden von Gordon Batcher. „Was meint ihr, können wir noch einen weiteren Spieler gebrauchen?"

Eddie bringt es auf einen Nenner: „Deine Freunde sind auch unsere Freunde. Stimmt doch, oder?", er sieht Willy an, der nickt, „klar!"
Mike gibt eine knappe Erklärung ab, um seine Freunde auf das Problem seines Bekannten vorzubereiten. „Ich habe ihn einige Jahre nicht gesehen, außerdem ist er mit einem schweren Schicksal bestraft." Mike erzählt seinen Freunden in Kurzform von den Leiden seines Kriegskameraden.
„Das biegen wir schon hin, bring ihn nur mit, wir machen das", Willy ist ganz zuversichtlich. Dann fällt ihm etwas ein. „Habe ich euch das schon erzählt?"
„Nun leg schon los, wir können dich doch nicht bremsen."
„Also, ich habe vor einigen Wochen einen Versehrten gefahren, der hatte nur ein Bein. Ich bin mit ihm ins Gespräch gekommen und wir haben auch über seine Verletzung gesprochen. Er hat mir erzählt, dass er das Bein bei den Kämpfen in Sizilien 1944 verloren hat. Und als er dann mit dem fehlenden Bein nach Hause gekommen ist, hat seine Frau nicht mitgespielt. Zwei Wochen hat sie ihn im Rollstuhl umher geschoben, dann hat sie offenbar die Lust daran verloren und hat ihn verlassen." Er macht eine Pause, anscheinend muss er an seine eigene Frau denken, von der er seit einem Jahr geschieden ist.
„Mit den Frauen ist das so eine Sache. Nicht jeder hat so viel Glück wie du, Eddie, oder du, Mike, mit deiner Candy."
„Hör auf, erzähle lieber deine lustigen Geschichten, du verdirbst uns sonst die Stimmung." Eddie sammelt die Karten ein und mischt.

Jesaja nimmt etwas widerstrebend den Job als Putzmann auf. Es ist nicht das Putzen, das ihn stört, nein, das Aushorchen seiner »Kollegen« erzeugt Unbehagen in ihm. „Das kann ich nicht, das Vertrauen der Leute gewinnen und sie dann später ausfragen….darin habe ich keine Übung."

Candice lächelt ihn ermutigend an. „Mike und ich glauben, dass es niemand so gut kann wie du. Es sind ja nicht wirklich deine Kollegen. Wenn es so ist, wie wir vermuten, sind auch Betrüger dabei."
Jesaja brummelt etwas Unverständliches und verlässt dann das Büro in Richtung des DMV, des »Department of Vehicles«.

Ein älteres Ehepaar kommt in die Detektei. Es regnet, sie kommen mit zwei nassen Schirmen und nasser Kleidung herein.
Janet kommt aus ihrem kleinen Reich und hilft ihnen, die Mäntel aufzuhängen. „Was kann ich für Sie tun?"
„Ich bin James Kellington, das ist meine Frau."
Der ältere Herr mag vielleicht fünfzig Jahre sein. Er nimmt seinen Hut ab und enthüllt einen Kopf mit schütterem, grauem Haar. Seine Frau ist nur wenig jünger, ihre schwarzen Haare mit den silbernen Strähnen sind zu einem Knoten gebunden. „Wir sind direkt vom Gericht gekommen, wir hoffen, dass jemand Zeit für uns hat." Mr. Kellington und seine Frau sehen beide sehr besorgt aus und sehen die Sekretärin hoffnungsvoll an.
„Im Moment bin ich allein, ich erwarte Miss Evans und Mister Callaghan jeden Moment zurück. Nehmen sie doch schon einmal in unserem Besprechungsraum Platz."
Das Ehepaar folgt Janet Wilson in den hell gestrichenen Raum. Der Raum liegt von der Straße abgewandt und hat kein Fenster. Lediglich durch die Fenster der anderen Büros fällt etwas Tageslicht herein, der Tag heute ist jedoch besonders grau und trübe. Das Deckenlicht ist eingeschaltet und verbreitet mit dem gelblichen Schein eine gemütliche Atmosphäre.
„Kann ich Ihnen etwas bringen? Einen Kaffee vielleicht? Mögen Sie Kekse?"

Mr. Kellington schiebt für seine Frau einen Stuhl zurecht. „Kaffee wäre schön. Wie ich meine Frau kenne, möchte sie auch Kekse. Nicht wahr, Kimberley?"
Seine Frau nickt. „Das wäre nett, den Kaffee hätte ich gerne mit viel Milch."
Janet kommt einen Moment später mit dem Kaffee, Keksen und einem Notizblock mit Stift wieder zurück. „Bevor mein Chef und die Chefin kommen, werde ich mir schon mal ihre Daten notieren."
„Werden sie denn Zeit für uns haben?", fragt die Frau.
„Ich denke schon, sie haben gerade einen Fall abgeschlossen. Das sollte jetzt passen." Janet klappt ihren Block auf und beginnt sich die Daten der neuen Kunden zu notieren. Es geht um den Sohn, Albert Kellington, der sich zurzeit im Untersuchungsgefängnis befindet. Sie notiert sich Namen und Adressen.
Die Tür zur Straße klappt und lautes Stimmengewirr dringt herein. Man hört das Lachen von Candice und die tiefe Stimme von Mike Callaghan. Jesaja scheint auch dabei zu sein, leise ist sein Bass zu vernehmen.
Janet erhebt sich. „Sehen Sie, da sind sie schon, jetzt geht es gleich los", sie geht zum Eingang, dort ist jetzt eine große Pfütze aus Regenwasser entstanden. „Wir haben zwei Kunden, die auf euch warten. Hat jemand von euch Zeit? Sie sitzen im Besprechungsraum."
Mike Callaghan sieht seine Partnerin an. „Das können wir beide machen, was meinst du?"
„Ja, meinetwegen. Wir hören uns an, worum es geht und können uns dann noch entscheiden, wer den Fall bearbeiten wird."

Mike begrüßt ihren Besuch und stellt seine Partnerin vor. „Lassen Sie sich nicht vom Aussehen meiner Verlobten täuschen, sie ist eine hervorragende Detektivin."
Candy zieht verärgert ihre Augenbrauen zusammen. Sie hasst diese Anspielungen und Mike weiß das. „Das war

jetzt nicht nötig. Das werden unsere Kunden schon selbst bemerken, nicht wahr?" Candy nimmt sich vor, später ein ernstes Wort mit Mike zu sprechen, diese unangebrachten Bemerkungen ärgern sie, was hat ihr Aussehen mit ihren Fähigkeiten zu tun?

Mr. und Mrs. Kellington nicken beide gleichzeitig, dann beginnt der alte Herr zu berichten, gelegentlich unterbrochen von seiner Frau. Ihr Sohn soll angeblich einen Mann erschossen haben. Man hat ihn bewusstlos neben der Leiche gefunden, die Waffe in der Hand, mit der der Tote erschossen wurde. Er hat natürlich kein Alibi, die Fingerabdrücke auf der Waffe sind auch von ihm.

„Er war es nicht", ereifert sich Mrs. Kellington, „unser Junge hat noch nie eine Waffe in der Hand gehabt.

„Es ist absolut unmöglich, unser Albert soll in irgendetwas hineingezogen werden", ergänzt ihr Mann.

Candice Evans hat das Ehepaar genau gemustert, jetzt wendet sie sich an die beiden. „Wir kümmern uns um ihren Fall. Wir werden mit ihrem Sohn sprechen und uns Einsicht in die Unterlagen der Polizei verschaffen. Sobald wir irgendwelche Unklarheiten finden, werden wir dem nachgehen. Versprechen können wir Ihnen noch nichts, nur so viel, dass wir uns intensiv um Ihren Sohn kümmern werden."

Mrs. Kellington hatte Candice bis jetzt immer etwas skeptisch gemustert, nun strahlt sie die junge Detektivin an. „Das freut mich zu hören. Ich fühle mich jetzt schon sehr viel besser."

Mike nickt und gibt seiner Partnerin recht. „Wir können morgen damit anfangen. Meine Verlobte und ich werden uns nachher die geschickteste Vorgehensweise überlegen. Hat unsere Sekretärin sich den Namen des Detektivs notiert, der mit dem Fall betraut ist?"

„Ja, die junge Frau hat sich alles aufgeschrieben", antwortet der Mann.

„Sehr schön. Ich denke, ich werde mit dem Besuch bei der Polizei beginnen. Oder was meinst du, Candy?"
Candice nickt. „Ja, das ist okay. Dann werde ich Ihren Sohn im Gefängnis aufsuchen. Haben Sie schon einen Anwalt?"
„Ja, Ihre Sekretärin hat sich das alles notiert."
„Gut, dann werden wir ihn gleich mit einbeziehen." Candice lächelt den alten Herrn an. Der sieht inzwischen beruhigt aus, auch seine Frau sieht jetzt mit mehr Zuversicht in die Zukunft.

Nachdem das Ehepaar die Detektei verlassen hat, sitzen Candice und Mike noch vor einer Tasse Kaffee. Mike hat sich eine Zigarette angesteckt und sie sprechen über ihren neuen Fall.
„Das Ganze erinnert mich etwas an deine eigene Verhaftung zu Weihnachten. Da war es deine Waffe mit deinen Fingerabdrücken."
„Du wusstest, dass ich unschuldig war, über unseren neuen Klienten wissen wir bis jetzt noch gar nichts."
„Gut, dann lass uns anfangen, wir haben anscheinend einen schwierigen Fall."
„Ja, den Fall mit den gestohlenen Autos haben wir Gottseidank schnell beenden können." Mike denkt noch kurz darüber nach. Jesaja hat mit seinem Gespür für eine geschickte Befragung innerhalb weniger Tage den Mann ausfindig machen können, der die Formulare gestohlen hatte. Seine verblüffende Beobachtungsgabe und sein Geschick im Umgang mit Menschen hat er während seiner jahrelangen Arbeit als Schuhputzer in den Straßen von Manhattan noch vervollkommnen können. Den Rest muss jetzt die Polizei erledigen. Die Aussage des Formulardiebes wird helfen, die eigentlichen Hintermänner verhaften zu können.

Mike geht zu Janet in ihr Büro, um sich die Adresse der Revierwache für ihren neuen Fall geben zu lassen. „Wie ich dich kenne, hast du schon einen Ordner angelegt?"
Janet sieht von der Schreibmaschine hoch und lächelt ihn an. „Klar doch, du kannst ihn unter K wie Kellington finden."
„Und wenn wir den Fall nun nicht übernommen hätten?"
Janet lässt sich nicht so einfach aus der Fassung bringen. „Ich kenne euch doch. Ich weiß inzwischen, welche Fälle ihr übernehmt - und welche nicht."
Mike beglückwünscht sich innerlich zu ihrer tüchtigen Sekretärin und geht in das Archiv, um sich den Ordner zu holen.

Zwei Tage später fährt Candice zu ihrem Besuchstermin bei Albert Kellington im Untersuchungsgefängnis. Sie hat sich unauffällig in ein braunes Kostüm gekleidet. Das lange, blonde Haar ist im Nacken zu einem Knoten frisiert.
Der junge Mann ist Mitte zwanzig, mit wirrem blonden Haar und einem noch sehr kindlich erscheinendem Gesicht. Die Haft hat ihm sichtbar zugesetzt, er ist blass und nervös. Er sieht missmutig auf den Tisch vor sich, auch das süße Lächeln von Candice vermag ihn nicht aufzuheitern. Nur mühsam kann sie ihm Details entlocken.
„Der Mann war ein Bekannter von mir, der mir noch Geld schuldete. Nicht viel, etwa zweihundert Dollar." Er sieht Candice verzweifelt an. „Für zweihundert Dollar bringt man doch keinen um!"
„Das ist alles schon dagewesen. Erzählen Sie weiter, was ist dann passiert?"
Der junge Mann überlegt eine Weile und fährt dann fort. „Ich war etwa eine halbe Stunde bei ihm. Er hatte das Geld nicht und wir stritten miteinander. Es wurde immer lauter, wir hatten die Türklingel beinahe nicht gehört. Doch dann ging Jake, so heißt mein Bekannter, an die Tür. Er öffnete und mit einem Mal stieß jemand die Tür mit

großer Kraft auf. Es kam jemand herein, der hatte sich eine Mütze über das Gesicht gezogen und eine Waffe in der Hand. Ohne zu zögern zielte er auf Jake und schoss ihn nieder. Dann drehte er sich zu mir um. Mit seinem Revolver und seiner Größe sah er furchterregend aus. Ich hatte die Arme erhoben und sah mein letztes Stündlein gekommen, da forderte er mich auf, mich umzudrehen. Ich tat es und erhielt einen Schlag auf den Kopf. Ich erwachte erst wieder, als mich ein Polizist schüttelte."
Candice nickt dazu und bemerkt: „Was dann kam, kann ich mir schon denken. Sie hatten die Waffe in der Hand, oder?"
„Ja, so war es. Jedenfalls beinahe. Der Revolver lag neben meiner Hand auf dem Boden. Später erfuhr ich, dass meine Fingerabdrücke auf der Waffe waren. Ein Alibi hatte ich natürlich nicht, woher auch? Dazu kam noch, dass mich die Nachbarn in die Wohnung hatten gehen sehen und mein Streit mit Jake war natürlich auch bemerkt worden."
Candice sieht den jungen Mann eine Weile nachdenklich an. „Da stecken Sie wirklich sehr tief in der Patsche. Können Sie mir noch etwas über den Unbekannten erzählen? Er war sehr groß, fällt Ihnen noch mehr ein? Wie war er angezogen, hatte er einen Dialekt, hat er gehumpelt, oder irgendetwas anderes? Jede Kleinigkeit kann uns weiterhelfen."
Albert Kellington überlegt angestrengt. „Er hatte einen langen schwarzen Ledermantel an. Unter der Mütze sahen schwarze Haare hervor." Dann stützt er sein Gesicht in die Hände und jammert laut: „Das habe ich schon alles der Polizei erzählt, dort glaubt an mir nicht! Was soll das jetzt noch bringen!"
„Das ist sehr wichtig, denken Sie genau nach. Ich werde Sie jetzt verlassen, bis zu meinem nächsten Besuch in ein paar Tagen fällt Ihnen vielleicht noch etwas ein."

Nachdenklich geht Candice zu ihrem roten Wagen zurück. Ihre weibliche Intuition sagt ihr, dass der junge Mann die Wahrheit sagt, aber im Moment scheint die Version der Staatsanwaltschaft schwer zu erschüttern zu sein.

Am Abend sitzt sie noch lange mit Mike im Büro und sie diskutieren ihren neuen Fall. Mike ist auf der Revierwache gewesen. Es ist die Wache No. 30 in Upper Manhattan, der zuständige Ermittler ist ein Roger Myers. „Ich hatte heute lange Zeit Gelegenheit, mit ihm zu sprechen. Die Waffe ist sichergestellt worden, der ganze Raum und die Wohnungstür sind auf Fingerabdrücke untersucht worden."

„Hat man unbekannte Spuren gefunden?"

„Nein, sie stammen alle von Jake Griffith oder unserem Klienten. Der Unbekannte muss Handschuhe getragen haben. Es gibt sonst nichts, keine Zeugen, keine weiteren Spuren. Ich fürchte, wir werden es mit dem Fall noch schwer haben."

Candy hockt sich zu Mike auf die Couch und lehnt sich an ihn. „Ich muss dir recht geben. Das wäre dann der erste Fall unserer Detektei, den wir möglicherweise nicht lösen werden." Sie macht eine Pause und kuschelt sich noch enger an Mike. „Wir sollten uns jetzt mit etwas Netterem beschäftigen." Mit ihren blauen Augen, die jetzt gar nicht unschuldig scheinen, lächelt sie ihn an.

Mike lächelt zurück. „Ich gebe mich geschlagen, meine kleine Verführerin."

Schon wieder ist es Montag und der Pokerabend der drei Freunde steht bevor. Mikes Bekannter, Gordon Batcher, will heute dazukommen.

Eddie ist sowieso da, heute ist Willy vor Mike eingetroffen. Und neben beiden sitzt Gordon Batcher. Er wirkt etwas unsicher, vor ihm steht ein Glas Orangensaft, aus dem er einen Schluck nimmt. Mike ist der letzte, er kommt herein und setzt sich zu seinen Freunden an den Tisch. „Ihr habt euch schon beschnuppert?", fragt er in die Runde.

Gordon lächelt etwas unsicher, er streicht sich seine wirren Haare aus der Stirn. „Ich bin eben mit der Canarsie Line gekommen, es waren nur vier Stationen. Ich kann heute ausnahmsweise etwas später zur Arbeit kommen. Für die Zukunft wäre es schön, wenn es sich etwas anders regeln ließe."
Willy nimmt seine Karten auf und wirft einen Blick darauf. „Wir fangen einfach eine Stunde eher an, der einzige von uns, der eine regelmäßige Arbeit hat, ist Mike."
Eddie und Mike nicken dazu. Willy hat recht, Eddie ist sowieso da, Willy hat entweder Spätschicht oder hat frei.
Mike sinnt vor sich hin. Er kann und muss sich seine Arbeit einteilen, das war nicht immer so gewesen. Vor einem halben Jahr hatte er mit seiner neugegründeten Detektei noch arge Existenzprobleme und mehr freie Zeit als ihm lieb war. Er seufzt fast hörbar. Das ist jetzt wie fortgeblasen. Dank mehrerer spektakulärer Fälle, die er und seine Partnerin schnell lösen konnten, braucht er sich um Mangel an Arbeit nicht mehr zu sorgen.
„Mike, wach auf, du träumst!", reißt ihn Eddies tiefe Stimme aus seinen Gedankengängen. Dann lächelt ihn Eddie an. „Du hast doch bestimmt an Candy gedacht?"
„Ja, beinahe."
Eddie und Mike lachen beide. „Ja, das haben wir uns gedacht. Jetzt konzentriere dich auf deine Karten, wir warten auf dein Gebot."
Mike sammelt sich und nimmt wieder aufmerksam am Spiel teil.

Gordon Batcher beteiligt sich geschickt am Spiel. Als er zum wiederholten Male einen kleinen Gewinn einstreicht, mustert ihn Willy aufmerksam und fragt: „Wieso kannst du so gut Poker spielen?"
Gordon Batcher lächelt, sein sonst nachdenkliches und zerfurchtes Gesicht glättet sich und seine Sorgenfältchen wandeln sich zu Lachfältchen, das passiert heute schon

zum wiederholten Mal. „Das stammt noch vom Aufenthalt während des Krieges in London. Wenn nicht gerade Alarm war, haben wir nach der Arbeit bis in die tiefe Nacht gepokert. Mike war mitunter auch dabei. Hat er das nie erzählt?"
Eddie und Willy legen die Karten ab und sehen Mike neugierig an. „Was hast du uns da vorenthalten?"
„Gordon übertreibt, wir haben nur gelegentlich Karten gespielt. Wir hatten nur selten Zeit dazu."
„Wenn das mal stimmt!"
Eddie wendet sich an Gordon. „Ich habe das Gefühl, wir werden jetzt - dank eines Augenzeugen - endlich das lasterhafte Vorleben unseres bislang harmlos erscheinenden Freundes Mike Callaghan kennenlernen!"
Mike wiegelt ab. „Da gibt es nichts zu erzählen."
Willy ermuntert ihren neuen Kollegen zum Erzählen. „Gordon, der Krieg ist vorbei und es gibt keine Geheimnisse mehr. Erzähl mal, was hat unser Mike dort getrieben? Wir wollen jetzt alle Details erfahren."
Gordon bekommt Spaß an der Unterhaltung. Er überwindet seine bisherige Zurückhaltung und versucht, sich an die vier Jahre zurückliegenden Ereignisse zu erinnern. Die anstrengende Arbeit bei der Abwehr hatte ihnen nicht viel Freizeit gelassen. Aber das, was bekannt war, könnte man jetzt ausschmücken. Er kramt in seinen Erinnerungen und sucht nach einer geeigneten Geschichte.
Mike schmunzelt vor sich hin. Es freut ihn, dass Gordon jetzt beachtet wird, auch wenn es auf seine Kosten sein wird. Er kann das vertragen, die Anekdoten werden ohnehin harmlos sein.
Ein zaghaftes Lächeln erhellt jetzt das Gesicht ihres dürren Kollegen. „Euch interessiert vielleicht zu erfahren, was für ein Frauenschwarm Mike damals gewesen ist."
Mike und Eddie lachen und schlagen sich auf die Schenkel. „Ja! Das wollen wir hören! Und lass nichts aus!"

Mike grinst seine Kollegen an. „Na schön, aber kein Sterbenswörtchen an Candy!"
Alle drei halten die Hand zum Schwur hoch: „Großes Männerehrenwort!"
Obwohl, es war lange her, sehr lange, bevor er Candy kennenlernte. Er hat ihr schon von so mancher Vorgängerin erzählt, aber sie muss nicht von allen wissen.
Gordon beugt sich vor und beginnt mit leiser Stimme zu erzählen. „Es gab da eine kleine Maus in der Dechiffrierabteilung." Er sieht Mike an. „Du kannst dich doch sicher an sie erinnern. Es war eine Kleine mit schwarzen Locken. Mir fällt nur der Name nicht ein."
Mike lächelt verkrampft. Die Geschichte war harmlos, aber Gordon wird jetzt jedes bekannte und erfundene Detail zum Besten geben. „Sie hieß Lucy, den Nachnamen weiß ich nicht mehr."
„Seht ihr, er weiß sogar noch ihren Namen."
Gordon erfindet mit viel Geschick eine Menge Details. Mikes Freunde schmunzeln und lachen und ermuntern ihn, nicht aufzuhören.
Mike macht gute Miene zum bösen Spiel. Diese Geschichte kommt ihm vor, wie aus einem anderen Leben. Mehrere schlechte Erfahrungen mit hübschen Frauen hatten ihn vorsichtiger werden lassen. Je schöner sie waren, desto arroganter waren sie, jedenfalls war das seine Erkenntnis. Deshalb hatte es Candy nicht leicht gehabt, sein Vertrauen zu gewinnen.
Es klopft jemand an die Tür der Gaststätte. Eddie springt auf. „Verdammt, ich habe über den netten Geschichten ganz vergessen, dass ich jetzt meine Kneipe öffnen muss!"
Es wird ohnehin Zeit, aufzubrechen, zumal Gordon einen Job hat, den er genau genommen schon begonnen haben sollte. Nur für heute hat man ihm ausnahmsweise eine kleine Toleranz zugestanden.
Mike und sein Kollege fahren jetzt mit dem Taxi zurück. Damit Gordon dann ohne weitere Verzögerung an seiner

Arbeit ist, lässt Mike den Taxifahrer direkt zu dem Supermarkt fahren.

„Du bist mir doch nicht böse, dass ich die alten Geschichten erzählt habe?", Gordon ist etwas zerknirscht.

„Nein, das ist schon in Ordnung. Ich freue mich, dass dir auf die Weise ein netter Einstand möglich war", beruhigt ihn Mike, doch jetzt fällt ihm ihr aktueller Fall wieder ein. Bisher sind sie in der Sache Albert Kellington noch keinen Schritt weitergekommen. Er beginnt in wenigen Sätzen das Problem zu beschreiben. „Hast du dazu eine Idee? Wir treten im Moment auf der Stelle. Haben wir vielleicht etwas übersehen?"

„Ist die Herkunft der Waffe geklärt?"

„Nein. Die Identifikationsnummer ist heraus gefeilt worden."

Gordon brummt etwas.

„Hast du was gesagt?"

„Ich überlege gerade…", murmelt Gordon. „Es sollte möglich sein, gemeinsam mit einem Anwalt Einblick in die Akten zu bekommen. Du musst es abklären, ob ich mir die Unterlagen ansehen darf. Ich brauche einen zugelassenen Juristen, allein komme ich da nicht ran. Ich könnte mir denken, dass man etwas machen kann, gerade bei der Waffe sehe ich eine Möglichkeit."

Der Taxifahrer ist schon längst in der 14. Straße angekommen und wartet darauf, dass einer der Fahrgäste aussteigt. Es ist dunkel, die Autos auf der belebten Straße fahren mit Licht.

„Ich melde mich in den nächsten Tagen bei dir!", ruft Mike dem davoneilenden Gordon Batcher nach, dann fährt der Taxifahrer an und bringt Mike nach Hause.

Gleich am nächsten Morgen hängt Mike am Telefon und spricht mit dem Anwalt von Albert Kellington, ein Mister McKinley von der Kanzlei Ellsworth & McKinley. Die

Eltern seines Klienten haben nicht mit Geld gespart, diese Kanzlei ist eine der ersten Adressen.
Die Stimme des freundlichen Anwaltes dringt an sein Ohr.
„Das ist kein Problem. Ich muss bei dem zuständigen Staatsanwalt Akteneinsicht beantragen, dann darf Ihr Kollegen mit mir in die Unterlagen sehen."
„Dauert es lange mit der Genehmigung?"
„Nein, sobald ich den Staatsanwalt oder auch nur sein Büro erreiche, dauert es nur einen weiteren Arbeitstag."
Mike bedankt sich, er legt auf und geht in das Büro von Jesaja. Der bohrt sich gerade mit einem Zahnstocker in seinen Zähnen, er scheint demnach nicht ganz ausgelastet zu sein.
„Jesaja, ich habe einen kleinen Job für dich. Es wird eine Nachtschicht werden, vielleicht zwei oder drei Nächte."
Jesaja legt den Zahnstocher in die Schreibtischschublade und sieht hoch. „Das ist in Ordnung. Wann geht es los?" Er ist offenbar froh, wieder eine Beschäftigung zu bekommen.
„Du musst jeden Tag damit rechnen, vielleicht schon morgen oder übermorgen."
„Gut, Mike, sag Bescheid." Er macht eine Pause und fragt: „Kann ich einen Tag frei bekommen? Ich beabsichtige eine Tochter aufsuchen, einer meiner Enkel ist krank. Ich möchte die Gelegenheit nutzen, ihr jetzt zu helfen."
„Natürlich, lass bitte die Adresse oder Telefonnummer bei Janet zurück, damit wir dich erreichen können."

Nur einen Tag später meldet sich der Rechtsanwalt John McKinley telefonisch in der Detektei. Janet stellt das Gespräch zu Mike durch.
„Hallo Mr. Callaghan, ich habe gute Nachrichten!", lässt sich der Anwalt vernehmen, „die Erlaubnis zur Akteneinsicht liegt jetzt vor."
„Ich danke Ihnen, Mr. McKinley, das ging ja schnell, ich werde mich mit meinem Bekannten abstimmen und mich

dann wieder bei Ihnen melden." Da Gordon Batcher immer erst ab 8:00 am Abend zu erreichen ist, dauert es noch einen weiteren Tag, bis ihr Treffen zustande kommt.

Der Rechtsanwalt Mr. McKinley ist ein älterer Herr mit einem militärisch kurzen Haarschnitt und einem Bauchansatz. Freundlich grüßt er Mike Callaghan und seinen Begleiter, der sich unsicher im Hintergrund hält. „Fahren Sie doch mit mir in meinem Wagen zum 30. Revier, dann können wir uns während der Fahrt noch unterhalten." Es stellt sich heraus, dass Mr. McKinley sich einen ganz neuen Chevrolet gekauft hat, den er Ihnen nun stolz präsentiert. Es ist ein pastellfarbener Fleetmaster DK mit vier Türen. Mike hält sich mit seiner Bewunderung nicht zurück, was John McKinley mit einem zufriedenen Lächeln quittiert.
Im 30. Revier herrscht ein ebensolches Chaos wie in jedem anderen Polizeirevier. Sie werden von Lieutenant Myers empfangen. Roger Myers ist Mitte fünfzig, stämmig und fast kahl. Er hat leuchtend blaue Augen und streckt den beiden Gästen seine kräftige Hand entgegen. „Guten Tag, meine Herren. Heute mit großer Besetzung?"
Als ihm Mr. McKinley die Genehmigung zur Akteneinsicht vorlegt, zieht er erstaunt die Augenbrauen hoch. „So, Sie wollen die Akten einsehen! Das kann ich einrichten, aber ich sage Ihnen, Sie verschwenden Ihre Zeit."
Er gibt Ihnen vier Ordner mit und reserviert einen der beiden Besprechungsräume für Mike und dessen Begleitung. Gordon Batcher hat einen Stift und einen Schreibblock dabei. Er schlägt den ersten Ordner auf und liest sich die Protokolle durch. Er gibt sich viel Mühe, immer wieder blättert er in den Unterlagen herum und notiert sich etwas in einer winzigen, aber präzisen Schrift. Nach einer Weile sieht er seine Begleiter an, die ihm interessiert zusehen. „Es wäre schön, wenn ich die Waffe sehen könnte. Laut den Unterlagen soll die Seriennummer entfernt wor-

den sein, das möchte ich mir gerne selbst ansehen. Wenn es hier eine Lupe geben würde, wäre das gut."
Mr. McKinley und Mike verlassen den Besprechungsraum, um das Büro von Detective Myers aufzusuchen. Er ist im Moment außerhalb unterwegs, aber die Sekretärin der Wache hilft ihnen gerne mit Hilfe eines anderen Detectives aus. Nachdem Gordon Batcher die Waffe und die gewünschte Lupe ausgehändigt worden sind, steht der wichtig erscheinenden Überprüfung des Revolvers nichts mehr im Weg.
Mike und John McKinley stehen in einer kleinen Küche neben der Kaffeemaschine. Der Platz an der Maschine ist sauber, es stehen nur einige schmutzige Tassen in der Spüle. Eine Lampe an der Decke wirft ein flackerndes Licht in den fensterlosen, kleinen Raum. Aus der benachbarten Wache dringt lautes Stimmengewirr zu ihnen.
„Was halten Sie von Mr. Batcher?", fragt Mike John McKinley, als sie beide sich eine weitere Tasse Kaffee einschenken.
Mr. McKinley überlegt eine Weile. „Tja, Mr. Callaghan, ich kenne ihn ja kaum. Er scheint sehr engagiert zu sein, mehr konnte ich bisher nicht feststellen."
Mike nickt dazu, er ist sehr gespannt, zu welcher Einschätzung sein früherer Kriegskamerad kommen wird.

Die Tür zur Wache geht auf, herein kommt eine blonde Schönheit. Sie strahlt Mike mit blauen Augen an.
„Candy! Was machst du denn hier?"
Mike stellt sie dem Rechtsanwalt vor. Sie verwirrt ihn mit ihrem Lächeln, dann erklärt sie ihre Anwesenheit. „Ich bin viel zu gespannt auf das Ergebnis, um im Büro sitzen zu bleiben. Da habe ich gedacht, ich komme schnell hierher."
Mike ist froh, sie bei sich zu haben. Gemeinsam gehen sie in den Besprechungsraum zurück. Gordon Batcher hat seinen Stift beiseitegelegt und sieht sich gerade mit Hilfe der Lupe sehr intensiv die Waffe an. Er sieht hoch, als die

Gruppe hereinkommt und legt die Lupe hin. Mike nützt die Gelegenheit, seinem Kameraden seine Verlobte vorzustellen. Erfreut blickt Gordon Batcher Candice an, er ergreift die angebotene Hand und drückt sie mit sanftem Druck.

„Es freut mich, Sie kennenzulernen, Mr. Batcher!", strahlt Candice ihn aus ihren blauen Augen an. „Gordon, bitte" erwidert der Angesprochene galant.

„Okay, Gordon! Mein Name ist Candy. Es freut mich, dich hier zu haben. Mike hat mir schon einiges von dir erzählt."

Gordon wendet sich wieder seinen Aufzeichnungen zu. „Das ist gut, dass Sie jetzt alle hier sind, ich wollte Ihnen gerade eine vorläufige Zusammenfassung geben." Er räuspert sich, um eine gewisse Verlegenheit zu überspielen und beginnt. „Meine Theorie für den Ablauf ist die: Jake Griffith ist von dem Auftragskiller eines Verbrechersyndikats hingerichtet worden. Der zufällig anwesende Albert Kellington kam ihm gerade recht, um ihm die Schuld in die Schuhe zu schieben." Gordon lächelt jetzt etwas selbstbewusster, verblüfft sehen ihn seine Tischnachbarn an.

„Das klingt sehr vielversprechend", sagt Candy, „kannst du das auch beweisen?"

Gordon nickt. Er fühlt, dass er sich auf gewohntem Terrain befindet und lässt sich nicht aus der Ruhe bringen. Seine wahre Bestimmung hat ihn offenbar eingeholt. Zur Kontrolle blickt er kurz auf seine Notizen. Er nimmt die Waffe in die Hand und zeigt sie herum. „Seht Ihr diese Waffe? Es ist ein Revolver im Kaliber .22. So eine Waffe benutzen entweder Frauen, weil sie so schön klein ist, oder Berufskiller. Man muss ein sehr guter Schütze sein, um damit einen tödlichen Schuss abzugeben, dafür ist sie vergleichsweise leise und hinterlässt weniger auffallende Wunden. Die Seriennummer ist zwar heraus geefeilt, aber man kann sie noch hervorholen. Das Metall unter der Stempelung ist nämlich verdichtet, mit einem Nassschliff und etwas Pikrinsäure könnte ich die alte Stempelung sichtbar machen. Aber ich denke, dass sollte die Aufgabe des Polizeilabors sein." Er blickt zu dem Rechtsanwalt. „Wenn die Seriennummer bekannt ist, lässt sich der letzte Besitzer ausfindig machen. Ich gebe meine rechte Hand dafür, dass der Revolver bereits in den Unterlagen der Polizei im Zusammenhang mit einem Verbrechen aktenkundig ist." Er blickt wieder auf seine Notizen. „Wichtig erscheint mir auch die Kopfverletzung zu sein. Albert Kellington behauptet, niedergeschlagen worden zu sein, die Polizei spricht nur von einem Sturz auf den Hinterkopf. Ich denke, es war so, dass der Killer absichtlich so zugeschlagen hat, dass sich die Wunde unterhalb der sogenannten »Hutkrempe« befindet. So denkt die Polizei genau das, was sie denken soll."

Seine drei Zuhörer spitzen die Ohren, um auch nicht das kleinste Detail zu verpassen.

„Für Ihre Behauptungen haben Sie aber keinen Beweis", wirft Mr. McKinley ein.

Gordon Batcher nickt. „Da haben Sie leider recht. Diese Vermutung passt aber lückenlos in meine Hypothese. Jetzt hätte ich einige Fragen an die Polizei. Woher hatte Albert Kellington die Waffe? Ich finde in seinen Aussagen, dass er gar nicht schießen kann, und dann eine .22er! Finden wir den wirklichen Besitzer der Waffe, dann haben wir den Mörder!" Seinen Zuhörer folgen gespannt seinen Worten. „Ist Ihnen aufgefallen, wohin der tödliche Schuss gegangen ist?"

Mike erinnert dieses Detail aus einem Gespräch mit dem Detective Myers. „Wenn ich mich richtig entsinne, traf der Schuss das linke Auge."

„Richtig! In ein Auge! Kein Gelegenheitsschütze schießt zum Töten in ein Auge. Das ist die Handschrift eines gedungenen Killers! Und zu dem Toten selbst. Wer war er, was hatte er für Kontakte? Die Polizei war der irrigen An-

nahme, dass sie den Täter bereits gefasst hat und hat die einfachsten Regeln der Ermittlung außer Acht gelassen!"
Gordon Batcher ist vorläufig fertig. Er sammelt seine Zettel zusammen. „Für eine abschließende Beurteilung müsste ich noch mit dem Häftling sprechen. Ich denke, dass er vorläufig entlassen werden kann, bis die neuen Beweise zusammengetragen worden sind. Mr. McKinley, Sie sollten alsbald Kontakt mit dem Staatsanwalt aufnehmen!"
Der Rechtsanwalt macht sich Notizen. Er sieht hoch und blickt Gordon Batcher lächelnd an. „Ich werde mich noch heute darum kümmern. Und wenn nur die Hälfte von dem stimmt, was ich eben gehört habe, dann ist unser Klient in wenigen Tagen auf freiem Fuß. Die Ermittler können sich warm anziehen und bekommen jetzt wieder richtig zu tun."

Candice, Mike, Gordon und der Rechtsanwalt erheben sich.
„Können Sie mir noch eine schriftliche Zusammenfassung geben?", bittet der Anwalt Gordon Batcher.
„Ja, sicher. Ich könnte noch heute damit anfangen."
Draußen vor der Wache gratulieren sie dem früheren Mitarbeiter des FBI. „Mensch, Gordon. Ich habe dich überhaupt nicht wiedererkannt."
Candy strahlt ihn ebenfalls an. „Eben ist deine wahre Bestimmung sichtbar geworden. Ich bin wirklich froh, dass endlich Bewegung in den Fall kommen wird!"
Mr. McKinley verabschiedet sich aufgeräumt von seinen Begleitern. Er strahlt über sein ganzes Gesicht. „Ich bin sehr zuversichtlich, den Fall bald abschließen zu können. Ihr Kollege hat uns einen großen Dienst erwiesen."
Gordon Batcher steht unscheinbar hinter der Gruppe. Lediglich zwei strahlende Augen zeigen die Freude über das Lob an, das er erhalten hat.
Candice ist mit ihrem roten Renner da und nimmt Mike mit in ihre Detektei, Gordon Batcher steigt in den schönen

neuen Wagen des Anwaltes und wird zu seinem Zuhause in East Village gebracht. Es ist zwar ein Umweg, aber Mr. McKinley lässt es sich nicht nehmen, ihn zu chauffieren.
„Wir müssen unseren Spezialisten pfleglich behandeln!"
Ein leises Lächeln huscht über das graue Gesicht von Gordon Batcher.

Candice ist überglücklich, dass der Fall, der ihr schon Magenschmerzen verursachte, eine so verblüffende und unerwartete Wendung erhalten hat. Sie plaudert ohne Unterlass, ihre blauen Augen leuchten vor Freude. „Sag mal, Mike, sollten wir nicht deinen erstaunlichen Kameraden in unserer Detektei aufnehmen?" Die Idee, so einen Spezialisten in ihrer Detektei zu haben, die ihr so viel bedeutet, rötet ihre Wangen und lässt sie noch hübscher aussehen.
Mike nickt bedächtig. „Ich bin ganz sicher. Es ist allemal besser als sein Job als Nachtwächter. Ich werde ihn gleich morgen fragen. Er wird sich freuen, dass sein Job als Wachmann so schnell beendet sein wird."

Gordon Batcher zögert nicht, als ihn Mike fragt, ob er in ihrer Detektei anfangen mag.
„Mensch Mike, das wäre ja fabelhaft! Ich hab schon überlegt, ob es diese Möglichkeit gäbe, ich hätte dich spätestens beim nächsten Pokerabend danach gefragt."
Der Job als Nachtwächter kann zum Ende des Monats gekündigt werden. Gordon Batcher macht ohne zu zögern davon Gebrauch.
Am 3. Mai, ein Montag, steht er pünktlich morgens vor Janet in ihrem Büro. Sie führt ihn herum und gibt ihm auch einen Schlüssel für die Tür an der Straße. Jesaja hat ihn bereits kennengelernt, sodass es bei der Einführung durch Janet keine Überraschungen mehr gibt.
„Ich habe mir schon gedacht, dass du hier anfangen wirst, als ich von dir gehört habe", sagt Jesaja und lacht ihn mit

seinem sympathischen Lachen an. Auf seine Menschenkenntnis kann man sich verlassen.

Das Treffen der Veteranen

Henry Byrnes ist es endlich gelungen, William Goddon zu erreichen. Sie wollen sich in seiner Reparaturwerkstatt treffen. Arthur Ecclewood wird auch dazu kommen.
„Bring ordentlich Durst mit, ich werde uns etwas zu trinken besorgen!", hatte William Goddon noch gesagt, bevor er auflegte.
Es ist Anfang April, 7:30 am Abend, die Sonne ist gerade untergegangen. Henry Byrnes kommt von der Haltestelle des Busses und geht die 91.Straße Ost entlang. Der Bürgersteig ist schmutzig, dieser Teil der Upper East Side ist nicht die erste Adresse, aus manchen Häusern dringt Musik und Stimmengewirr auf die Straße.
Er sucht nach der Nummer 422 an den Häusern, um die Werkstatt und Wohnung seines Kriegskameraden nicht zu verpassen. Doch es ist leichter, als er vermutet hatte. Das Haus mit der Nummer 422 hat zwei Eingänge. Einer führt in ein Büro, der andere ist ein großes Tor zu einer Werkstatt. Über allem steht groß in schwarzer Schrift auf weißen Grund: »Goddon's Garage«. Das Tor zur Werkstatt ist halb geöffnet, neugierig wirft Henry Byrnes einen Blick hinein. Schwaches Licht in einer Ecke wirft seinen blassen Schein in eine unaufgeräumte Werkstatt. Werkzeuge liegen auf dem ölverschmierten Boden, ein Pkw steht im Eingang. Mit der weit geöffneten Kühlerhaube sieht er in dem schwachen Licht aus, wie ein Ungeheuer mit aufgerissenem Maul.
Henry Byrnes geht zu der Tür, die laut dem kleinen Schild daneben zu dem Büro führt. Vergeblich sucht er nach einer Klingel und klopft schließlich mit seiner einzigen

Hand an die Tür. Er hört, wie sich Schritte nähern, dann wird die alte Holztür geöffnet.
„Lieutenant! Es freut mich, dich zu sehen!"
William Goddon schlingt seine kräftigen Arme um den schlanken Mann. Der Mann mit den kurzen blonden Haaren lässt bei Henry Byrnes plötzlich ein Bild aus der Normandie vor seinem inneren Auge entstehen. Sein ehemaliger Sergeant hat sich nur wenig verändert, hätte er einen Stahlhelm auf, wäre die Illusion perfekt. „Mensch, William, altes Haus! Mir kommt es vor, als sei es erst letzte Woche gewesen."
Das ist nicht nur ein Spruch. Der stämmige Mann scheint immer noch der unerschrockene Sergeant von vor vier Jahren zu sein. Von hinten aus der Wohnung kommt jemand. „Sieh, doch, Arthur, wer hier ist. Unser alter Boss!"
Es ist Arthur Ecclewood, der jetzt Henry Byrnes in die Arme nimmt. „Lieutenant! Wer hätte gedacht, dass wir uns mal wiedersehen. Komm ins Licht, damit ich dich besser sehen kann."
Die drei Kameraden gehen in die Wohnung hinein. Henry Byrnes mustert seinen ehemaligen Private. Er hat sich etwas verändert, trägt einen eleganten Anzug und ist offensichtlich frisch frisiert. Seine schwarzen Haare sind kurz geschnitten und ordentlich gekämmt.
Henry Byrnes trägt ebenfalls einen Anzug, er ist weniger elegant, er legt seinen Hut und seine Jacke an der Garderobe ab. William Goddon ist mit einer Jeans bekleidet, die er vorhin gegen seine Arbeitshose getauscht hat. Die drei Männer setzen sich im Wohnzimmer an den Tisch und mustern sich einen Moment schweigsam.
Das Wohnzimmer ist leidlich ordentlich. Es gibt einen Kamin, in dem jetzt ein paar Scheite knacken und eine Atmosphäre von Lagerfeuer verbreiten. In einer Ecke stehen zwei Kisten mit Bier, aus denen William Goddon jetzt für jeden eine Flasche holt.

„Was wollt ihr essen?", fragt William, ganz der Gastgeber. „Ich habe in der Werkstatt einen Grill angeheizt, ihr könnt aus Steak und Wurst wählen. Dazu gibt es Brot."
Alle möchten zuerst ein Steak. „Das habe ich mir gedacht, die Wurst ist nur zur Reserve", lächelt William Goddon seine Kollegen an. Er ist froh, dass dieses Treffen endlich zustande gekommen ist. Arthur Ecclewood hatte er schnell gefunden. Mit ihm war er schon gemeinsam auf der Junior High School gewesen, abgesehen vom Krieg hatte er Manhattan nie verlassen. Schwieriger war es mit dem Lieutenant gewesen. Eine Anfrage bei dem Versorgungsamt der Streitkräfte hatte schließlich weitergeholfen.

Die Kameraden begleiten William Goddon in die Werkstatt, damit er dort am Grill nicht alleine stehen muss. Es ist ein Holzkohlegrill, ein leichter Rauch liegt in der Werkstatt und zieht nur langsam durch das halb heruntergelassene Tor ab.
Henry Byrnes sieht sich in dem Raum um. Es ist unordentlich, das Auto vor dem Tor scheint das einzige zu sein." „Ernährt dich diese Werkstatt?", fragt er seinen ehemaligen Sergeant.
William Goddon lächelt geheimnisvoll. „Die Garage ist eigentlich nur Tarnung, ich verdiene mir gelegentlich etwas Geld mit dem Knacken von Geldschränken."
Einen Moment ist es still in der Werkstatt. Henry Byrnes sieht seinen früheren Feldwebel erstaunt an. Er erinnert sich noch an manchen Einsatz, den der kräftige und besonnene Mann so entschlossen und erfolgreich durchgeführt hat. Und nun knackt er Geldschränke!
„Wie bist du denn dazu gekommen?"
William Goddon zuckt resigniert mit den Schultern. „Ja, das ergab sich so. Ich hatte diese Werkstatt schon eine Weile, ich kam gerade so zurecht. Ich hatte eben den Wagen eines Kunden repariert, da spricht mich dieser an. Ich könne doch schweißen und verstehe dazu jede Art von

Schlosserarbeit, fragte er mich. Ich bekam dann die Gelegenheit, einen Safe zu öffnen. Und seit der Zeit werde ich immer mal wieder zu so einer Arbeit herangezogen."
„Hat dich die Polizei schon einmal dabei erwischt?"
William Goddon schüttelt seine blonden Haare und grinst. „Ich bin doch nicht blöde! Ich lasse mich nicht auf jeden Raub ein und suche mir nur sichere Dinger aus."
Arthur Ecclewood lacht über Henry Byrnes Reaktion. „Du bist der einzige von uns mit einer geregelten Arbeit!", grinst er ihn an.
„Womit verdienst du denn deinen Lebensunterhalt?", fragt der erstaunte Henry Byrnes seinen ehemaligen Soldaten.
„Arthur verwöhnt reiche Witwen", mischt sich William Goddon ein.
„Davon kann man leben?"
Arthur Ecclewood wiegt seinen Kopf. „Mal so, mal so. Das hängt davon ab, wen ich gerade abschleppen kann. Wenn nicht, dann lebe ich von kleinen Diebstählen oder ich helfe unserem Safeknacker", er sieht William Goddon mit einem verschmitzten Lächeln an.
Der lächelt zurück. „Ja, mitunter machen wir das gemeinsam. Das Problem dabei ist, die Schränke zu finden, bei denen sich das Knacken lohnt. Ich kann ja nicht irgendwo rein spazieren und fragen, ob sie einen gut gefüllten Safe haben."

Das Fleisch ist gar und die drei Kameraden setzen sich mit ihren Tellern in das Wohnzimmer. Henry Byrnes berichtet seinen Kollegen von seinem Werdegang.
Als er geendet hat, stellt er deprimiert fest, dass eigentlich keiner von ihnen in das gesellschaftliche Leben zurückgefunden hat. Niemand hat nach der Entlassung eine Arbeit gefunden, die ihn gut ernährt, alle drei sind die Opfer eines schrecklichen Krieges. Sei es auf Grund von Verletzungen, wie bei ihm selbst oder nachhaltige Erlebnisse wie bei William Goddon und Arthur Ecclewood.

Gemeinsam empören sie sich über die Ungerechtigkeit. „Für die Verteidigung der Freiheit waren wir gut genug, wisst ihr noch, wie wir gefeiert wurden, als wir als Sieger aus Europa zurückkehrten? Riesige Paraden, Lobreden und Orden, aber jetzt?"
„Ja, drei Jahre später ist das alles vergessen! Jetzt kräht kein Hahn mehr nach uns", William Goddon gibt seinen Freunden recht. „Ja, so ist das. Aber wir haben uns, und wir werden uns das nehmen, was uns zusteht!"

Die Wiedersehensfeier wird mit zunehmender Dauer immer lauter und fröhlicher. Immer wieder werden die wenigen lustigen Anekdoten aus dem Frankreich-Feldzug aufgewärmt.
Spät in der Nacht sind die drei Kameraden stockbesoffen. William Goddon und Arthur Ecclewood liegen in dem Doppelbett, das dort immer noch unverändert steht, seitdem der Autoschlosser die Werkstatt mit der Wohnung vor zwei Jahren gemietet hat.
Henry Byrnes liegt zusammengesunken und noch komplett bekleidet auf der Couch im Wohnzimmer und schnarcht bei jedem Atemzug. Heute ist Sonntag, er braucht keine Post zu verteilen. Seine Kumpel gehen keiner geregelten Arbeit nach und feiern gelegentlich bis tief in die Nacht.
Mit weichen Beinen und einem Kopf, in dem der Verstand auf einer Schaukel zu sitzen scheint, erhebt sich Henry Byrnes am späten Morgen. Sein Rücken schmerzt, mit einem Arm dreht man sich in der Nacht nicht so leicht, zumal, wenn man so betrunken ist. Sein Körper gehört ihm noch nicht vollständig, unbeholfen macht er sich auf den Weg zur Toilette. Er entkleidet zum Waschen seinen Oberkörper. Er hat eigentlich Übung darin, es mit einem Arm zu erledigen. Heute muss er wieder ganz von vorne anfangen. Als er sich mit den Knöpfen abquält, hört er seine Kameraden. Sie sind wachgeworden und reden laut miteinander. Zum Frühstück brüht William einen starken

Kaffee auf. Dazu gibt es das restliche Brot von gestern mit etwas angetrocknetem Aufschnitt.

Henry Byrnes kann langsam klarer denken und sieht sich missmutig in dem Zimmer um. Überall liegt eine dünne Schicht Staub, das war ihm gestern gar nicht aufgefallen, jetzt liegen auch noch eine Menge leere Flaschen herum. Unter dem Tisch erkennt er einen Strumpf. „Sag mal, Bill. Hast du eigentlich keine Frau?"

Bill, William Goddon, schüttelt seinen Kopf und lacht kurz auf. „Im Moment gerade nicht. Warum fragst du? Soll ich dir eine besorgen?"

„Nein, nein. Ich frage nur so."

„Wir scheinen alle solo zu sein. Arthur kümmert sich gerade um eine Madam, aber das ist eigentlich keine Frau, mehr eine Geldquelle."

Arthur sieht mit trüben Augen auf den Tisch. Ja, so ist es leider. Er mag seine neue Bekannte nicht besonders. Esther redet ihm zu laut und zu viel. Wenn sie ihm weit schweifend von ihren Freundinnen und ihren Nachbarn erzählt, gleiten seine Gedanken ab und er denkt an andere Zeiten. Aber sie hat von ihrem verstorbenen Mann ein erkleckliches Sümmchen geerbt, womit sie ihn großzügig verwöhnt.

Es ist inzwischen Nachmittag geworden und für Henry Byrnes Zeit zum Aufbrechen. Er verabschiedet sich etwas schwermütig von seinen wiedergefundenen Kameraden. Sie wollen sich möglichst bald wiedersehen, damit ihre wieder gewonnene Freundschaft sich weiterentwickeln und festigen möge.

Die Redaktion

Sarah Escott sitzt seit dem frühen Morgen in ihrem Büro. Meistens ist sie die erste, die kommt und die letzte, die das Gebäude verlässt. Sie lebt nur für ihre Zeitschrift, die For-

tune. Direkt nach dem Krieg konnte sie als Teilhaberin in die heruntergekommene Zeitschrift einsteigen. Sie konnte sich mit vielen neuen Ideen durchsetzen. Seit einem Jahr ist sie alleinige Inhaberin und jetzt die Einzige, die hier bestimmt. Ihre wohlhabenden Eltern haben sie bei der Übernahme und dem Aufbau des heruntergekommenen Verlages mental und finanziell erheblich unterstützt, ohne sie wäre es ihr nicht möglich gewesen.
1935 hatte sie mit 26 Jahren als Model in der Zeitschrift »Women's Life« angefangen. Bald zeigte sich, dass sie mehr konnte, als nur nett zu lächeln und sie begann über gesellschaftliche Ereignisse zu berichten. Mit viel Begabung und noch mehr Fleiß hatte sie sich hochgearbeitet und den Einstieg in die Top-Etage geschafft. Jetzt ist sie seit einem Jahr Besitzerin und Herausgeberin ihrer eigenen Zeitschrift geworden, der Verkauf geht gut, die amerikanischen Frauen finden offensichtlich die richtigen Themen in dem monatlich erscheinenden Magazin. Sie hat über einhundertzwanzig Mitarbeiter und die Arbeit ist trotzdem kaum zu schaffen.
So hatte sie es sich immer gewünscht, und nun hat sie es erreicht. Ein Mann passt nicht in diese Welt. Es hatte immer mal wieder jemand gegeben, der letzte war der charismatische Fotograf einer Modelagentur gewesen, aber das liegt jetzt auch schon wieder über ein halbes Jahr zurück.

Die Tür ihres Büros steht immer weit offen, sodass sich jeder Mitarbeiter leichter an sie wenden kann. Das ist immer ihre Philosophie gewesen und es hat sich von Anfang an bewährt.
Im Büro ist das Licht schwach, durch das Fenster scheint Tageslicht, das durch dunkle Vorhänge gedämpft wird. Der Schreibtisch und die beiden Schränke sind dunkelbraun und schlucken den Rest des schwachen Tageslichtes. Auf dem Schreibtisch steht zum Ausgleich eine Lampe, die einen kräftigen Schein auf die dort liegenden Unterlagen

wirft. In einer Ecke steht in einem großen Topf aus Porzellan eine nicht zu identifizierende große Pflanze, sie steht etwas schattig und kümmert vor sich hin.

Jemand kommt herein und klopft an die offene Tür, um sich bemerkbar zu machen. Sarah Escott sieht hoch und lächelt ihren Gast an. Es ist Lana Miller, ihr Schützling. Sie freut sich jedes Mal, wenn sie die junge Frau sieht, denn sie erinnert sie an sich selbst in diesem Alter. Die junge Lana ist jetzt 20 Jahre alt, sie sieht beinahe wie eine jüngere Schwester von ihr aus. Mit ihrem schwarzen Haar und dem blassen Teint könnte sie fast ein Zwilling sein, wenn da nicht diese vielen kleinen Fältchen bei ihr wären, zwar kaum erkennbar, aber sichtbar genug. Sarah Escott seufzt unhörbar, das ist eben der Lauf der Zeit.

„Was führt Sie zu mir?"

„Ich war gerade in der Nähe, da habe ich gedacht, ich sehe mal rein."

„Das freut mich. Kommen Sie doch herein und setzen Sie sich. Kann ich Ihnen etwas anbieten, soll ich Ihnen vielleicht einen Kaffee bringen lassen?"

Lana Miller schüttelt den Kopf. „Nein danke, ich habe gerade einen Kaffee gehabt. Ich würde mich aber gerne setzen."

„Bitte, nehmen Sie Platz."

Sarah Escott legt ihr Schriftstück beiseite und sieht Lana an. Das junge Mädchen kommt aus New Jersey. Um ihr den weiten Weg nach Hause zu ersparen, hat sie ihr ihre Zweitwohnung günstig zur Verfügung gestellt. Im Haus mit der Nummer 825 in der 8. Avenue besitzt sie eine Wohnung im achten und eine im neunten Stockwerk. Die Wohnung im achten Stockwerk bewohnt sie nun seit drei Jahren. Es ergab sich vor einem halben Jahr, dass die Wohnung direkt über ihr frei wurde und Sarah Escott hat die Wohnung kurzentschlossen gekauft. Es ist gut, eine Bleibe zu haben, die man nach Bedarf vermieten kann, so wie jetzt zum Beispiel an Lana Miller. Das Haus liegt güns-

tig im Zentrum von Manhattan, im achten Stock ist vom Verkehr wenig zu hören. Das Beste jedoch ist der Ausblick auf den Central Park. Der Blick geht nach Westen, an Sommertagen scheint am späten Abend die Sonne in das Wohnzimmer.
Lana Miller ist hübsch und schlank, sie arbeitet im Fotoatelier, wo sie als Model von den beiden Fotografen gerne gewählt wird. Mitunter muss sie ihr schwarzes Haar frisieren lassen, dann werden auch davon Bilder angefertigt, so wie jetzt gerade. Sarah Escott hat sofort bemerkt, dass Lana heute anders aussieht. Sie hat ein scharfes Auge für modische Feinheiten, dazu kennt sie die Abläufe in der Redaktion zur Genüge, sodass sie Lana noch nicht auf ihr verändertes Aussehen angesprochen hat.
„Gefällt es Ihnen noch bei uns?", fragt die Chefin ihren jungen Gast. Sie glaubt, die Antwort zu kennen, sie möchte mit der Frage eine Konversation einleiten.
Lana Miller lächelt ein wenig. „Danke, ich komme jeden Tag gerne hierher. Das Arbeitsklima ist gut und die beiden Fotografen geben sich viel Mühe mit mir."
Sarah Escott mustert sie genau. Sie säße nicht in diesem Büro, wenn sie kein Empfinden für menschliche Zwischentöne hätte. In Lana Millers hübschem Gesicht erkennt sie etwas wie Traurigkeit. „Sie bedrückt doch etwas?"
Lana Miller seufzt. „Es nur eine Kleinigkeit, deswegen bin ich jetzt aber nicht hier."
„Haben Sie keine Hemmungen, ich bin nicht nur Ihre Chefin, ich versuche auch, Ihre Ratgeberin zu sein."
„Danke, das ist nett, dass Sie das erwähnen. Ich habe Schwierigkeiten mit meinem Freund, aber das wird sich wieder einrenken."
„So?", Sarah Escott sieht ihre junge Mitarbeiterin skeptisch an. „Worum geht es denn? Oder möchten Sie es mir nicht sagen?"

„Doch…schon… es ist immer dasselbe. Er denkt immer, ich würde ihn betrügen. Und dann streiten wir uns, es ist schlimm."
„Hat er denn einen Anlass für sein Misstrauen?"
Die junge Frau sieht ihre Chefin entsetzt an „Aber nein! Das ist es ja, ich werde nicht müde ihm zu beteuern, dass sein Verdacht völlig unbegründet ist, aber es ist zwecklos, er fängt immer wieder damit an."
„Ich könnte Ihnen vielleicht helfen. Besuchen Sie mich einmal mit ihm, ich fühle ihm dann auf den Zahn."
Lana Miller sieht ihre Chefin skeptisch an. „Das wollen Sie für mich tun? Vielleicht will er nicht mitkommen."
„Das ist doch einfach. Sagen Sie ihm, Sie besuchen mich als Nachbarin, oder wir hätten noch etwas zu besprechen. Sie wohnen doch direkt über mir. Kommen Sie mit ihm bei einer Gelegenheit zu mir runter. Das größte Problem wird sein, bei mir freie Zeit zu finden." Sarah Escott sieht auf den aufgeschlagenen Kalender auf ihrem Schreibtisch. „Können Sie übermorgen, am Freitag, so gegen 8:00 p.m.?"
Lana Miller nickt. „Das könnte klappen, dann habe ich nichts vor."
„Probieren Sie es einfach. Wenn er nicht mitkommen will, haben wir es jedenfalls versucht.

Es ist Freitag, kurz nach 6:00. Sarah Escott ist in ihrer Wohnung. Sie ist heute früher als normalerweise nach Hause gefahren, aber das ist auch gut so, sie muss nicht jeden Tag bis spät in den Abend arbeiten.
Lana Miller hat ihr signalisiert, dass sie nachher versuchen würde, mit ihrem Freund zu ihr zu kommen. Sarah Escott hat bei einem Imbiss etwas zu essen bestellt und braucht nur noch etwas zu trinken zu kaufen. In einem nahegelegenen Lebensmittelgeschäft ersteht sie zwei Flaschen Weißwein.

Es klingelt an der Tür von Sarah Escott. Lana Miller steht in Begleitung ihres Freundes vor ihr. Er hat einen Strauß Blumen bei sich, den er ihr jetzt reicht. Die Blumen hatte seine hübsche Freundin vorsorglich gekauft. „Vielen Dank für die Einladung, Miss Escott."
Der junge Mann ist etwas unsicher, er vermeidet Sarah Escott direkt in die Augen zu sehen. Er heißt Charly Walters und ist etwas größer als seine Freundin, die allerdings ziemlich klein ist, er hat kurzgeschnittenes, braunes Haar und ein offenes Gesicht.
„Kommen Sie rein, wir können uns ins Wohnzimmer setzen."
Lana Miller sieht sich den Flur an und blickt kurz in die Zimmer, deren Türen geöffnet sind. „Bei Ihnen sieht es genauso aus, wie bei mir."
„Das ist kein Wunder. Die Wohnungen liegen genau übereinander und sind völlig identisch. Lediglich die Ausstattung ist unterschiedlich. Es gibt einige eingebaute Schränke, die sind wieder in beiden Wohnungen gleich."
Die Küche grenzt mit einer Durchreiche an das Wohnzimmer. In der geöffneten Klappe hat Sarah Escott Weingläser, vier Teller und Besteck stehen, eine gerade geöffnete Flasche Wein steht daneben. „Wie lange kennen Sie sich denn schon?", beginnt Sarah Escott das Gespräch.
Lana Miller und ihr Freund sehen sich an. „Das sind jetzt zwei Monate", beantwortet sie die Frage, ihr Freund nickt dazu.
Es läutet. „Das wird das Essen sein!", Miss Escott steht auf und geht zur Tür.
„Warten Sie, ich helfe Ihnen!", ruft der junge Mann und folgt ihr.
Es ist der Lieferant vom Imbiss. Er gibt zwei Platten mit belegtem Brot und kaltem Fisch ab. Sarah Escott und Charly Walters stellen das Essen in die Küche. „Sie können jetzt mit Ihrem Teller kommen!", ruft die Gastgeberin zu Lana Miller ins Wohnzimmer.

Während des Essens taut der etwas schüchterne Freund von Lana Miller zusehends auf. Sarah Escott erfährt, dass er Fahrer bei einer großen Spedition im Hafen am East River ist. Immer, wenn Lana Miller etwas sagt, hängt er an ihren Lippen. Er vergöttert seine hübsche Freundin, das hat Sarah Escott bald erkannt. Er weiß, dass sie gut aussieht und sich die Männer nach ihr umdrehen, aber genau das macht ihn ganz krank.

„Wie haben Sie sich denn kennengelernt?", will Sarah Escott wissen.

Lana Miller lächelt ihren Freund an und beginnt zu erzählen. Es war auf dem Weg von der Station der Untergrundbahn zu ihrer Wohnung, es war schon spät, vielleicht 10:00 p.m. Ihr kamen zwei Betrunkene entgegen, die sie bedrängten. „Sie wollten, dass ich sie küsse, aber in dem Moment kam Charly zufällig vorbei und hat sie vertrieben. Charly ist nämlich ziemlich kräftig!", fügt sie noch stolz mit einem Blick auf ihren Freund hinzu.

„Die beiden waren völlig betrunken, das war nicht weiter schwierig", bemüht sich Charly Walters seinen Verdienst zu schmälern.

Der Rest ist nicht schwer zu erraten. Lana vergötterte ihren unerschrockenen Retter und Charly seine hübsche Freundin. Dass er eifersüchtig ist, lässt sich denken. Um das zu verhindern, müsste er sich ihrer ganz sicher sein. Kann er das? Die Frage stellt er sich praktisch immerzu. Dass Lana den ganzen Tag mit Männern zusammen arbeitet, macht das Problem nicht geringer. Er ist noch ein junger Mann, Sarah Escotts Schätzung nach nur wenig älter als seine Freundin. Es fehlt ihm an Lebenserfahrung und Selbstbewusstsein, sonst hätte er bemerkt, wie sie an ihm hängt und ihm nicht den kleinsten Anlass für seine Eifersucht gibt. Miss Escott will jetzt aber keine Ratschläge geben, wenn sich die Beziehung der beiden festigt, wird sich das Problem von selbst lösen.

Lana erzählt von ihrer Arbeit. Heute hat sie als Model für Sommermode posiert. „Das war ziemlich langweilig", erklärt sie, „immer wieder sollte ich mich anders hinstellen. Wieder änderte man die Beleuchtung, dauernd musste ich mich umziehen. Die Schminke wurde nachgebessert, so verging der Tag."
„Sie können nicht immer als Model arbeiten. Haben Sie sich schon mal überlegt, was Sie später einmal machen könnten?", erkundigt sich Sarah Escott.
„Nein, bisher nicht. Ich denke, das hat noch Zeit."
Sarah Escott schüttelt den Kopf. „Das denkt man immer, wenn man so jung ist wie Sie. Plötzlich sind Sie dreißig, oder noch älter. Dann gehören Sie als Model zum alten Eisen. Haben Sie schon einmal darauf geachtet, welche Arbeiten Ihnen liegen? Vielleicht selber zu fotografieren, oder auch Kleidung zu entwerfen?"
Lana schüttelt den Kopf. „Nein, bisher nicht. Aber Sie haben sicher recht, ich werde das im Auge behalten." Sie ist jetzt doch nachdenklich geworden und will die Ratschläge ihrer Chefin beherzigen.
Die zweite Flasche Wein wird noch angebrochen, dann findet der nette Abend ein Ende. Lana hat nur einen kurzen Weg, es ist gerade eine Treppe nach oben. Sie verabschiedet sich von ihrem Freund, der noch ein Stück mit der Untergrundbahn, der Subway, fahren muss.

Einige Tage später muss Sarah Escott zu einem Treffen von Verlegern nach Boston fahren. Sie wird zwei Tage fort sein. Sie sieht diesen Reisen immer mit einem lachenden und einem weinenden Auge entgegen. Mit einem weinenden Auge, weil sie zwei Tage in der Firma fehlen muss und weil sie diese Fahrten mit der Bahn immer als Stress empfindet. Sie hat sich auch nach ungezählten Dienstreisen, nicht daran gewöhnen können. Sie stört sich an dem schweren Gepäck, das sie als schwache Frau immer belastet. Es müssen Fahrten und Übernachtungen geplant und

gebucht werden. Einen großen Teil davon erledigt ihre Sekretärin für sie, es bleibt immer genug Kleinkram übrig. Sie seufzt hörbar, als sie ihre Papiere sortiert und ihren kleinen Koffer mit Unterlagen packt. Ein lachendes Auge hat sie, weil diese Treffen immer etwas bringen. Die meisten der anderen Verleger sind ihr bekannt, sodass es abwechslungsreich zu werden verspricht.
Sie blickt auf ihren Schreibtisch. Beim Sortieren hat sie einen Brief entdeckt, der noch heute zur Post muss. Das wäre nicht weiter schlimm, wäre da nicht noch eine Unterlage, die hinzugefügt werden müsste. Es ist die Fotografie eines Kleides von einem der besten Designer an der Ostküste, diese Fotografie liegt zu Hause bei ihr im Safe. Na toll! Sie überlegt einen Moment - ja, es gibt eine Möglichkeit. Sie geht zum Telefon und ruft eine der Sekretärinnen im Erdgeschoss an. „Hallo Bridget, hier spricht Sarah Escott. Ich benötige die Hilfe von Mister Byrnes. Können Sie ihn bitte zu mir schicken, sobald er bei Ihnen auftaucht? Das wäre sehr nett."

Keine zehn Minuten später betritt Henry Byrnes ihr Büro.
„Sie wollten mich sprechen, Madam?"
„Ja, Mr. Byrnes. Das ist schön, dass Sie so schnell kommen konnten. Dieser Brief muss noch heute zur Post. Ich muss noch etwas hineinlegen, das sich leider bei mir zu Hause befindet. Können Sie bitte mit zu mir kommen? Ich ergänze zu Hause den Brief und Sie bringen ihn bitte noch heute zur Post, er muss als Einschreiben deklariert werden. Ich muss leider eilig verreisen, sodass ich es nicht selbst erledigen kann. Wie Sie vielleicht wissen, ist meine Sekretärin heute nicht erschienen. Aber als unser Postzusteller ist das sicher kein Problem für Sie."
Henry Byrnes nickt dazu. Ja, das ist eine leichte, viel zu leichte Aufgabe. Er hatte gehofft, mal mit etwas Schwierigerem betraut zu werden, um zu zeigen, dass er noch mehr kann, als nur Briefe zu verteilen. Aber vielleicht würde sich

das später mal ergeben. So nickt er nur und antwortet mit leiser, klarer Stimme: „Das ist kein Problem für mich."
Sarah Escott muss um 3:00 am Nachmittag die Redaktion verlassen, dann erreicht sie den Zug noch rechtzeitig. Henry Byrnes ist jetzt pünktlich zur Stelle.
Auf den Mann ist Verlass, denkt sie. Vielleicht sollte sie ihn anders einsetzen, als im Moment. Ihr fällt ein, dass er im Krieg Lieutenant gewesen sein soll. So ein intelligenter Mann, dazu verlässlich, er wäre vielleicht in einer anderen Position besser aufgehoben. Sie nimmt sich vor, nach ihrer Rückkehr mit ihm darüber zu sprechen.
Der Weg von der Redaktion zu ihrer Wohnung in der 57. Straße Ost ist nicht weit und mit dem Taxi schnell geschafft. Sie hat einen Koffer bei sich für ihre persönlichen Utensilien, eine Umhängetasche enthält ihre Unterlagen für die Besprechung. „Wo wohnen Sie, Mr. Byrnes?", beginnt sie das Gespräch im Taxi.
„In der 25. Straße Ost, Miss Escott."
„Wie kommen Sie denn zur Arbeit, Sie besitzen doch kein Auto?"
„Nein, ein Auto kann ich mir nicht leisten." Henry Byrnes sieht seine Chefin irritiert an. Was will sie von ihm? Dann fährt er fort, ihre Frage zu beantworten. „Ich fahre mit der Subway, das ist keine schlechte Verbindung. Mit etwas Fußweg dauert es nur etwas länger als eine halbe Stunde."

Das Taxi hält in der Fifth Avenue, Nummer 825. „So, wir sind schon da. Hier wohne ich."
Der Taxifahrer hilft beim Ausladen des Koffers und verschwindet dann im Gewimmel des New Yorker Verkehrs.
„Ich nehme Ihnen gerne den Koffer ab, wenn Sie mir nur die Türen aufhalten würden?" Henry Byrnes bemüht sich, seiner Chefin zu helfen, die gerade etwas Interesse an ihm zeigt.
„Natürlich. Vielen Dank, dass Sie mir tragen helfen."

Dass Haus ist ein Gebäude mit zwölf Stockwerken, mit weißem Klinker verblendet. Der Flur im Erdgeschoss ist kühl und dunkel. Sarah Escott weiß, wo sich der Lichtschalter befindet und betätigt ihn. Mit leisem Tickern läuft irgendwo ein Uhrwerk. Sie warten vor der Tür des Fahrstuhlschachtes. Mit lautem Krachen entriegeln die Türen, als der Fahrkorb im Erdgeschoss eintrifft. Sarah Escott hält ihrem Mitarbeiter die Tür auf und er trägt den kleinen Koffer in die mit dunklem Holz ausgekleidete Kabine.
Ächzend setzt sich der Fahrkorb nach oben in Bewegung. Die Rastklinken der Selbsthaltung klackern rhythmisch alle paar Fuß. Die Anzeige für das Stockwerk summt leise und mit lautem Knacken springt der Zeiger bei jedem Stockwerk einen Schritt weiter.
„So, achtes Stockwerk, hier wohne ich!" Sarah Escott hält ihrem Mitarbeiter wieder die Tür auf und lässt ihn auf den Flur treten. „Es ist gleich hier vorne, schräg gegenüber des Fahrstuhls." Sie holt den Haustürschlüssel aus ihrer Schultertasche und schließt die Eingangstür auf. Sie zieht die dunkle Holztür auf, schaltet das Licht an und lässt Henry Byrnes eintreten. „Stellen Sie den Koffer gleich hinter die Tür, den nehmen wir nachher wieder mit."
Henry Byrnes sieht sich neugierig um. Die Wohnung ist nicht besonders groß, vielleicht sind es drei oder vier Zimmer. Die Einrichtung ist einfach, aber sehr stilvoll. Der gute Geschmack von Sarah Escott ist in vielen kleinen Details zu erkennen. Am Ende des Flures ist ein Einbauschrank, der über die ganze Breite reicht, in der Mitte befindet sich eine mannshohe Tür.
„Setzen Sie sich doch einen Moment in die Küche, ich bin gleich fertig."
Henry Byrnes sieht sich um. Die Küche ist leicht zu finden, sie hat eine Tür zum Flur und eine Durchreiche in das Wohnzimmer. Neben dem kleinen Tisch steht ein Stuhl, auf den er sich setzt. Die Küche ist sauber und ordentlich. In der Spüle steht ein leeres Wasserglas, den Tisch ziert ein

Topf mit einer exotischen Blume, die allerdings etwas Wasser gebrauchen könnte. Neben dem großen Kühlschrank steht ein Gasherd, ein eingebauter Vorratsschrank mit einer weißgestrichenen Tür schließt die Einrichtung ab. Auf dem Tisch neben dem Herd befindet sich eine Kaffeemaschine, in der noch ein kleiner Rest Kaffee vom Morgen steht.

Er hört, wie Sarah Escott in der Wohnung herumgeht. Eine Tür knarrt im Flur, es wird der Einbauschrank sein.

Das Telefon in dem Zimmer, das als Büro dient, klingelt. Dieser Raum würde von anderen Bewohnern wahrscheinlich als Kinderzimmer genutzt werden, er hat ein Fenster, durch welches jetzt das schwindende Tageslicht hereinscheint.

Mit laut klappernden Absätzen trippelt Sarah Escott in das Büro und nimmt den Hörer ab. Er hört sie lebhaft mit einer Person am anderen Ende des Drahtes sprechen. Henry Byrnes steht neugierig auf und sieht in den Flur. Dabei bemerkt er, dass die Tür zu dem Schrank am Ende noch offen steht. Im Schatten dahinter sieht er etwas, das wie ein Safe aussieht. Neugierig geht er darauf zu. Aus dem Büro dringt das muntere Geplauder seiner Chefin.

In dem Vorratsraum hinter der Tür steht ein Stahlschrank, etwa drei Fuß breit und vier Fuß hoch. »Yale Lock Manufacturing Co« steht in weißer Schrift auf dem in dunkelgrünem Hammerschlaglack gehaltenem Gehäuse. In der Mitte der Tür befindet sich ein Rad für ein Kombinationsschloss.

Aus dem Büro dringt das Telefongespräch an sein Ohr. Jetzt klingt es so, als wenn die Unterhaltung bald zu Ende sein wird. Henry Byrnes hat genug gesehen und huscht leise zum Stuhl in der Küche. Es war keinen Moment zu früh. Sarah Escott kommt aus dem Büro und er hört sie im Flur hantieren. Vermutlich macht sie sich am Stahlschrank zu schaffen. Wenige Minuten später kommt sie zu ihm in

die Küche. „Ich bin fertig. Vielen Dank, dass Sie so lange ausgeharrt haben."
„Keine Ursache, Miss Escott."
„Wir können jetzt wieder gehen. Den Brief für Sie habe ich bei mir, den gebe ich Ihnen an der Post."
Henry Byrnes ergreift wieder den kleinen Koffer, der Fahrstuhl bringt sie nach unten. In wenigen Minuten erreichen sie die Post und Miss Escott lässt das Taxi halten. Sie öffnet ihre Schultertasche und holt einen braunen Umschlag heraus. „Das ist der Brief, Mister Byrnes. Er muss als Einschreiben verschickt werden, ich habe ihn fertig adressiert." Sie greift in ihre Tasche und holt eine Geldbörse aus rotem Leder heraus. „Hier haben Sie fünf Dollar. Das reicht für die Briefmarke und für Ihr Taxi nach Hause. Ich werde in zwei Tagen wieder in meinem Büro sein. Bis dahin auf Wiedersehen!"
Das gelbe Vehikel verschwindet in der Masse der vielen ähnlichen Fahrzeuge in Richtung Norden zum Grand Central Terminal.
Henry Byrnes steht auf dem Bürgersteig und hält den Umschlag in der Hand. War das jetzt ein Wink des Schicksals, dass er den Geldschrank sehen konnte? Er denkt noch über die Beobachtung nach, als er das US-Mail Office betritt. Was mag wohl in dem Safe sein? Nur persönliche Dinge? Wertpapiere? Schmuck und Wertsachen? Bargeld? Seine Chefin gehört zu den vermögendsten Frauen in New York. Ihr Magazin verkauft sich gut in hoher Auflage, außerdem kommt sie aus einem reichen Elternhaus. Ihm fällt William Goddon ein, sein früherer Sergeant, der jetzt als Geldschrankknacker sein Auskommen hat. Ja, seinen Kriegskameraden muss er von diesem Geldschrank berichten. Er wird vorher versuchen, noch mehr über den möglichen Inhalt des Safes in Erfahrung zu bringen.
Nachdenklich sitzt er im Bus und lässt sich nach Hause fahren. Anstatt mit dem Taxi zu fahren, wie es seine Chefin vorgesehen hat, sitzt er jetzt im Bus, so reicht das Geld

noch für zwei Bier in dem Pub bei ihm an der Ecke. Häufig sitzt er dort an den Abenden und gibt seinen spärlichen Lohn für etwas zu trinken aus.
Das kleine Lokal befindet sich im Erdgeschoss des Hauses an der Ecke. Ein unansehnlicher, schmutziggrauer Bau mit zwei Stockwerken erhebt sich oberhalb der Kneipe. Er ist der einzige Gast an der Theke, einige weitere halten sich an den Tischen auf. An einem davon sitzen drei Männer in mittlerem Alter, die lautstark miteinander diskutieren. Er hört Worte wie Truman, und McCarthy. Aha, dort hat man also die Verfolgung der echten und vermuteten Kommunisten am Wickel. Politik interessiert ihn seit dem Ausscheiden aus dem Militär nicht besonders. Diese Regierung hat Leute wie ihn fallen lassen, warum soll er sich für deren Politik interessieren?

Doch jetzt sitzt er nicht mehr trübsinnig auf dem Hocker an der Theke, jetzt hat sein messerscharfer Verstand etwas zu tun. Gleich morgen wird er sich vorsichtig nach den finanziellen Verhältnissen seiner Chefin erkundigen. Hat sie ein Konto, oder hebt sie ihr Geld zu Hause auf? Wie sieht es mit ihrem Schmuck aus? Frauen wie sie finden doch immer Gefallen an schönen Preziosen. Die Armbanduhr, die sie täglich im Büro trägt, ist ihm früher schon aufgefallen. So jemand wie er kann sich so etwas nicht leisten, es sei denn, er würde den Lohn eines ganzen Lebens dafür hergeben. Aber das könnte jetzt ein Ende haben. Er muss es nur schlau einfädeln und er darf, genauso wie seine Freunde, hinterher nicht auffallen. Aber diese Planung liegt ihm, es ähnelt einer militärischen Operation, mit dem angenehmen Unterschied, dass sein Leben nicht in Gefahr ist.
Er fühlt, dass er einen moralischen Anspruch auf das Geld hat. Schließlich haben er und seine Kameraden ihr Leben für ihr Vaterland riskiert. Menschen wie Sarah Escott und Ihresgleichen, wie zum Beispiel diese beiden Frauen, die

kürzlich bei seiner Chefin zu Besuch waren, die haben nie ihr Leben riskieren müssen. Die sind schön in der sicheren Heimat geblieben und konnten ihr Geld noch vermehren. Er konnte das nicht, im Gegenteil, seinen linken Arm hat er in der Fremde lassen müssen. Deshalb steht ihm und seinen Kollegen dieses Geld zu.
Heftig setzt er nach dem letzten Schluck das leere Glas auf die Theke und steht auf. So ist es und so wird es geschehen müssen!

In der kleinen Detektei in der 86. Straße West findet heute, wie alle paar Tage, eine Besprechung statt. Probleme werden diskutiert, Arbeiten werden neu eingeteilt. Es sind alle dabei, auch ihr neuester Mitarbeiter, Gordon Batcher, sitzt zwischen ihnen. Die meiste Zeit macht er einen in sich gekehrten Eindruck. Es ist sein Naturell, das sich seit dem schrecklichen Krieg in einem desolaten Zustand befindet. Seine neuen Kollegen kümmern sich rührend um ihn und versuchen ihn, mit mäßigem Erfolg, aufzuheitern.
Jesaja knufft ihn in die Seite. „Kommst du nachher mit in ins »La Mirabelle«? Janet muss heute nicht gleich ihre Kinder abholen und wir wollen alle nett zusammensitzen. Der Chef und die Chefin kommen auch mit, mit anderen Worten, essen und trinken ist frei."
Gordon nickt zustimmend und ringt sich ein Lächeln ab. Sie geben sich alle so viel Mühe, er kann sich wirklich nicht beklagen. Hier ist er ein Mitglied in einer netten Gruppe, die ihn ernst nimmt und er kann seine besonderen Kenntnisse anwenden.
Candice Evans klopft mit dem Bleistift auf den Tisch, sie sieht Jesaja an, um ihn zu unterbrechen. Insgeheim freut sie sich, dass Gordon Batcher so wohlwollend von ihren Mitarbeitern aufgenommen worden ist. „Meine lieben Kollegen! Wie ihr sicher schon gehört habt", sie wirft Jesaja einen Blick zu, „werden wir nachher noch zu einem

kleinen Umtrunk ausgehen. Wir haben auch einen Anlass zum Feiern. Der Fall Albert Kellington konnte abgeschlossen werden. Ich habe gestern eine Nachricht von seinem Anwalt, John McKinley erhalten. Er hat mir mitgeteilt, dass der eigentliche Mörder des Jake Griffith gefasst ist und überführt werden konnte. Maßgeblich für die Überführung des Mörders, war die Ermittlung des Besitzers der Mordwaffe. Dank der Vorschläge unseres neuen Mitarbeiters, Gordon, hatte die Polizei die Ermittlungen wieder aufgenommen und hat sie jetzt erfolgreich beenden können." Candice dreht ihren blonden Schopf und strahlt Gordon Batcher an. „Meinen Glückwunsch, Gordon. Ich hoffe, du kannst uns auch in Zukunft mit deinen Ratschlägen zur Seite stehen."
Gordon wiegelt ab, er ist sichtlich aufgewühlt und räuspert sich verlegen. „Vielen Dank für die Lorbeeren. Das war auch ein sehr leichter Fall."
Mike klopft ihm auf den Arm. „Keine falsche Bescheidenheit, das war erstklassig!"
Candice ist noch nicht ganz fertig, als wieder Ruhe eingekehrt ist, fährt sie fort. „Für unsere Detektei ist dieser Erfolg eine weitere ausgezeichnete Reklame. Unser Auftraggeber, Mr. Kellington, hat uns zusätzlich zum Honorar noch mit einem extra Bonus versehen. Ich soll ihn auf seinen ausdrücklichen Wunsch hin unter den Mitarbeitern aufteilen." Strahlend hält Candice einen Scheck hoch und wedelt damit. Lachende Gesichter sind der Lohn und sie genießt die Freude ihrer Angestellten. Candice lächelt zufrieden. So liebt sie ihren Job, nette und tüchtige Mitarbeiter, die ihr viel Freude bereiten. Dank Mike hat sie mit der Detektei eine echte Aufgabe gefunden.
Nun ist Mike an der Reihe, Candy hat sich die Rosine herausgepickt, er muss sich mit der langweiligen Routine beschäftigen. Er lässt es gerne zu, er weiß, wie viel ihr die Mitarbeiter bedeuten. Mike räuspert sich und setzt die Besprechung fort. „Ich möchte Candys Worten noch et-

was anfügen. Dank des letzten Auftrages, brauchen wir uns um Arbeit keine Sorgen zu machen. Im Gegenteil, wir werden es kaum schaffen und müssen wohl den einen oder anderen Auftrag ablehnen." Er blickt auf ein Blatt mit Notizen und sieht wieder auf. „Bevor wir zu unserer kleinen Feier aufbrechen, müssen wir leider noch ein wenig arbeiten. Jeder gibt jetzt eine knappe Übersicht über die letzten Tage, dann werden wir die Pläne für die nächste Woche diskutieren."

Janet hat ihren Block in der Hand und der Bleistift saust in inzwischen häufig geübter Kurzschrift über das Papier. Diese Notizen bedeuten immer viel Arbeit für sie. Sie schreibt sie später sauber mit der Maschine und heftet sie unter ihren Besprechungsnotizen ab.

Am Ende der Sitzung erhebt sich Candice und alle gehen schwatzend und lachend zum Ausgang. Das Lokal »La Mirabelle« ist gleich in der nächsten Querstraße, der Columbus Avenue. Janet hat einen Tisch für fünf Personen reservieren lassen. Sie sind nicht zum ersten Mal dort, der Wirt kennt das schon und hat ihnen einen Tisch frei gehalten.

„Du bist früher beim FBI gewesen?", wird Gordon von Janet gefragt.

Gordon nickt und erzählt etwas von seinem früheren Leben. Es ist neu, dass er ab und zu etwas von seiner Vergangenheit hervorholt, bisher schien es, als würde er das Thema meiden, als wenn er an einer gerade verheilten Wunde nicht rühren wolle. „Ja, es sind jetzt fast fünf Jahre her, ich habe damals eine kleine Gruppe geleitet, die die psychologischen Zusammenhänge zwischen der Tat und den Tätern untersuchen sollte. Das Ziel sollte es sein, mit Hilfe der Umstände der Tat auf den Täter schließen zu können."

Mike kennt die Tätigkeit seines Kriegskameraden, er möchte ihn motivieren, mehr davon zu erzählen. „Das

klingt sehr vielversprechend, hat das in der Praxis funktioniert?"
Gordon Batcher wiegt seinen Kopf. „Mitunter gab es verblüffende Ergebnisse, manchmal lagen wir völlig daneben. Nachdem ich zum Auslandsgeheimdienst nach England abgezogen worden war, hat man meines Wissens diese Untersuchungen nicht mehr fortgeführt."
Jetzt mischt sich Jesaja ein. „Ich habe gehört, dass du und Mike früher zusammengearbeitet habt?"
„Na ja, das ist so nicht ganz richtig. Wir gehörten zu verschiedenen Abteilungen im selben Gebäude, deshalb sind wir uns immer wieder begegnet, meist auf den Fluren oder beim Essen. Unsere gemeinsame Vergangenheit war nur selten schön, wir hatten viel Arbeit und wenig Zeit für Späße. Erzähl du uns lieber von deinem letzten Fall."
Jesaja nickt und grinst bei dem Gedanken daran. Er sollte einen Mann im Auftrag seiner Ehefrau beschatten. Diese Schäferstündchen unterbrach die Frau immer wieder durch schlau geplante Besuche von Boten, Vertretern und Handwerkern. „So geht das nicht, gnädige Frau", habe ich ihr erklärt, „so werde ich nie einen Beweis für die Untreue ihres Mannes bekommen."
„Wie hat denn der Fall geendet?", Janet kennt die Geschichte noch nicht.
Jesaja lächelt zufrieden und fährt fort. „Es kam so, wie ich es mir gleich gedacht hatte. Die beiden haben sich wieder vertragen und mein Auftrag war damit beendet."

Das nette Treffen in der Gaststätte geht dem Ende zu. Janets Kinder sind bei einer der Töchter von Jesaja untergebracht und müssen bald abgeholt werden. Mike und Candice haben den kürzesten Weg, der Aufgang zu dem Penthouse in der Straße am Central Park ist nur wenige Schritte von der Detektei entfernt. Sie unterhalten sich auf dem Weg dorthin und im Fahrstuhl über ihre gerade zu-

rückliegende Besprechung und das Treffen in der Gaststätte.
Candice zieht ihre Stirn in sorgenvolle Falten. „Unsere Detektei läuft so gut, dass ist mir direkt ein wenig unheimlich. Was meinst du dazu, Mike? Das kann doch nicht immer so bleiben, oder?"
„Es wird sicher auch mal ein Tief geben. Genieße, dass es jetzt so schön läuft. Wenn wir uns immer bemühen, werden wir auch weiterhin keine Probleme haben. Trotzdem wird es auch mal nicht glatt laufen, dann ist das eben so."
Candice gibt ihm Recht. „Okay, das muss wohl so sein. In meiner Vergangenheit haben meine Eltern und meine Schwester Annie immer für mich die Steine aus dem Weg geräumt. Das war zwar sehr angenehm, aber jetzt habe ich darunter zu leiden."
Mike zieht die Augenbrauchen hoch. „Warum?"
„Naja, " erwidert Candy zaghaft „ich muss jetzt erst lernen, mit Schwierigkeiten klar zu kommen…."
Mike grinst. „Das kommt ganz von selbst, »learning by doing« nennt man das. Die meisten Leute sind auf Misserfolge nicht vorbereitet, mach dir keine Sorgen. Außerdem, dafür, dass du in so behüteter Umgebung aufgewachsen bist, machst du es aber sehr gut in der »realen Welt«."
Die beiden sind jetzt vor ihrer Tür angekommen. „Was soll das heißen, reale Welt? Ich bin ja nicht auf dem Mond aufgewachsen!"
Mike lacht und zieht seine süße Partnerin zu sich heran und gibt ihr einen langen Kuss. „Du machst dir unnötig Sorgen. Denke daran, was du schon alles geschafft hast!"

Der Abend ist noch etwas kühl, aber trocken, sodass sich das Paar mit einer Decke auf die Dachterrasse setzt.
„Mike?", Candice beginnt vorsichtig ein anderes Thema anzuschneiden.
„Ja?"
„Was hältst du eigentlich von Kindern? Ich meine eigene?"

Ihr Verlobter sieht ihr tief in die Augen und grinst sie an. „Jetzt gleich?"
Ihre Augen blitzen, als sie antwortet. „Nun will ich mal ein ernsthaftes Gespräch mit dir führen, und du denkst nur an das Eine!"
Mike hebt abwehrend die Hände. Nichts liegt ihm ferner, als sie zu verärgern. „Entschuldige bitte, so war das nicht gemeint."
„Ich meine das ganz ernsthaft. Sollten wir nicht Kinder bekommen? Ich könnte mir dich als Vater sehr gut vorstellen."
„Vielen Dank, du würdest als Mutter sicher auch gut abschneiden." Er grinst, sieht dann aber Candys strengen Blick und beeilt sich zu antworten „ Ich habe noch nicht ernsthaft darüber nachgedacht, ich kann es mir aber gut vorstellen. Mike zögert, dann sagt er vorsichtig „es gibt auch Paare, die keine Kinder bekommen können, denk an deine Schwester."
Candy sieht Mike an „Ja, ich weiß, aber zunächst gehe ich davon aus, dass es klappt, wenn nicht….dann ist es eben so." Eine Minute lang sagt keiner etwas.
Mike nimmt den Faden wieder auf „Wo sollten die Kinder denn aufwachsen? Doch nicht hier in Manhattan?"
„Nein", Candy schüttelt den Kopf. „In dem Haus meiner Eltern auf Long Island ist viel Platz. Der Garten ist groß und es gibt praktisch keinen Verkehr."
„Ich stimme dir völlig zu. Das einzige, was mir sofort dazu einfällt, ist unsere Detektei. Du hast jetzt dein Herz so daran gehängt, wie soll es in Zukunft werden, wenn wir ein Kind oder sogar mehrere haben würden?"
Candy nickt und seufzt leise. „Ja, das ist für mich das einzige wirkliche Problem. Ich denke nun schon eine Weile darüber nach. Die Kinder sollte ich so bald wie möglich bekommen. Dann muss ich eben mit der Arbeit eine Weile aussetzen, bis wir ein Kindermädchen mit der Betreuung

beauftragen können. Zeitweise würde es meine Schwester Annie gerne übernehmen, da bin ich ganz sicher."
„Ja, das denke ich auch. Wenn wir Kinder haben möchten, dann jetzt. Was hältst du von folgendem Vorschlag: Wir werden noch sorgfältig nach einem weiteren Ermittler zur Vergrößerung unseres Teams suchen. Sobald wir einen geeigneten Nachfolger für dich gefunden haben, kannst du, wenn nötig, so lange in Long Island bleiben, wie du es für richtig hältst."
Candy nickt zustimmend. „Das klingt gut, so ähnlich hatte ich mir das auch schon gedacht."
„Und was machen wir bis dahin?"
„Wie meinst du das?"
„Na ja, wir werden doch bis dahin nicht enthaltsam leben wollen?"
Candy lächelt ihn mit einem besonders süßen Lächeln an, sodass Mike ganz weiche Beine bekommt. „Du wirst nicht zu kurz kommen, mach dir keine Sorgen!" Sie wirft die Decke beiseite und springt hoch. „Los, Mike, beeil dich! Ich möchte das Thema mit den Kindern drinnen weiter vertiefen!"

Ein paar Tage später ist Sarah Escott wieder in ihrem Büro. Durch die offene Tür beobachtet sie, wie Henry Byrnes mit der Post hereinkommt und ein paar Worte mit ihrer Sekretärin spricht. Ihr fällt ein, dass sie sich eine andere Tätigkeit für ihn einfallen lassen wollte. Sie greift zum Telefon und ruft ihren Personalchef an. „Mr. Bleeker? Ich möchte mit Ihnen bei einer passenden Gelegenheit über unseren Postzusteller, Mr. Byrnes, sprechen. Der Mann ist in seiner derzeitigen Position meiner Meinung nach überqualifiziert."
„Das ist eine gute Idee. Im Vertrieb haben wir nicht genügend Planer, da könnte er eventuell untergebracht werden."

„Sehr gut. Kommen Sie doch in den nächsten Tagen zu mir, ich lade dann noch Mr. Byrnes dazu und wir fragen ihn, was er davon hält. Und machen Sie sich schon einmal Gedanken um einen Nachfolger als Postzusteller!"

Der verschwundene Geldschrank

Zwei Tage später trifft sich Henry Byrnes mit seinen Kriegskameraden in der Werkstatt von William Goddon. Er kommt schnell auf den Grund seines Besuches zu sprechen. „Leute, ich habe einen Geldschrank gesehen, der es ganz sicher wert ist, aufgebrochen zu werden." Er berichtet seinen aufmerksam zuhörenden Freunden von dem Besuch bei seiner Chefin.

Sein früherer Sergeant, William Goddon, möchte mehr Details über den Safe wissen. „War er drei Fuß breit, vier Fuß hoch und von Yale?"

„Ja, genau so."

„War die Aufschrift goldfarben oder weiß?"

„Sie war weiß."

„Aha, welchen Durchmesser hatte das Stellrad in der Mitte?"

Henry Byrnes überlegt einen Moment und versucht, sich an dieses Detail zu erinnern.

„Es war etwa vier Zoll groß."

William Goddon nickt und fragt weiter: „Es gibt kein zusätzliches Schlüsselloch?"

„Nein, genau. Woher weißt du das?"

Bill lächelt verschmitzt. „Ich mache diesen Job schon etwas länger. Jetzt weiß ich, welches Model es ist, es ist ein fast neuer Schrank, vom vorigen Jahr. Die sind nicht einfach zu knacken, so zwei bis drei Stunden wird es dauern."

„Das bedeutet also, dass ich herausfinden muss, wann die Besitzerin länger abwesend ist?"

„Ja, das ist richtig. Ich benötige eine Weile, ich muss eine Bohrmaschine sowie weiteres Werkzeug mitnehmen und eine Menge Löcher bohren. Alleine kann ich das auch nicht, Arthur muss mir helfen."
Arthur Ecclewood setzt das Glas ab, aus dem er gerade getrunken hat. „Kein Problem. Das habe ich schon häufiger gemacht, nicht wahr, Bill?" Er klopft William Goddon auf die Schulter. Der hebt sein Glas und prostet seinem Freund zu. „Ja, wir sind ein eingespieltes Team."
Henry Byrnes ist zufrieden über die Entwicklung. Es sieht einfach aus. Mit ihm als Planer und seinen beiden Freunden als Geldschrankknacker wird es ein leichtes Spiel. „Ich werde noch herausfinden, was wir von dem Safe erwarten dürfen. Am Ende sind nur Urkunden darin, dann wäre die Arbeit vergebens gewesen."
William Goddon schüttelt seinen Kopf. „Wer sich so einen guten Schrank leistet, der hat auch einen wertvollen Inhalt darin. Keine Sorge, das wird sich lohnen. Wichtig ist, dass wir ungestört arbeiten können. Erkundige dich deshalb, wann niemand in der Wohnung ist."
Das Treffen dauert wieder bis tief in die Nacht. Dieses Mal ist der kommende Morgen an einem Arbeitstag, Henry Byrnes verabschiedet sich in der Nacht und fährt mit einem späten Bus nach Hause. Der Verkehr ist abgeflaut, der Bus ist trotz der frühen Zeit zur Hälfte gefüllt. Einige seiner Mitfahrer sind mindestens ebenso betrunken wie er selbst. Torkelnd erhebt er sich am Ende der Fahrt und verlässt mit unsicherem Schritt den Bus. Er nimmt sich fest vor, beim nächsten Treffen früher zu gehen und weniger zu trinken. Aber dieser Vorsatz wird wieder genauso verfliegen wie jetzt sein Rausch.

Die Sekretärin von Sarah Escott ist wieder im Büro. Sie war zwei Tage krank gewesen. Sie fühlt sich noch nicht gut, eine längere Abwesenheit von der Arbeit kann sie sich aber nicht leisten.

„Geht es Ihnen besser, Mrs. Burdon?", fragt Henry Byrnes sie auf seiner täglichen Runde. Er legt seine Posttasche beiseite und setzt sich auf einen Stuhl neben ihren Schreibtisch. Er hat die Absicht, Mrs. Burdon ein wenig auszufragen, es soll aber so aussehen, als wenn er sich nur ein wenig mit ihr unterhalten will.

Die ältere Dame schnupft sich gerade die Nase aus und sieht über das Taschentuch hinweg den Postzusteller an. „Hallo, Mr. Byrnes! Nein, nicht viel besser. Zum Glück kommt unsere Chefin erst morgen wieder, sodass ich mich heute noch etwas schonen kann."

„Ach, sie ist fort? Das hatte ich noch gar nicht bemerkt."

„Doch, sie ist drei Tage in Boston und wird erst morgen wieder zurück sein."

Henry Byrnes weiß natürlich von dieser Abwesenheit, er will die Sekretärin zu einem Gespräch ermuntern. „Ist sie denn häufiger mal abwesend? Ich sehe es bestenfalls am Postausgangskasten, der bleibt dann leer."

Die Sekretärin sieht ihn skeptisch über ihre Brille hinweg an. „Warum wollen Sie das denn wissen?"

Henry Byrnes schluckt. Nun muss er sich schnell eine Ausrede einfallen lassen. Er kann auch versuchen, seinen Charme spielen zu lassen. Vor dem Krieg hatte er es leicht mit den Frauen gehabt. Er sieht attraktiv aus und kann sehr gewinnend lächeln. Aber nun, mit nur einem Arm? Seit dem Krieg hat er es nicht mehr mit der Verführung von Frauen versucht. Er erinnert sich an verschüttete Verhaltensweisen und lächelt Mrs. Burdon gewinnend an. „Ich frage nur so aus reiner Neugierde und weil mir ihre Belastung am Herzen liegt."

Mrs. Burdon lächelt ihn an und droht scherzhaft mit dem Zeigefinger. „Sie sind mir ja ein Schelm! Unsere Chefin verreist eigentlich selten, das habe ich bei meinem vorigen Arbeitgeber ganz anders erlebt." Dann zieht sie einen Kalender zu sich heran und sieht hinein. „Nein, sie verlässt

uns erst wieder in zwei Wochen, dann bleibt sie aber eine ganze Woche fort. Danach ist lange Zeit nichts mehr."
„Sie Arme! Dann haben Sie nicht viel Gelegenheit zum Ausruhen."
Die Sekretärin lächelt geschmeichelt. „Danke für ihr Mitgefühl. Es lässt sich aber gut bei ihr arbeiten, sie ist eine angenehme Vorgesetzte."
Henry Byrnes hat erfahren, was er wissen wollte. In zwei Wochen, es beginnt mit einem Montag, wird die Wohnung leer sein. Nun muss er nur noch in Erfahrung bringen, ob und wann eine Aufwartefrau kommt, damit die seinen Freunden nicht in die Quere kommt. „So, meine liebe Mrs. Burdon, ich muss mit meiner Runde weitermachen. Kann ich Ihnen vorher noch einen Kaffee bringen?"
„Es ist nett, dass Sie fragen, aber ich hatte gerade einen, vielen Dank."

Henry Byrnes setzt seine Tour fort. Die Abwesenheit von Sarah Escott herauszufinden war einfacher, als er dachte, jetzt muss er verlorene Zeit wieder gut machen. Er kennt jeden Winkel des Gebäudes, jede Tür und jedes Büro. Automatisch finden seine Beine den gleichmäßigen Rhythmus und den jeden Tag gleichen Weg. Er überlegt, wie er das mit der Reinigungskraft herausfinden könnte. Denn Miss Escott hat bestimmt jemanden, die Wohnung war sauber und ordentlich. Er kann sich nicht vorstellen, dass seine Chefin bei ihren langen Arbeitstagen selbst dazu Zeit hat. Verdammt, er hätte sie fragen sollen, als er in ihrer Wohnung gewesen war. Dort wäre die Frage nicht aufgefallen. Er wird sich mal erkundigen, ob es für das Haus vielleicht einen gemeinsamen Reinigungsservice gibt.
Es ist Anfang Mai. Der Tag, der so schön begonnen hatte, ist nun grau und trübe geworden. Aus tiefhängenden Wolken beginnt ein dünner Regen zu fallen. Die oberen Stockwerke der Hochhäuser verschwinden im grauen Schleier des Regens.

Henry Byrnes ist mit dem Bus zur Fifth Avenue gefahren. Die Haltestelle ist in der Nähe des Zoos im Central Park, von dort sind es nur wenige Schritte zum Haus Nr. 825. Er sieht an dem ehrwürdigen Gebäude empor. Der feine Nieselregen setzt sich in jede Pore seines Gesichtes und tropft von seinem Hut. Er betritt den Eingang und sieht sich um. Der Flur ist kühl und dunkel. Er versucht sich zu erinnern, wo der Knopf für den Lichtschalter ist, da sieht er den Taster mit schwachem rotem Licht in einer Ecke glimmen. Er drückt darauf und mit einem hörbaren Klacken schaltet das Relais ein und Licht erhellt den Flur. Mit aufmerksamem Blick sucht er den Flur ab. Neben der Tür zum Fahrstuhl befindet sich ein Aushangkasten der Hausverwaltung. Es sind wichtige Telefonnummern angegeben, wie die der Feuerwehr und der Polizei. Die Abfuhrtermine der Müllabfuhr sind auf einem Blatt Papier aufgelistet. Da durchzuckt ihn ein freudiger Schreck. Ganz unten hängt ein Zettel mit folgendem Aufdruck:

»Sehr geehrte Mieter und Eigentümer. Seit Anfang des Monats haben wir einen anderen Reinigungsservice. Die Firma heißt »Property-Cleaning Manhattan«. Bei Beanstandungen bitten wir Sie, sich an folgende Adresse zu wenden:«

Es folgt eine Adresse in Upper East und eine Telefonnummer, die er sich notiert. Die Nachricht ist vom Anfang dieses Jahres, das sollte noch aktuell sein. Nun muss er noch herausfinden, ob auch die Wohnung von Sarah Escott von dieser Firma betreut wird.

Er wird von einem öffentlichen Fernsprecher telefonieren müssen, er wohnt zur Untermiete und hat keinen Zugang zu einem Telefon. In den Büros der Fortune ist man mit Amtsgesprächen sehr restriktiv, dort würde es auch nur Aufsehen erregen. Er beschließt, es morgen in der Mittagspause zu versuchen, denn jetzt ist schon lange Feierabend.

Diese Arbeit gefällt ihm, die penible Planung war auch während der Zeit beim Militär seine Spezialität gewesen. Dazu kamen seine rasche Auffassungsgabe und die Fähigkeit, schnell Entschlüsse zu fassen, sodass er als einer der Jüngsten den Rang eines First Lieutenant erreichte. Er verzieht bitter sein Gesicht. Was ist davon geblieben? Wer interessiert sich für einen Einarmigen? Aber nun sollen seine Fähigkeiten dazu dienen, das Geld, das ihm und seinen Kameraden vorenthalten wurde, zu beschaffen. Je länger er diesen Gedanken in seinem Kopf bewegt, desto weniger falsch erscheint ihm sein Vorgehen. Sein scharfer Verstand ist fast genial, in diesem Fall erfindet er blitzschnell immer neue Entschuldigungen für seinen eigentlich verwerflichen Plan.

Der Regen von gestern ist vorbei. Milde Frühlingsluft weht vom Atlantik durch die Straßen und lässt den kommenden Sommer ahnen. Henry Byrnes hat Mittagspause, aber anstatt in der Poststelle zu sitzen und trüben Gedanken nachzuhängen, geht er zum öffentlichen Fernsprecher an der Ecke. Er hat sich zwei Dime-Stücke bereitgelegt, das sollte reichen. Nun zieht er den Zettel mit der Telefonnummer aus der Tasche, wirft die Münze ein und beginnt zu wählen. Nach zwei Rufzeichen meldet sich ein Mitarbeiter der Reinigungsfirma. Henry Byrnes hat sich einen Grund für seinen Anruf ausgedacht, den er jetzt vorbringt.
„Guten Tag, mein Name ist Barkley. Ich rufe im Auftrag von Miss Escott an. Sie hat eine Wohnung in der 5th Avenue, Nr. 825 im achten Stock."
„Da sind Sie bei mir an der richtigen Adresse. Womit kann ich Ihnen helfen?"
„Ich möchte, dass in der nächsten Woche die Fenster gereinigt werden, ist das möglich?"
„Falls die Scheiben von außen gereinigt werden sollen, sind Sie bei mir falsch. Die Außenreinigung übernimmt eine Spezialfirma mit Hilfe eines Arbeitskorbes von oben. Da-

rauf haben wir keinen Einfluss. Falls Sie eine Extrareinigung der Innenseite wünschen, kann ich das gerne notieren."

„Das wäre nett. Wann würde denn diese Reinigung stattfinden? An den Tagen, an denen Sie ohnehin kommen, oder ist es ein zusätzlicher Termin?"

„Da das eine andere Person ausführen wird, wird es mit ziemlicher Sicherheit ein anderer Termin werden. Soll ich für Sie einen bestimmten Wochentag vormerken?"

„Helfen Sie mir doch kurz nach, wann kommt denn die Reinigungskraft für die übrige Wohnung?"

„Einen kleinen Moment, ich muss kurz den Hörer beiseitelegen."

Zwei Minuten später meldet sich der Mann wieder. „Unsere Reinigungskraft kommt immer dienstags und freitags morgens um sieben. Das war mit Miss Escott so festgelegt worden, weil sie dann noch für besondere Wünsche unsere Kraft direkt kontaktieren kann. Welcher Termin wäre für Sie passend?"

„Diese Reinigung ist in dem Paket nicht enthalten?"

„Nein, das ist eine Sonderleistung, die muss extra abgerechnet werden."

„Ach wissen Sie, ich werde das mit Miss Escott noch einmal besprechen. Ich melde mich dann wieder bei Ihnen."

„Wie Sie meinen. Ich stehe Ihnen jederzeit zur Verfügung."

Henry Byrnes legt auf und geht zu seiner Arbeitsstelle zurück. Das hat schon mal gut geklappt. Nun wird er sich mit seinen Kameraden treffen, um die Details für den Einbruch zu planen. Henry ist sehr zufrieden.

Das Büro in der 86. Straße West ist beinahe verwaist, lediglich die Sekretärin Janet hält die Stellung. Ihre Mittagspause ist vorbei und sie setzt sich gerade frischen Kaffee auf. Sie rechnet damit, dass in der nächsten halben Stunde wenigstens einer der Ermittler zurückkommen wird, dann steht sofort frischer Kaffee zur Verfügung. Nicht zuletzt trinkt sie selbst gerne Kaffee.

Die Tür zur Straße wird geöffnet und herein kommt ein Mann mit auffallend roten Haaren. „Hallo, Janet, es ist nett dich zu sehen."

„Komm herein, Willy. Es gibt gleich frischen Kaffee."

Willy sieht sich um. Er kennt die Detektei gut und ist einer von Mikes besten Freunden und einer seiner Mitglieder der montags stattfindenden Pokerrunde.

„Bist du alleine hier?"

„Ja, im Moment schon. Ich rechne aber jeden Moment mit dem Eintreffen von Mike und Candice. Hast du etwas auf dem Herzen?"

„Ich, ja. Das stimmt." Willy druckst herum, das ist Janet nicht von ihm gewohnt. Er hat sonst immer auf alles eine muntere Antwort. Dann erhellt sich sein Gesicht. „Kennst du den schon? Ein Taxi und ein Fahrrad stoßen zusammen, es gibt sieben Verletzte zu versorgen." Willy lacht etwas kläglich.

„Du hast schon bessere Witze erzählt. Hast du Kummer?" Sie sieht ihn lächelnd mit ihren braunen Augen an.

Willy gibt sich einen Ruck. „Weißt du, ich komme doch jede Woche hierher und unterhalte mich mit dir. Hast du dich noch nie gefragt, warum ich so oft komme?"

Janet nickt und beginnt zu lächeln. „Weil du hier umsonst Kaffee bekommst?"

Janet weiß, beziehungsweise ahnt, was Willy auf dem Herzen hat. Sie lässt ihn absichtlich zappeln, er soll ihr direkt sagen, was ihn beschäftigt.

„Nein." Willy fühlt sich erkennbar unbehaglich.

„Dann trinkst du keinen Kaffee mehr?"

Willy zögert, er öffnet und schließt nervös seine Finger. „Nein, ja… der eigentliche Grund bist du. Du bist immer so nett und freundlich und hörst dir geduldig meine blöden Geschichten an."

Janet schüttelt jetzt mit Nachdruck den Kopf. „Deine Geschichten sind nicht »blöde«. Ich höre sie gerne, weil so viel Menschlichkeit darin verborgen ist. Du versteckst das tiefe Gefühl, zu dem du fähig bist, hinter deinen lustigen Geschichten. Du versuchst unbewusst zu verbergen, dass du eigentlich ein hochsensibler Mensch bist."
„Tatsächlich? Das ist mir noch nicht aufgefallen", Willy steht beinahe der Mund offen vor Überraschung.
„Komm mal her, du dummer Kerl!" Sie steht auf und legt ihre Arme um ihn. Dann sieht sie ihm in sein strahlendes Gesicht. „Glaubst du, ich habe nicht bemerkt, wie es um dich steht? Du bist mir mehr als sympathisch, aber wir sind beide gebrannte Kinder, darum wollte ich noch abwarten. Jetzt habe ich das Gefühl, als wenn ich dich lange genug habe zappeln lassen."
Willy schluckt. Jetzt geht es plötzlich ganz glatt. Lange schon denkt er sich aus, auf welche Weise er die nette Sekretärin für sich gewinnen sollte. Jetzt hat es gefunkt! Er zieht sie ebenfalls an sich und sieht ihr in die Augen.
„Du hast da eine Träne", sagt Janet mit leiser Stimme und zupft sich ein Taschentuch aus einer Tasche ihres Kostüms. Als sie damit seine Augen abtupft, kommen noch einige Tränen dazu. Sie bemerkt es und lächelt wieder. „Siehst du, du bist ein hochsensibler Mensch. Ich habe das schon lange erkannt." Willy schluckt, dann nimmt er sie fest in den Arm.
In diesem Moment wird die Tür geöffnet. Es sind Mike und Candice, die hereinkommen. Candice bemerkt es zuerst, als sie Willy und Janet dicht voreinander stehen sieht. Ihre beiden Gesichter sind ein offenes Buch für sie. „Was habt ihr uns denn bisher vorenthalten?" Sie kann sich ein leises Lachen nicht verkneifen.
Mike stellt sich neben Candice und legt seinen Arm um sie. „Es sieht beinahe so aus, als wenn wir hier nicht das einzige Liebespaar sind." Dann blickt er seinen Freund an. „Es

hat ja eine Zeit gedauert mit euch beiden. Wie lange geht es denn schon, ohne dass wir es bemerkt haben?"
Willy strahlt immer noch. „Das ist ganz frisch. Ich habe eben erst erfahren, was Janet für mich empfindet."
Candice fasst Mike bei der Hand und lacht wieder. „Lasst euch nicht stören, wir können in unsere Büros gehen."
Die Tür zur Straße wird schon wieder geöffnet. Jetzt sind es Jesaja und Gordon, die die Detektei betreten. „Was ist denn hier los?", Jesaja merkt zuerst, dass etwas in der Luft liegt.
„Wir werden eine Anzeige aufgeben, damit es wirklich jeder mitbekommt!", Janet sieht sich lächelnd um. Dann ergänzt sie: „Willy und mir ist gerade klar geworden, wie sehr wir uns eigentlich mögen. Das könnt ihr gerne alle wissen!"
Mike geht in die Küche und kommt wenig später mit einem Tablett zurück, auf dem fünf Gläser und eine Flasche Branntwein stehen. „So, ihr Lieben. Dieses freudige Ereignis muss gefeiert werden. Willy freut sich über die nette Geste, er ergreift die Flasche und schenkt seinen Kollegen ein. Gordon Batcher hat sich als einziger kein Glas genommen.
„Was ist denn mit dir, magst du nicht?", fragt ihn Willy.
Gordon Batcher druckst etwas herum und erklärt dann seine Abstinenz: „Ich würde gerne auf euer Wohl anstoßen, ich muss jedoch vermeiden, alkoholische Getränke zu mir zu nehmen, sonst besteht für mich die Gefahr, sofort wieder abhängig zu werden."
Alle schweigen und sehen betreten zu Boden. Das war also der Grund, dass er bei dem letzten Treffen im La Mirabelle nur Tee getrunken hatte. Janet unterbricht als erste die Stille und sagt laut: „Wir haben Orangensaft in der Küche, ich bin gleich wieder da!" Sie verschwindet in den Nebenraum und kommt mit dem Saft und einem Trinkglas wieder zurück. „So, lieber Gordon, jetzt kannst auch du mit uns anstoßen!"

Die ungute Stimmung ist wie weggeblasen, Willy beginnt wieder, Witze zu erzählen. Er unterlässt es wohlweislich, Anekdoten über Trinker anzubringen. Mike ist froh, dass Gordon das Thema von sich aus angesprochen hat. Es zeigt ihm, dass er sich auf dem richtigen Weg befindet. Und wie er Candy und seine Kollegen einschätzt, werden sie stets versuchen, Gordon bei seinem Vorhaben zu unterstützen.

Zwei Wochen später ist Sarah Escott mit zwei Koffern unterwegs. Die Reise wird sie an einen der großen Seen führen, nach Chicago. Die Messe ist die »Beauty-Fair«, dort will sie sich mehrere Tage aufhalten. Trotz der Übernachtungen im Hotel, die sie noch nie mochte, freut sie sich auf die Messe. Sie hofft, mit vielen neuen Kontakten und vielleicht manchem Auftrag zurückzukehren. Sie ist nicht alleine, der Leiter der Abteilung Verkauf ist ihr Begleiter. James Herford ist ein älterer Herr mit einem kleinen Bauchansatz. Sarah Escott weiß, dass er drei inzwischen erwachsene Kinder hat und glücklich verheiratet ist. Sie ist froh, dass sie nicht allein reisen muss. Ihr Begleiter kann amüsant erzählen, sodass die lange Fahrt mit dem Zug kurzweilig zu werden verspricht.

Arthur Ecclewood und William Goddon stehen in dem altersschwachen Fahrstuhl des Hauses Nummer 825 und fahren nach oben.
Arthur Ecclewood massiert sich seine Finger. „Du hast aber furchtbar schweres Gerät bei dir. Ist das wirklich notwendig?"
„Meine Tasche ist genauso schwer wie deine. Denk lieber daran, dass wir auf dem Rückweg noch eine Menge Geld zusätzlich zu schleppen haben!"
Sie lachen beide und sehen dem Geldschrank mit Spannung entgegen. Der Fahrstuhl fährt langsam nach oben,

laut tönt das Brummen des Motors im Schacht des Fahrstuhles. William Goddon zieht eine Skizze aus der Jacke und sie blicken darauf. „Siehst du, Arthur, es ist ganz leicht zu finden. Die Tür zu der Wohnung ist etwas rechts gegenüber vom Fahrstuhl. Ich öffne mit dem Dietrich die Tür und du hältst sie mir dann auf. Ich gehe dann mit den Taschen in den Flur hinein."

„Okay, okay. Ich öffne dann die Tür von dem Garderobenschrank." Arthur Ecclewood zeigt mit seinem Finger auf die Skizze.

Henry Byrnes hat es gut vorbereitet. Aus dem Gedächtnis hat er kurz nach dem Besuch bei Sarah Escott eine Skizze des Treppenhauses und der Wohnung angefertigt. Die Lage des Safes in dem Einbauschrank ist genau eingezeichnet. Es stimmt präzise, er hat ein fast fotografisches Gedächtnis für solche Details.

Der Fahrstuhl hält und entriegelt die Türen mit lautem Klacken. Sie blicken von der Zeichnung auf, der Zeiger der Stockwerksanzeige steht auf der Acht. Die beiden Männer nehmen ihre Taschen auf und gehen auf den Flur hinaus.

Die Wohnungstür mit dem einfachen Schloss ist schnell geöffnet. Arthur Ecclewood trägt wie sein Kumpel Handschuhe und zieht die Tür rasch auf. Sie betreten den Flur, die Taschen in den Händen. Dieser kurze Moment vor der Tür ist eine kritische Phase. Wenn sie dabei beobachtet werden, haben sie ein Problem. Sie werden aber nicht gestört. Jetzt, am späten Nachmittag, sind die Chancen gut, dass sie unbemerkt bleiben.

Arthur Ecclewood schließt leise die Tür und geht hinter William her, der schon das Ende des kleinen Flurs erreicht hat. Er setzt die schweren Taschen ab und zieht an dem Griff der Tür des Einbauschrankes. Er zieht die Tür auf und sieht in den Schrank hinein.

An einer Stange hängen viele Kleidungsstücke, der Rest versinkt im Schatten. „Arthur, schalte mal das Licht an!"

Ein blasses Licht von einer kleinen Leuchte an der Decke sendet einen schwachen Schein in den Schrank.
William Goddon sieht verblüfft in den Kleiderschrank. „Wo ist denn jetzt der Safe?" Er zieht die Skizze aus der Tasche und sieht darauf, dann blickt er wieder in den Schrank. „Eigentlich stimmt alles, nur der Safe ist nicht da."
„Hat Henry sich vielleicht geirrt?", vermutet Arthur.
Sein Kollege schüttelt den Kopf. „Nein, Henry ist sehr penibel. Hier muss etwas ganz anderes falsch sein. Sind wir überhaupt im richtigen Haus?"
Arthur sieht ihn überrascht an. „Wenn wir uns im Haus vertan haben, sind wir die größten Trottel, die man sich vorstellen kann."
„Nein!", William schüttelt den Kopf. „Das halte ich für ausgeschlossen. Der Fehler ist irgendwo anders."

Von der Wohnungstür her kommt das Geräusch eines Schlüssels, dann wird sie geöffnet. Im Türrahmen steht ein junges Mädchen mit schwarzem, lockigem Haar, unter einem Arm trägt sie eine aufgerollte Decke, ein Korb steht neben ihr. Ihr Gesicht ist nass von Tränen. Sie nimmt den Korb auf und kommt herein, dann sieht sie die beiden Männer, die sie genauso überrascht ansehen.
„Was ist denn jetzt los? Ich denke, diese Escott ist ein paar Tage fort?", William Goddon beginnt an seinem Verstand zu zweifeln.
„Was machen Sie in meiner Wohnung?", ruft Lana Miller mit vor Angst geweiteten Augen.
„Halt die Klappe!", herrscht Arthur Ecclewood sie an, „du schreckst das ganze Haus auf!"
Doch Lana Miller ist in Panik und lässt sich nicht beruhigen. Mit Entsetzen spürt sie ihr Herz bis zum Hals schlagen. „Hilfe! Hilfe!!" Sie dreht sich zur Tür und will in den Flur hinaus laufen. „Hilfe, Einbrecher!", ruft sie wiederholt mit sich überschlagender Stimme.

Arthur Ecclewood sieht ihren schönen Plan gefährdet. Er muss das Mädchen unbedingt zur Ruhe bringen, sonst ruft jemand der Nachbarn noch die Polizei. Er macht einen großen Schritt und greift das Mädchen am Arm. Doch bevor er ihr den Mund zuhalten kann, gibt sie in höchster Not noch einen laut gellenden Schrei von sich.
Arthur zieht blitzschnell das Messer aus seiner Scheide und sticht ihr ins Herz. Während des Krieges hat er diese Bewegung schon viele Male ausgeführt. Die lange Klinge dringt unter dem Rippenbogen ein und von unten in das Herz. Das Mädchen ist sofort tot und sackt in seinem Arm zusammen. Er zieht das Messer heraus und lässt die Tote langsam zu Boden gleiten. Eine große Lache Blut breitet sich unter dem Mädchen aus.
„Scheiße, Arthur! Sie ist tot! Musste das sein?!"
„Du hast sie doch gehört! Was hätte ich denn sonst machen sollen? Noch eine Sekunde länger und ihr Geschrei hätte jemanden alarmiert!"
„Aber was machen wir jetzt?"
Arthur wischt mit seinem Taschentuch das Messer ab und steckt es zurück. „Wir müssen jetzt schleunigst verschwinden und dann müssen wir mit Henry darüber reden. Was ist mit diesem verdammten Safe? Das müssen wir zuerst klären, bevor wir weitermachen."
„Gut", sagt William, „aber zuallererst müssen wir abwarten. Die nächsten Tage wird hier jede Menge los sein, es ist besser, wenn uns dann niemand hier sieht."
Die beiden Männer verlassen die Wohnung, als wäre nichts geschehen. Es gelingt ihnen, unerkannt zu verschwinden.

William Goddon und Arthur Ecclewood sind nicht nur erfolglos von dem Haus am Central Park zurückgekehrt, nein, sie haben außerdem eine Leiche zurückgelassen.
„Wenn Henry heute Abend kommt, müssen wir uns wohl einiges anhören", vermutet Arthur.

„Wir können nichts dafür, dass da kein Safe war, der Plan war von Henry."
„Schon, aber er macht keine Fehler."
Schweigsam sitzen die beiden nebeneinander in dem Pickup auf dem Weg zu William Goddon's Werkstatt und grübeln über ihren verpatzten Einbruch nach.

An diesem Abend noch fährt Henry Byrnes zu seinen beiden Freunden. Das war zum einen so abgemacht, zum anderen will er wissen, wie der Einbruch gelaufen ist.
Die 91.Straße ist genau so schmutzig, wie bei seinem letzten Besuch. Eine Zeitung wird vom Wind umher geweht und bleibt an dem Ständer eines Straßenschildes hilflos flatternd hängen. Ein Auto fährt vorbei, die Scheinwerfer werfen ein zuckendes Licht auf den Bürgersteig.
Henry Byrnes klopft an die Tür zum Büro von William Goddon's Werkstatt. Vor seinem geistigen Auge sieht er seine Freunde am Tisch sitzen und Geld zählen. Sein Sergeant öffnet die Tür, in der Hand hält er eine Bierflasche, missmutig sieht er seinen Kommandanten an.
Sein ehemaliger Private kommt von hinten an die Tür geschlurft. Henry Byrnes mustert beide skeptisch.
„Was ist denn mit euch los? Hat etwas nicht geklappt? Seid ihr gesehen worden?" Henry Byrnes fühlt mit einem Mal ein flaues Gefühl im Magen.
„Nein, Chef!", antwortet William Goddon. „Wir waren irgendwie falsch, in der Wohnung ist kein Safe gewesen."
„Da war kein Safe? Seid ihr denn total bescheuert?", ruft Henry Byrnes. Er kann nicht glauben, was er eben gehört hat und atmet tief durch, um sich zu beruhigen. „Setzen wir uns erst mal, gebt mir ein Bier und dann erzählt ihr mir alles schön der Reihe nach."
Missmutig füllt William ihre Gläser, die sie gedankenverloren leeren. Henry wartet, er schaut von einem zum anderen, niemand sagt ein Wort.

Sie setzen ihre Gläser ab, dann sieht Henry Byrnes seine beiden Kollegen scharf an. „So, nun mal raus mit der Sprache, was ist passiert?"
William Goddon räuspert sich und erzählt der Reihe nach, sein ehemaliger Vorgesetzter sieht ihn mit tief gerunzelter Stirn an.
„Seid ihr sicher, dass ihr in der richtigen Wohnung gewesen seid?"
„Wo denn sonst? Wir sind genau deinem Plan gefolgt."
„Habt ihr auf das Türschild nach dem Namen gesehen?"
„Nein, wozu denn? Das war doch schräg gegenüber vom Fahrstuhl!"
Henry Byrnes grübelt und zermartert sich sein Gehirn, dann kommt ihm eine Idee. „Seid ihr überhaupt im richtigen Stockwerk gewesen?"
Seine beiden Untergebenen sehen sich verblüfft an, dann erzählt Arthur Ecclewood weiter. „Na ja, wir haben im Fahrstuhl auf den Knopf für das achte Stockwerk gedrückt und sind ausgestiegen, als der Zeiger auf die Acht gezeigt hat."
„Hm", Henry Byrnes reibt sich das Kinn, „das ist alles merkwürdig, ich fahre morgen Abend noch mal zu dem Haus und werde unauffällig alles überprüfen."
„Äh, Lieutenant, da ist noch was", meldet sich Arthur vorsichtig, er zieht unmerklich seinen Kopf ein.
„Was denn noch?", fragt Byrnes gereizt.
„Äh, da ist jemand an der Tür gewesen."
„Ach du Scheiße! Und, was habt ihr gemacht?"
„Es war wohl das Mädchen, das da wohnte, als sie uns sah, fing sie furchtbar an zu schreien, da hat Arthur sie zum Schweigen gebracht."
„Zum Schweigen gebracht?!" Die Stimme des First Lieutenant ist jetzt militärisch scharf.
Arthur lässt sich jetzt vernehmen. „Ich hab sie erstochen, das ging am schnellsten", sagt er kleinlaut.

Einen Moment herrscht eisige Stille. Henry Byrnes kann es kaum fassen, was er da gerade gehört hat. Er springt auf und geht aufgeregt umher. Dann bleibt er abrupt stehen und sieht Arthur entsetzt an.
„Du hast WAS gemacht?"
„Sie schrie und wollte auf den Flur laufen, was sollte ich denn sonst machen?"
Der ehemalige Lieutenant schüttelt fassungslos den Kopf, „Da fällt mir eine ganze Menge ein, hättet ihr sie nicht bewusstlos schlagen können? Oder fesseln und knebeln?"
„Du hättest das erleben müssen! Sie hat so laut geschrien, da musste Arthur sofort reagieren", versucht William seinen Kollegen in Schutz zu nehmen.
„Und außerdem hat sie uns gesehen", sagt Arthur fast trotzig.
Henry Byrnes kann es immer noch nicht fassen, hin und her laufend redet er sich in Rage. „Eine ganz einfache Sache, rein in die Wohnung, Safe öffnen, raus. Und ihr kommt wieder und habt nicht nur kein Geld, sondern auch noch einen Mord am Hals! Jetzt können wir das mit dem Safe erst einmal vergessen. Wie sah das Mädchen denn aus?"
„Sie war eine Hübsche, mit lockigen schwarzen Haaren", beschreibt sie Arthur.
Henry Byrnes bekommt einen Schreck, das sollte doch nicht etwa seine Chefin gewesen kann? Die ist doch auf Reisen? Ist sie vorzeitig umgekehrt? Aber wieso fehlt der Safe? Auf jeden Fall gibt es eine Menge zu klären, er wird gleich morgen früh damit anfangen müssen.

Der Abend wird gar nicht mehr lustig. Jeder hat eine andere Theorie, wieso der Safe fort war.
„Vielleicht steht der jetzt irgendwo anders?", vermutet Arthur.

„Rede nicht so einen Blödsinn, der Safe wiegt über 500 Pfund, den schiebt man nicht umher wie einen Küchentisch", erklärt William, Henry nickt zustimmend.
Henry Byrnes schüttelt ein ums andere Mal seinen Kopf. „Ihr seid wirklich die größten Trottel, mit denen ich je zusammengearbeitet habe!"
„Das kannst du jetzt aber auch nicht sagen", mault Arthur. „Wir haben alles richtig gemacht."
„Richtig gemacht, richtig gemacht!", wiederholt Henry Byrnes hämisch. „Und wo ist das Geld, bitte? Und was ist mit dem toten Mädchen?"
Heute Abend wird es nicht so spät wie bei ihren früheren Treffen, ihr Anführer erhebt sich. „Ich muss morgen einen klaren Kopf haben", begründet Henry Byrnes sein frühes Aufbrechen. Noch im Bus überlegt er sich, wie er morgen vorgehen will, zuerst muss er klären, wer die Tote ist. Seine Chefin kann es kaum sein, er wird auf jeden Fall vorsichtige Erkundigungen einholen. Nach Dienstschluss muss er dann zu diesem Haus, um das ominöse Verschwinden des Geldschrankes zu untersuchen. Verdammt, was ist bloß passiert! So dämlich sind seine Kameraden doch nicht, es muss irgendeinen guten Grund geben. Er hat sie zwar als Trottel beschimpft, bei ruhiger Betrachtung stimmt das nicht, während des Krieges konnte er sich hundertprozentig auf seine Untergebenen verlassen.

Henry Byrnes trifft heute eine Bahn früher im Büro ein, als sonst, deshalb ist er einer der ersten in der Redaktion. Er legt seine Jacke ab, an den fehlenden Arm hat er sich seit vier Jahren gewöhnt, trotzdem erinnert ihn nahezu jede Bewegung daran. Die Kaffeemaschine ist von einer ebenfalls früh eingetroffenen Kollegin schon aufgefüllt und angestellt worden. Er füllt sich eine Tasse mit dem heißen Getränk und geht in seine Poststelle zurück.
Er sitzt auf dem Holzstuhl und denkt an den gestrigen Abend. Was ist da passiert? Er hat keine Erklärung dafür,

dass nichts, aber auch gar nichts nach Plan – nach seinem Plan - abgelaufen ist. Kein Safe, kein Geld und dafür eine Tote, Henry Byrnes seufzt. Sein Blick schweift in dem kleinen Raum umher. Hier gibt es keine Fenster, zwei Deckenlampen erhellen den Raum mit unfreundlichem Licht. Auf den Schränken an der Wand liegen noch mehrere Stapel Hauspostumschläge, verdammt! Das ist noch Post von gestern, die er in seiner Unruhe nicht verteilt hat. Er trinkt den Kaffee mit einem großen Schluck aus und macht sich an die Arbeit. Schon bald findet sich eine Gelegenheit, das Vorzimmer von Sarah Escott aufzusuchen.
Die Sekretärin Mrs. Burdon sieht ihren Besucher munter an. „Guten Morgen, Mr. Byrnes, so früh schon unterwegs?"
Henry Byrnes ringt sich ein Lächeln ab. „Ich habe schlecht geschlafen und bin früh aufgewacht."
Das stimmt sogar, wenngleich der Grund nicht so belanglos war, wie Mrs. Burdon vielleicht vermuten mag. Immer wieder ist er aus dem Schlaf aufgeschreckt und hat einen Schrank mit einem unendlich tiefen, schwarzen Loch vor sich gesehen.
„Sie Ärmster! Setzen Sie sich doch und erzählen Sie mir etwas von sich."
Dankbar setzt sich Henry Byrnes auf den Stuhl neben ihrem penibel aufgeräumten Schreibtisch. Es ist der Wunsch von Sarah Escott, dass der Eingang, ihr eigenes Büro und das Vorzimmer immer gepflegt und ordentlich sind. »Diese Räume sind das Aushängeschild des Verlages!«, hat sie ihrer Sekretärin immer wieder eingeschärft.
Henry Byrnes nimmt die Einladung gerne an. Er möchte näheres über Sarah Escott erfahren, außerdem tut es ihm gut, dass sich offensichtlich jemand für ihn zu interessieren scheint. „Haben Sie Neues von unserer Chefin erfahren?", fragt er im Plauderton.
„Ja, sie hat mich gestern Nachmittag angerufen, sie wird noch bis Ende der Woche fortbleiben."

Sie sieht Henry Byrnes irritiert an, der innerlich vor Unruhe platzt, aber mit größter Mühe versucht, harmlos und entspannt auszusehen. „Warum interessiert Sie das?"
„Sie wissen doch, das ist meine angeborene Neugier." Er versucht gewinnend zu lächeln.
„Na, ich weiß nicht, erzählen Sie mir lieber von sich. Wo haben Sie eigentlich ihren Arm verloren? War das im Krieg?"
Henry Byrnes erzählt von sich, zuerst stockend, dann immer flüssiger. Es tut ihm gut, sich einer anderen Person zu öffnen, das hat er lange nicht mehr getan. Doch dann erhebt er sich, ihm ist wieder der verschwundene Safe eingefallen, nun fehlt ihm die Ruhe, um weiter von sich zu erzählen. Sarah Escott ist am Leben. Sie hätte sich sonst gestern nicht mehr aus Chicago melden können. Wer also ist die Tote? Bis heute Abend will er das geklärt haben, es lässt ihm keine Ruhe.

Seine täglich mehrfach einzuhaltende Runde führt ihn auch in die Räume des Ateliers. Er nimmt die dort liegenden Briefe aus dem Postkasten und legt neue hinein, die er vorher in seiner Poststelle sortiert hat. Er will gerade das Vorzimmer verlassen, als er eine Stimme hört. Es ist der schwarze Pförtner, der in den ersten Stock gekommen ist, er spricht mit Jesse Chandler, dem leitenden Fotografen.
Henry Byrnes lauscht unwillkürlich, er sieht in den bunten Kalender, der hier hängt, und blättert die Seiten durch. Ein Aufdruck auf der Titelseite weist den Kalender als ein Geschenk von der Zeitschrift »Life« aus. Die leise Stimme des Pförtners ist nur schwer zu verstehen, Henry Byrnes spitzt die Ohren.
„Unser Mannequin Lana Miller ist erstochen worden."
Die Antwort von Jesse Chandler ist noch leiser, sodass es für den heimlichen Lauscher nicht zu verstehen ist.
„Nein, sie ist tot und wird nie wieder kommen", und dann wieder: „Natürlich, die Polizei ist benachrichtigt."

Das genügt, wenn er noch länger horcht, könnte er auffallen. Er will versuchen, bei einem späteren Rundgang Mrs. Burdon auszuhorchen, sie ist in der Regel immer sehr gut informiert.

Am Nachmittag ergibt sich so eine Gelegenheit. Henry Byrnes kann es kaum abwarten, die Sekretärin von Miss Escott noch einmal aufzusuchen. Er hat absichtlich eine Weile gewartet, um sicherzugehen, dass die Neuigkeit sie bestimmt erreicht hat. Er setzt sich wieder auf den Holzstuhl an ihrem Schreibtisch, leise knarrt der betagte Stuhl, als er das Gewicht des Postzustellers verspürt. Er macht eine verschwörerische Miene, beugt sich zu der alten Dame vor und spricht mit leiser Stimme: „Sagen Sie, Mrs. Burdon, ist das richtig, was ich gehört habe? Mit Miss Miller?"
Mrs. Burdon antwortet ebenso leise: „Ja, ist das nicht schrecklich?" Sie greift nach einem Taschentuch und schnäuzt sich die Nase. Dann berichtet sie leise, was ihr zugetragen worden ist. „Lana Miller ist heute Morgen von dem Raumpflegedienst tot aufgefunden worden. Sie soll mit einem Messer erstochen worden sein, ist das nicht furchtbar? Das arme Ding!" Ihr kommen ein paar Tränen und sie tupft sie mit dem Taschentuch ab. „Sie war immer so nett und hat keinem etwas getan, hoffentlich findet man den Mörder bald!"
Henry Byrnes hofft jedoch, dass der Mörder nie gefunden werden wird. Er steht auf und klopft Mrs. Burdon auf die Schulter. „Der Verbrecher wird sicher bald gefasst, ich habe volles Vertrauen in die Fähigkeit unserer Polizei. Weiß man denn schon Näheres über den Täter?"
Mrs. Burdon schnäuzt sich erneut die Nase. „Nein, bisher ist nichts bekannt."
Henry versucht, sich seine Erleichterung nicht anmerken zu lassen. „Der Täter muss gefasst werden, so ein furcht-

bares Verbrechen muss gesühnt werden!", sagt er mit gespielter Überzeugung in der Stimme.

Er nimmt die Posttasche und setzt seinen Weg fort. Mit dem Tod des Mädchens haben sie sich ein großes Problem eingehandelt. Die Nachforschungen der Polizei sollten seiner Einschätzung nach im Sande verlaufen. Seine Kameraden haben Handschuhe getragen, sie sind im Haus nicht gesehen worden, es gibt keinerlei erkennbaren Zusammenhang zwischen Opfer und Täter.

Sobald die Untersuchungen in der Wohnung der Toten abgeschlossen sind, werden sie einen neuen Versuch starten, den Safe zu öffnen. Aber zuerst einmal muss er klären, warum es schief gelaufen ist. Den Büroschluss kann er heute kaum abwarten, zu drängend sind die Probleme, die ihn beschäftigen. Für Sarah Escott sind heute mehrere Briefe angekommen, Henry Byrnes nimmt sich einen davon und steckt ihn ein.

Nach Dienstschluss fährt er gleich zur Fifth Avenue am Central Park. Er schlendert auf der Seite des Parks entlang und sieht unauffällig zu der Häuserseite hinüber. Fast direkt vor dem Haus mit der Nummer 825 parken zwei Polizeiwagen. Die Untersuchungen sind also noch nicht abgeschlossen, möglicherweise werden jetzt die Hausbewohner befragt.

Er nimmt den Brief aus seiner Tasche und geht hinüber in den Eingang des Hauses Nr. 825. Der Fahrstuhl kommt von oben und hält gerade an, als er ihn erreicht. Innen wird die Gittertür beiseitegeschoben und die Tür zum Flur wird geöffnet. Es kommen zwei Männer heraus, die sich lebhaft unterhalten und keine Notiz von dem Einarmigen nehmen, der neben der geöffneten Tür wartet. Die beiden Männer scheinen Fotoreporter zu sein, beide halten eine große Kamera in der Hand und tragen jeder eine offenbar schwere Tasche. Henry Byrnes sieht ihnen noch kurz nach,

sie unterhalten sich laut und gehen auf den Bürgersteig hinaus, er hört noch ihre letzten Worte:
„Wir sollten versuchen, ein Bild von ihr als Lebende aufzutreiben, so ein hübsches Gesicht macht sich gut als Blickfang."
Sein Kollege stimmt ihm zu und sieht auf seine Notizen. „Ja, du hast recht, es passieren so viele Morde in Manhattan, da fällt eine Tote mehr oder weniger nicht auf."

Henry Byrnes steigt in den Fahrstuhl und fährt in den achten Stock hinauf. Ungeduldig zählt er die Geschosse. In jeder Etage ist durch die Gittertür des Fahrkorbes kurz die Tür des Stockwerkes zu sehen, er zählt bis zur achten Etage, dann verlässt er den Fahrkorb.
Er geht auf die Wohnungstür schräg gegenüber dem Fahrstuhl zu. »S. Escott« steht dort in deutlichen Buchstaben auf einem Schild in einem Blechrahmen neben der Tür. Na also, er hatte schon an seinem Verstand gezweifelt. Bleibt die Frage, wo - zum Teufel - William und Arthur ausgestiegen sind.
Er will sich gerade zum Fahrstuhl wenden, da öffnet sich eine Tür und der grauhaarige Kopf einer alten Dame schaut heraus. „Kann ich Ihnen behilflich sein?"
Henry Byrnes schüttelt den Kopf und hält mit seiner Hand den Brief hoch. „Ich soll einen Brief an Miss Escott abgeben."
„Tja, junger Mann, da haben Sie Pech. Miss Escott ist verreist und kommt erst in ein paar Tagen zurück. So früh am Nachmittag ist sie normalerweise auch nicht vom Büro zurück, da müssen Sie schon später kommen, kann ich den Brief für Sie abgeben?"
„Nein vielen Dank, ich benötige eine Unterschrift."
Henry Byrnes verabschiedet sich, dann zögert er, „Mir sind eben im Fahrstuhl ein paar Reporter entgegengekommen, ist etwas passiert?"

Die alte Frau kommt noch etwas weiter aus der Tür hervor. „Allerdings, im Stockwerk über uns", sie zeigt nach oben gegen die graue Decke, „ da ist gestern eine junge Frau getötet worden! Ist das nicht furchtbar?"
Henry Byrnes gibt sich erschrocken und reißt die Augen auf. „Über uns? Ein Stockwerk höher? Das ist wirklich furchtbar, weiß man schon mehr darüber?"
„Nein, das ist alles, was ich weiß. Meine Nachbarin hat es mir heute Morgen erzählt." Sie schüttelt den Kopf. „Man ist nirgends mehr sicher!"
„Dann wollen wir hoffen, dass der Mörder bald gefasst wird, auf Wiedersehen und vielen Dank!"

Obwohl es riskant ist, wendet er sich zum Treppenhaus und steigt in den neunten Stock hinauf, er muss unbedingt wissen, was hier schief gelaufen ist! Henry Byrnes verlässt das Treppenhaus im neunten Stock und geht zum Fahrstuhl. Schräg gegenüber vom Aufzug, genau wie im Stockwerk darunter, befindet sich eine Wohnung, allerdings steht die Tür hier sperrangelweit offen. Er sieht auf das Schildchen, das auch hier neben dem Türrahmen befestigt ist. »Miller« steht dort in einer kleinen, schwer leserlichen Handschrift. Okay, damit ist der Fall klar: Aus welchem Grund auch immer, sind seine Kumpane ein Stockwerk zu spät ausgestiegen, es ist nicht zu fassen! Er will sich gerade abwenden, da kommen ein Streifenpolizist und ein Mann in Zivil aus der Tür und Henry bereut sofort, dass er nicht gewartet hat, bis die Polizei abgerückt ist. Verdammt!
Der Polizist ist ein großer, stämmiger Mann mit kurzen blonden Haaren, die schon ein wenig Grau zeigen. Der Zivilist ist ein schlanker Mann Anfang vierzig, er trägt eine Brille mit dunklem Gestell, und hat kurz geschnittene, braune Haare. Er blickt zu Henry Byrnes und fragt mit klar akzentuierter, etwas gereizter Stimme: „Was wollen Sie denn hier?"

Henry Byrnes hebt seine Hand mit dem Brief. „Ich soll einen Brief für eine Miss Escott abgeben."
„Da sind Sie hier falsch, hier wohnt keine Miss Escott." Dann sieht er zu seinem stämmigen Begleiter hin. „Dave, Sie waren doch schon hier und haben die Nachbarn befragt, ist Ihnen eine Miss Escott schon vorgekommen?"
Der Polizist antwortet mit tiefem Bass: „Ja Joe, eine Miss Escott wohnt unter uns im achten Stock. Sie ist jedoch zurzeit abwesend."
Der Zivilist reicht Henry Byrnes die Hand, der steckt den Brief rasch in die Jackentasche, um seine Hand frei zu bekommen. Der Detective zögert und bemerkt den leeren Ärmel an der Jacke seines Gegenübers.
„Entschuldigen Sie bitte, ich habe nicht gleich bemerkt, dass Sie einarmig sind. Übrigens, ich bin Lieutenant Joseph Ripley vom 19. Polizeirevier, das hier ist mein Bereich. Und wer sind Sie?" Er sieht Mister Byrnes skeptisch an.
Der bekommt einen gelinden Schreck, er wollte eigentlich überhaupt nicht in Erscheinung treten, verdammt! Jeder Trottel wird sich an ihn erinnern, denkt er erschrocken. ‚Können Sie den Mann beschreiben?'. ‚Ja, er hatte nur einen Arm!' Und jetzt soll er auch noch seinen Namen preisgeben. Das hat er wirklich fabelhaft hinbekommen!
„Ich, äh, ich bin Henry Byrnes, ich bin ein Bote von Miss Escott."
„Können Sie sich ausweisen? Haben Sie einen Führerschein dabei?"
„Nein", er wird blass, jetzt ist er doch unsicher geworden. „Ich habe gar keinen Führerschein."
Der Lieutenant winkt jedoch ab. „Ach was, das ist jetzt auch egal, Hauptsache, Sie stehen uns nicht im Weg", dann schließt der Polizist die Tür und der Detective bringt die Versiegelung an.
Als Henry wieder auf der Straße steht, ist er in Schweiß gebadet und muss sich erst mal an eine Hauswand lehnen.

Mike Callaghan greift ein

Am nächsten Morgen hat Janet vom Kiosk an der Subway-Station eine Zeitung mitgebracht, die sie nun in der Frühstückspause liest.
Es gibt eigentlich keine offizielle Frühstückspause, es hat sich aber eingebürgert, dass jeder im Laufe des Vormittags eine kleine Pause einlegt. Mitunter sitzen alle zusammen im Besprechungsraum und essen dann manchmal ein Croissant oder einen Bagel, die sie sich vom Bäcker in der Columbus-Avenue holen. An manchen Tagen stellt Janet eine kleine Liste mit den Wünschen der Kollegen zusammen und bestellt dann die Teile im nahegelegenen Drugstore. Wenn es die Arbeit im Büro ermöglicht, geht sie gerne selbst los und sucht die Geschäfte auf. Das Gespräch mit den anderen Kunden und den Verkäufern ist dann eine willkommene Abwechslung.
Dazu gibt es natürlich Kaffee, der von Janet mit viel Geschick und Routine zubereitet wird. Die Kollegen wissen Janets Fürsorge sehr wohl zu schätzen.
Janets Blick fällt auf einen Artikel auf der zweiten Seite.
„Hallo, was haben wir denn hier?", sie liest sich den Bericht sehr aufmerksam durch, dann wendet sie sich an Candice, die heute bei ihnen sitzt.
„Candice, du bist doch mal beim Fortune-Verlag gewesen, ist dir da eine Lana Miller begegnet?"
Candice Evans sieht hoch und schüttelt den Kopf. „Nein, ich kenne den Verlag kaum. Was ist denn passiert?"
„Ein Mannequin ist in ihrer Wohnung erstochen worden, hier ist ein Bild von ihr, sie war richtig hübsch."
„Meine Güte! Weiß man schon etwas über die oder den Täter?"
„Nein, hier steht, dass noch keine Hinweise vorliegen."
„Vielen Dank, Janet, ich werde bei Gelegenheit meine Schwester fragen, sie kennt das Mädchen vielleicht."

Zwei Wochen später denkt niemand mehr an den Zeitungsartikel. Nach dem heftigen Regenguss von heute Morgen scheint die Sonne, immer wieder unterbrochen von eilig vorbeiziehenden dunklen Wolken.
Die Tür zur Detektei wird geöffnet und eine elegante Dame in teurer Kleidung kommt herein.
„Hallo, Mrs. Millburgh, Candice ist in Ihrem Büro!", ruft Janet Wilson der Besucherin zu.
„Vielen Dank, Janet, ich weiß Bescheid, ich habe vorhin mit ihr telefoniert."
Sie betritt das Büro ihrer kleinen Schwester, eine Wolke von teurem Parfum hinter sich herziehend.
Candice ist schon aufgestanden und die beiden Schwestern umarmen sich. Sie sind zwar nur Halbschwestern, eine Ähnlichkeit ist trotzdem vorhanden. Beide sind blond, wobei Candices Haare fast weißblond sind und die ihrer Schwester eine Spur dunkler. Annie Millburghs Haar ist jedoch in den jetzt modischen Locken frisiert und die von Candice liegen glatt und sorgfältig gekämmt bis auf die Schulter und enden in einer sanften Welle.
„Es ist schön, dass du Zeit für mich hast, Schwesterherz."
„Das ist doch selbstverständlich, Annie, wie geht es Ernest?"
„Vielen Dank der Nachfrage, er ist unermüdlich, wie immer. Mit meinem Wunsch, dass er mehr Zeit für mich erübrigen soll, stoße ich leider auf taube Ohren."
„War das nach der Affäre mit diesem Mädchen nicht besser geworden?"
Annie seufzt vernehmlich. „Ja, das stimmt, ich habe seine Bemühungen um mich sehr genossen, aber inzwischen ist wieder Normalität eingekehrt."
„Soll ich, oder vielleicht besser Mike, ihm mal ins Gewissen reden?"
Annie zögert einen Moment, dann sagt sie unsicher: „Meinst du, dass das etwas bringt?" Sie überlegt einen Moment. „Es soll dann aber nicht so offensichtlich sein.

Ihr könntet uns doch mal an einem Wochenende auf Long Island besuchen, vielleicht ergibt sich dann die Gelegenheit zu einem Gespräch. Fragt vorher nach, ob Ernest auch da ist, er bleibt an manchen Wochenenden in Buffalo."
„Darf ich das als konkrete Einladung verstehen?"
Annie lacht. „Ja, natürlich, kommt doch gerne an einem Sonnabendnachmittag, dann könnt ihr bis Sonntagabend bleiben." Sie macht eine Pause. „Warum ich eigentlich hier bin, ihr habt doch von dem Tod des Mannequins vom Fortune-Verlag gehört?"
„Ja, das stand vor zwei Wochen in der Zeitung, hat man den Täter inzwischen gefasst?"
„Ja, man hat jemanden festgenommen. Wenn ich jedoch auf meine Freundin Sarah höre, dann ist es der Falsche. Sie hat sich daran erinnert, dass meine Schwester Privatdetektivin ist und hat mich gebeten, mich an dich zu wenden, mit der Bitte, sich dieses Falles anzunehmen."
„Kein Problem, Annie, wir haben inzwischen Verstärkung bekommen, sodass wir es einrichten können. Sobald Mike zurückkehrt, werde ich mit ihm darüber sprechen."
Die beiden Schwestern verlieren sich in andere Themen. Unter anderem muss die Reparatur des Daches vom Landsitz in Long Island im Sommer in die Hand genommen werden, das ist eine größere Aktion. In den kommenden Wochen sind auch einige Wohltätigkeitsveranstaltungen zu planen, für die Annie die Patenschaft übernommen hat.

Am nächsten Tag kommt Janet zu Candice ins Büro, sie schließt die Tür und setzt sich gegenüber ihrer Chefin auf einen Stuhl. Candice blickt sie erstaunt an.
„Nanu, was kommt denn jetzt?"
Janet ist ihr Anliegen sichtlich unangenehm. Sie setzt sich aufrecht hin und räuspert sich unsicher. „Candice, ich habe gestern zufällig bei Gordon eine Flasche Branntwein im Schreibtisch gesehen. Ich hatte ihm einen Brief zur Durchsicht hingelegt, da stand eine Schublade offen, er hat sie

hastig geschlossen, als er meinen Blick bemerkte. Ich bin sicher, dass es eine Flasche Schnaps war. Ich habe eine Weile überlegt, was ich mache und habe mich entschlossen, damit zu dir zu kommen."
Candice Evans sieht ihre Sekretärin erschrocken an. „Das war genau richtig von dir. Ich werde zuerst mit Mike sprechen, dann werden wir uns mit Gordon zusammensetzen müssen. Wie wir darauf reagieren können oder müssen, ist mir im Moment noch nicht klar."
Dann sieht sie Janet eindringlich in die Augen. „Vorläufig kein Wort zu den Kollegen, die müssen das nicht wissen."
Candice macht eine nachdenkliche Pause. „Ich finde das großartig, dass du zuerst zu mir gekommen bist, ich bin überhaupt außerordentlich zufrieden mit deiner Leistung. Mike und ich sind der Meinung, dass wir das honorieren sollten."
Janet ist sichtlich gerührt, ihre braunen Augen leuchten vor Freude. „Das kann ich zurückgeben, ich habe noch bei keinem Arbeitgeber so gerne gearbeitet, wie bei Euch."
„Das ist der Grund für deine gute Leistung, wenn man sich wohlfühlt, ist man auch bereit, mehr zu geben. Du bist bald ein halbes Jahr bei uns, ich denke, da ist eine ordentliche Gehaltserhöhung angebracht!"
Mit strahlendem Gesicht und beschwingten Schritt geht Janet in ihr Büro zurück. Das muss sie heute Abend gleich Willy erzählen. Immer, wenn er Früh-, Nacht-, oder Freischicht hat, holt er sie von der Arbeit ab. Hat er Spätschicht, so wie diese Woche, sieht er erst am späten Abend bei ihr rein.
Willy ist ein lieber Kerl. Sie würden gerne in eine gemeinsame Wohnung ziehen, doch dazu müssten sie heiraten. So ein Schritt ist für sie noch zu gewagt, insbesondere, da sie beide eine gescheiterte Ehe hinter sich haben.

Am Abend sitzen Candice und Mike in ihrem gemütlichen Wohnzimmer und hören Radio. Besonders aktuell sind die

Titel von Glenn Miller, der leider vor ein paar Jahren über dem Ärmelkanal spurlos verschwunden ist. Doch nun erleben seine Stücke eine Renaissance und werden häufig von verschiedenen Radiosendern gespielt.

Candice hat Mike gerade von dem Fund der Schnapsflasche erzählt. Mike ist ehrlich betroffen. „Der arme Kerl, wir müssen versuchen, ihm soweit wie möglich zu helfen - wenn er sich helfen lässt."

„Er ist dein Freund, wir sollten mit ihm sprechen. Wir können ihm nur helfen, wenn er das selbst will. Durch einen Trinker in unserer Gruppe, sehe ich den guten Ruf unserer Detektei gefährdet."

Ihre blauen Augen blitzen dunkel. „Ich sage das jetzt ganz ehrlich, ich möchte keinen Trinker in meiner Detektei wissen! Spezialist hin oder her, lieber würde ich ihn entlassen!" Seine Partnerin ist immer lauter geworden.

„Candy! Bitte! Nichts überstürzen, vielleicht renkt es sich noch ein."

Seine fast immer gut gelaunte Freundin wirkt sehr verärgert. Ist es wegen des Problems ihres neuen Mitarbeiters oder macht sie sich nur Sorgen um ihre Detektei? Mike muss jedoch Candice schweren Herzens recht geben. „Bitte, Candy. Lass uns gleich morgen mit ihm sprechen. Danach kannst du es dir noch überlegen."

„Gut." Ihr Zorn scheint sich zu legen. „Wir werden ihn morgen ins Gebet nehmen, mal sehen, wie er sich verhält." Sie streicht sich eine blonde Strähne aus der Stirn. „Aber das sag ich dir: Freund hin oder her, wenn es nicht klappt, setze ich ihn vor die Tür!"

Sie beschließen, gleich am nächsten Tag mit Gordon zu sprechen, sie wollen und dürfen es nicht länger hinausschieben.

„Hast du gehört, dass wir uns um das getötete Mädchen vom Fortune-Verlag kümmern sollen?" wechselt Candice das Thema.

„Du meinst den Verlag von Annies Freundin?"

„Ja, genau den meine ich. Ein Mannequin ist erstochen worden, und nun hat man deren Freund verhaftet. Die Chefin der Toten, Sarah Escott, glaubt, dass es sich um einen Irrtum handelt und hat mich gefragt, ob wir den Fall übernehmen können."

„Natürlich, ich denke, wir sollten sie aufsuchen und mit ihr sprechen. Dann müssen wir sehen, wie wir unsere Arbeit einteilen."

Candice lehnt sich an ihn und legt ihre schmale Hand auf seine. „Es ist schön und beruhigend, dass wir so oft einer Meinung sind."

Mike sieht in ihre blauen Augen, die ihn jetzt so besonders liebevoll anleuchten. „Ja, wir verstehen uns in der Tat sehr gut, aber warum erwähnst du das jetzt so deutlich?"

Candice richtet sich auf und sieht ihm tief in die Augen. Glück strahlt aus jeder Faser ihres Körpers. „Mike, wir bekommen ein Kind!"

Es dauert mehrere Sekunden, bis er versteht, was Candy da eben gesagt hat. Sein sonst so blitzschneller Verstand ist plötzlich ins Stocken geraten. „Candy! Das ist ja wunderbar!" Er legt seine Arme um sie und drückt sie ganz fest an sich.

„Wenn ich nicht schon der glücklichste Mann der Welt wäre, dann jetzt ganz bestimmt!" Er streicht zart mit der Hand über ihren flachen Bauch. „Seit wann weißt du es denn?"

„Ich bin mir noch nicht völlig sicher, ich bin seit zwei Wochen überfällig und ich bin, was das angeht, sonst immer sehr pünktlich. Es ist demnach der erste Monat, ich werde nächste Woche zu Dr. Weynhouse gehen und mich untersuchen lassen, um Gewissheit zu haben."

„Ja, das ist gut! Aber wir sollten jetzt eine baldige Hochzeit ins Auge fassen."

„Darüber denke ich schon ein paar Tage nach. Wenn wir übermorgen zu Annie und Ernest fahren, werde ich mit meiner Schwester darüber sprechen. Es gibt noch viel vorzubereiten, wir haben nicht viel Zeit. Ich möchte auf jeden Fall, dass wir heiraten, bevor meine Schwangerschaft zu erkennen ist."

An diesem Abend sitzen sie noch lange beisammen und malen sich aus, wie es wohl ist, ein Kind zu haben, ein gemeinsames Kind. Der Gedanke daran ist für Candy und Mike beglückend und gleichzeitig phantastisch. Es gibt viel zu planen, Candice malt sich in Gedanken schon die Einrichtung aus, die sie für das Kinderzimmer kaufen wird.

Früh am nächsten Morgen, kurz nach Arbeitsbeginn und nachdem die erste Tasse Kaffee getrunken ist, geht Mike in das Büro von Gordon. Sein Freund und Mitarbeiter sitzt an seinem Schreibtisch und liest einen Zeitungsbericht, den Janet ihm zur Ansicht gegeben hat. Mike mustert seinen früheren Kollegen. Er sah noch nie gesund aus, nun erscheint er ihm noch grauer und farbloser. Krank sieht er aus. Oder bildet er sich das nur ein? „Guten Morgen, Gordon. Wie geht es dir?"

„Dir auch einen schönen Morgen, danke der Nachfrage, es ging schon besser."

„Das sehe ich. Hör mal, Candice und ich wollen dich unter vier, beziehungsweise sechs Augen sprechen, komm doch bitte gleich in ihr Büro."

Das klingt ernsthafter, als die meisten anderen Gespräche, die morgens anstehen. Gordon steht auf und folgt ihm mit blassem Gesicht. Er begrüßt die junge Chefin und nimmt Platz auf dem Stuhl, den Mike dazu gestellt hat.

Candice beginnt das Gespräch. In der Nacht hat sie noch lange wachgelegen und sich in Gedanken mit diesem Konflikt beschäftigt. Es ist ihr unangenehm, muss aber sein. Gordon ist nicht nur ihr Angestellter, er ist auch ein Freund von Mike, das kompliziert den Fall, aber es muss jetzt sofort sein, kein Problem wird kleiner, indem man abwartet.

„Gordon, du bist nach deinen eigenen Angaben trockener Alkoholiker. Kann es sein, dass du wieder zu trinken begonnen hast?"
Gordon hat schon geahnt, warum man ihn zu dieser Aussprache gebeten hat, im Grunde hat er darauf gewartet, dass er angesprochen wird. Nervös bewegt er sich auf dem Stuhl. „Es tut mir leid", sein Blick wandert unruhig zwischen Mike und Candy hin und her, „ich habe mich vor einer Woche dazu verleiten lassen, einen Schnaps zu trinken, das war schon zu viel."
Mike und Candy nicken und sehen ihren Mitarbeiter bekümmert an. Candy fährt fort. „Wir sehen das aus zwei Gründen nicht gerne. Zum einen, weil du unser Freund bist und dir damit dein Leben ruinierst. Zum anderen, weil das Renommee unserer Detektei in Verruf kommen könnte. Wir wollen dir keine Vorschriften machen, aber du siehst sicher ein, dass etwas passieren muss. Du musst aber wissen, dass wir dir mit allen uns zur Verfügung stehenden Möglichkeiten helfen werden." Sie legt eine Pause an und mustert Gordon scharf. „Wenn unsere gemeinsamen Bemühungen nicht fruchten, werden wir uns von dir trennen!"
Mike und Candice sehen Gordon Batcher erwartungsvoll an. Er hat sich etwas aufgerichtet und nickt zu Candice Worten. Ihre sonst so klare und freundliche Stimme war bestimmt und deutlich geworden. Mike sieht sie erstaunt an, so kennt er Candy nicht, sie hat viel gelernt im letzten halben Jahr. Aus dem weltfremden Mädchen ist eine selbstbewusste junge Frau geworden. Die Detektei ist ihr zur Lebensaufgabe geworden, sie setzt sich mit all ihrem Herzblut dafür ein. Und nun gilt es, dem neuesten Mitarbeiter ihrer kleinen Firma wieder auf die Beine zu helfen und seine verschütteten Fähigkeiten wieder zu Tage zu fördern.
„Möchtest du vielleicht einen Psychiater aufsuchen? Ich habe auch von einer Organisation gehört, die sich um tro-

ckene Alkoholiker kümmert, die „Anonymen Alkoholiker", sie haben ihren Hauptsitz hier in New York, Janet kann dir die Adresse heraussuchen."
Gordon ist sichtlich bedrückt, er nickt leicht auf die Frage. „Ja, ich sollte es versuchen, ich sollte jetzt alles versuchen."
„Weiß es deine Freundin?", erkundigt sich Mike.
Gordon hebt erschrocken die Hände. „Um Gottes Willen! Es ist mir bisher gelungen, es vor ihr zu verbergen. Sie würde mich sofort auf die Straße setzen. Ich musste aufhören zu trinken, das war eine der Bedingungen für meine Aufnahme bei ihr."
„Vielleicht sollte sie es gerade erfahren, wir sollten alle an einem Strang ziehen, um dir zu helfen."
Gordon nickt wieder. „Ja, wahrscheinlich hast du recht, es ist wohl besser, wenn sie es weiß."
„Ganz bestimmt, das würde ich wetten", Mike sieht Candice an, „wie wäre es, wenn ihr beide uns besuchen würdet? Dann fassen wir unsere Bemühungen zusammen."
Gordons graues Gesicht zeigt ein erstes Lächeln. „Das würdet ihr für mich tun?"
„Selbstverständlich!" sagt Mike und Candice lächelt ihn an und freut sich über ihre Übereinstimmung.
Mike steht auf und öffnet die Tür. „So alter Freund, ich hoffe und wünsche, dass wir damit die Angelegenheit im Griff haben. Scheue dich nicht, entweder mich oder Candice anzusprechen, wenn du weitere Hilfe benötigst."
Gordon verlässt das Büro von Candice, er sieht jetzt sichtlich besser aus. Mike steht auf und blickt seine Verlobte an.
„Soll ich dir einen Kaffee bringen? Wir sollten uns gleich auf unseren neuen Fall vorbereiten."
„Danke, das ist eine gute Idee", Candice lächelt ihn an und Mike kommt es vor, als wenn das Kind unter ihrem Herzen sie sogar noch schöner erscheinen lässt, sie strahlt von innen heraus. Er kommt mit zwei Tassen heißen Kaffees zurück und sie lassen sich das aromatische Getränk schmecken. Mike raucht entspannt eine John Players. „Wir

sollten zuerst einen Termin mit Sarah Escott vereinbaren, danach sehen wir weiter."

„Das wird das Beste sein, ich habe mir von Janet schon die Telefonnummer geben lassen. Die Fälle, die Gordon und Jesaja bearbeiten, sind zum Teil kurz vor dem Abschluss, dann können wir die beiden eventuell mit einbinden."

Zwei Tage später sitzen Mike und Candy in dem großen Büro von Sarah Escott.

„Es ist schön, dass Sie sich des Falles annehmen wollen. Eventuelle Kosten werde ich übernehmen, der Verdächtige hat kein Geld, um Sie zu bezahlen."

Candice winkt ab. „Über die Bezahlung reden wir später, lassen Sie uns zuerst über die Details sprechen."

Sarah Escott beginnt zu berichten. „Lana Miller ist vor zwei Wochen erstochen worden, am Morgen des folgenden Tages ist sie von der Reinigungskraft tot im Flur ihrer Wohnung aufgefunden worden. Die Polizei hat keine Fingerabdrücke gefunden, auch die Tatwaffe wurde nicht gefunden. Vor zwei Tagen hat man ihren Freund, Charly Walters, festgenommen. Er hat kein Alibi und ist bei einem Streit mit Miss Miller beobachtet worden, und zwar vor dem Haus, in dem sie - und auch ich - wohnen."

„Das ist ein bisschen dünn, reichte das für eine Verhaftung?", Mike ist erstaunt.

Sarah Escott stimmt ihm zu. „Das habe ich auch gedacht, dann habe ich gehört, dass Lanas Freund ein Geständnis abgelegt hat, das kann ich mir nun gar nicht erklären."

„Warum denn nicht?", Candy sieht von ihren Notizen auf.

„Ich hatte Gelegenheit, ihren Freund kennenzulernen, er hat Lana Miller vergöttert, geradezu abgöttisch. Vielleicht haben sie sich gestritten, aber einen Mord oder auch Totschlag? Nein, das halte ich für völlig ausgeschlossen."

„Aber wieso gibt es dann ein Geständnis?"

„Ich habe keine Idee, vielleicht ist es irgendwie unter Druck zustande gekommen."

„Wer könnte denn sonst als Täter in Betracht kommen?", in Candice' Kopf arbeitet es auf Hochtouren.
„Ich kann mir nicht vorstellen, dass Lana Miller Feinde gehabt hat, es gibt aus meiner Sicht kein Motiv."
„Vielleicht war es eine Verwechslung?", vermutet Mike.
„Ja, daran habe ich auch schon gedacht. Für die Polizei ist der Fall abgeschlossen, von dort wird nicht mehr ermittelt, die glauben, sie haben ihren Mann.
Candice freut sich über den Auftrag. Es ist ein Zeichen für die Qualität ihrer Detektei, dass schwierig erscheinende Fälle, ohne zu zögern an sie herangetragen werden.
Mike ist nachdenklich geworden. „Normalerweise kann man mit ein paar Fragen herausbekommen, ob ein Geständnis echt ist oder nicht, diese Mühe hat man sich offenbar nicht gemacht, da sollten wir nochmal nachhaken."
Candy nickt „Außerdem sollten wir das Umfeld des Mädchens durchleuchten, vielleicht gibt es doch irgendeinen »Feind«, einen abgewiesenen Verehrer vielleicht, oder eine von den Models? Neid ist auch ein Motiv."
„Lana Millers Eltern wohnen in New Jersey", fährt die Verlagschefin fort, „sie sind von mir informiert worden, die beiden sind natürlich völlig fassungslos. In New Jersey hat sie vielleicht noch Freunde von früher aus der Schulzeit. Hier in Manhattan hatte sie außer Charly Walters noch keine Kontakte, deshalb denke ich, dass wir hier in der Redaktion mit der Befragung der Arbeitskollegen anfangen sollten."
„Und wie haben Sie sich das gedacht?", in Candy keimt bereits eine Idee, eventuell deckt sie sich mit der Vorstellung von Sarah Escott.
„Ich habe mir vorgestellt, dass Sie vorläufig den freien Platz von Lana Miller einnehmen könnten. Das ist perfekt, um ihre Arbeitskollegen kennenzulernen und sie unauffällig auszufragen."
Jetzt lächelt Candice, den gleichen Gedanken hatte sie auch gehabt. „Ich merke schon länger, dass Sie mich als

Fotomodel verpflichten wollen, das ist nun endlich die Gelegenheit!", bemerkt Candice lachend.
Sarah Escott schließt sich dem Lachen an. „Der Job als Model ist natürlich naheliegend, er ist eine perfekte Tarnung für Ihre Ermittlungen. Schade, dass ein trauriger Anlass der Grund dafür ist, obwohl mir die Idee gefallen könnte, Sie länger zu beschäftigen"
„Ja, schon, wie Sie aber bereits wissen, möchte ich nicht, dass mein Gesicht in ganz New York und darüber hinaus bekannt wird."
Sarah Escott schüttelt den Kopf. „Ich habe darüber schon nachgedacht und mache deshalb folgenden Vorschlag: Wenn die Bilder überhaupt veröffentlicht werden, werden Sie nur auf kleinen Bildformaten zu sehen sein. Außerdem sollten Sie Ihre Frisur der geltenden Mode anpassen, das heißt, es müssen Locken eingedreht werden. Dann wird man Sie nicht mehr so leicht erkennen."
Mike verfolgt das Gespräch der beiden Frauen und schmunzelt vor sich hin, er würde Candy immer erkennen, egal mit welcher Frisur. „Keine Sorge, Candy, ich mag dich auch mit Locken, aber ich finde die Idee hervorragend. Ich werde mich gleich mit der Polizei in Verbindung setzen. Außerdem werden wir unseren neuen Mitarbeiter einbeziehen, er ist studierter Psychologe und deshalb bestimmt geeignet, das fragwürdige Geständnis des jungen Mannes unter die Lupe zu nehmen."
Sarah Escott sieht ihn verblüfft an. „Da habe ich offensichtlich genau die richtige Detektei eingeschaltet."
Candice lächelt selbstbewusst, „Natürlich, wir betreiben die beste Detektei in Manhattan!"
Sie lachen alle drei und verabschieden sich von Sarah Escott. Candice wird sich Anfang der nächsten Woche im Fotoatelier als neue Mitarbeiterin vorstellen, Sarah Escott informiert bis dahin den Personalchef. Mike nimmt eine der Visitenkarten mit, die der Detective des neunzehnten Reviers im Büro von Sarah Escott abgegeben hat.

Am Wochenende steht die Fahrt nach Long Island vor der Tür, Candice kann es kaum erwarten, ihrer Schwester von ihrer Schwangerschaft zu berichten. Bisher hatte sie vermieden, es zu erwähnen, weil sie sich nicht ganz sicher war, inzwischen ist sie bei ihrem Frauenarzt gewesen und hat nun Gewissheit. Sie kann es vor Spannung kaum aushalten, Annie muss es auf jeden Fall erfahren, sie wird mit ihr die Hochzeit planen wollen.
In den roten Renner passt nur eine große Tasche, dann ist der Raum hinter der kleinen Klappe am Heck gefüllt. Mike faltet seine über sechs Fuß hohe Gestalt auf den Beifahrersitz, dann geht es los. Es ist Sonnabendmittag, noch fast ein normaler Arbeitstag. Der Verkehr hat erst wenig nachgelassen, gekonnt steuert Candy die zivile Version des Rennwagens durch den dichten Verkehr. Auf dem Highway hinter dem Queens-Midtown Tunnel kann sie endlich Gas geben und lässt den roten Wagen mit dröhnendem Motor über den Asphalt jagen.

Der Motor knistert und knackt in der Remise des Evans-Landsitzes, als Mike die Tasche aus dem kleinem Kofferraum nimmt.
Annie hat sie schon erwartet und kommt aus der Eingangstür. Mit ausgebreiteten Armen läuft sie auf ihre Schwester zu und umarmt sie herzlich. Mike trägt die Tasche und wartet geduldig, dass er beachtet wird. Er kennt das schon, zuerst müssen sich die beiden Schwestern herzen, dann ist er an der Reihe. Er beobachtet, dass Candice Annie etwas ins Ohr flüstert; eigentlich wollte sie die Neuigkeit später, wenn alle am Tisch sitzen, offiziell bekanntgeben, aber so lange hat Candy es natürlich nicht ausgehalten. An dem veränderten Gesichtsausdruck der älteren Schwester kann er leicht die Botschaft erraten. Annie blickt zu ihm hin, ihre Augen strahlen und sie kommt auf ihn zu,

dann wird er auch von ihr umarmt. Aus ihrem Haar dringt ihr teures Parfüm in seine Nase.
„Mike, es freut mich so für euch! Du glaubst nicht, wie sehr ich mich auf eine Nichte oder einen Neffen freue!"
Als Annie Mike wieder loslässt, sieht Mike, dass sie Tränen in den Augen hat. „Mir und Ernest sind Kinder leider versagt geblieben, so wird mir mein Kinderwunsch doch noch indirekt erfüllt." Sie eilt in das große Haus, Candice und Mike folgen ihr in das schlossartige Anwesen. „Das müssen wir sofort Ernest erzählen!"
Mike ist jedes Mal, wenn er in dieses Haus tritt, beeindruckt und auch ein bisschen eingeschüchtert. Der Reichtum ist in jedem Detail zu erkennen, dicke Teppiche auf Böden aus Marmor dämpfen jeden Schritt zu einer vornehmen Stille. Schwere Kristalllüster hängen von den hohen Decken, das Licht der vielen Glühbirnen lässt die Swarovski-Kristalle funkeln, als wären es Diamanten. Auf fast jeder der vielen Kommoden stehen Kostbarkeiten aus Porzellan. Es sind kleine Figuren, kleine Engel und Tiere. Die Decken sind mit dunklem Holz getäfelt, sodass in vielen Räumen eine geheimnisvolle Dämmerung herrscht. Die Kunstwerke an den Wänden sind kaum zu erkennen, auf Wunsch können sie mit einer Lampe, die oberhalb eines jeden Bildes hängt, beleuchtet werden.
Ernest hält sich in der Bibliothek auf. Eine Seite des großen Raumes besteht aus hohen Fenstern, die fast bis zum Fußboden hinunterreichen und einen nahezu ungehinderten Blick auf den Long Island Sund ermöglichen. Die anderen drei Wände sind bis zu der 12 Fuß hohen Decke mit Regalen versehen, die bis zum Bersten mit Büchern gefüllt sind. Es riecht etwas nach Staub und altem Papier. Ein großer, schwerer Tisch steht in der Mitte des Raumes und ist teilweise bedeckt mit aufgeschlagenen Büchern und Zeitschriften.
Ernest sitzt in einem schweren Clubsessel. Die Szene erinnert Mike an das Herrenhaus aus dem Film „Rebecca",

den er und Candy kürzlich im Kino gesehen haben, allerdings gleicht Ernest nicht Laurence Olivier.
Er legt die Zigarre in den Porzellan-Aschenbecher, erhebt sich aus dem schweren Sessel und kommt freudestrahlend auf seine Gäste zu. Von Candice erhält er das obligatorische Küsschen auf die Wange, Mike wird mit einem herzlichen Händedruck begrüßt. Zwischen Ernest und Mike hat sich in den letzen Monaten eine echte Freundschaft entwickelt. Die beiden Männer sind sehr verschieden, das mag der Grund für ihre gegenseitige Zuneigung sein.
„Na, alter Schnüffler, beschattest du noch immer untreue Ehemänner?"
Mike lacht. „Seitdem wir dich erwischt haben, hat es keinen mehr gegeben!"
Ernest stimmt in Mikes Lachen ein, er sieht die ein halbes Jahr zurückliegende Affäre vor einem halben Jahr jetzt offensichtlich sehr locker. Es war auch nur zum Teil seine Schuld, das hübsche Mädchen hatte ihn im Auftrag eines Mafioso verführt, mit der Absicht, ihn mit kompromittierenden Bildern zu erpressen. Mike seufzt, ja, das war sein erster großer Auftrag. Eigentlich sollte er Ernest für seine Verfehlung dankbar sein, denn der Auftrag seiner Frau, ihn beschatten zu lassen, hatte Mike ihre Schwester Candice kennenlernen lassen.
„Und du, Ernest, kratzt du immer noch jeden Cent zusammen, um eure Millionen zu vermehren?"
„Stell dir das nicht so leicht vor. Seit zwanzig Jahren ist die Lackawanna Steel ein Teil der Bethlehem Steel und ich kann meine Entscheidungen nicht alleine treffen. Ich bin aber noch für 20000 Mitarbeiter verantwortlich, das ist etwas schwieriger als ihr mit euren drei."
Mike lächelt Ernest an. Er hat recht, sie kennen jeden einzelnen ihrer Mitarbeiter sehr genau, bei so vielen Mitarbeitern wie in Buffalo reduziert sich das Kennen auf eine Akte in der Personalkartei.

„Unser größtes Problem ist", fährt Ernest fort, „neue Märkte zu finden, um den wegen der fortgefallenden Kriegsgeschäfte zurückgegangenen Bedarf an Stahl auszugleichen."
Annie berührt den Arm ihres Mannes. „Nun unterhaltet euch nicht über so ein trockenes Thema, Candy hat etwas viel Interessanteres zu berichten." Triumphierend sieht sie ihren Mann an. „Wir werden Anfang des nächsten Jahres Onkel und Tante."
„Das ist allerdings eine wirklich interessante Neuigkeit! Meinen Glückwunsch, ihr zwei! Das müssen wir jetzt mit einem guten Schluck feiern." Ernest geht zu dem großen Sekretär im Flur und holt eine Flasche französischen Cognac und für jeden ein Glas heraus.
Annie erhebt jedoch sofort Einwände. „Für uns ist das in Ordnung, aber Candice darf nichts davon trinken!"
Candice lächelt über den Eifer ihrer Schwester. „Du hast natürlich recht, Annie. Zur Feier dieses Ereignisses denke ich, dass ich mir einen kleinen Schluck erlauben kann."
Die beiden Frauen ziehen sich nach der Kaffeetafel zurück, sie wollen jetzt die Hochzeit planen, nach ersten Überlegungen soll sie in vier Wochen stattfinden.
„Eher ist es nicht möglich, weil noch sehr viel vorzubereiten ist." Mike freut sich über den Eifer seiner Schwägerin, sie wird ihnen eine große Hilfe sein. Seine Aufgabe wird es sein, in den nächsten Tagen eine Liste mit all seinen Freunden, die zu der Feier eingeladen werden sollen, aufzustellen.
Annie hat die Organisation sofort an sich gezogen und Candice ist froh darüber, bleibt sie so doch von dieser Arbeit befreit und hat mehr Zeit für ihren schwierigen aktuellen Fall, der sie beide ganz in Anspruch nehmen wird.

Montag, zwei Tage später, fährt Candice Evans zu der Redaktion der Fortune. Sie betritt das Büro der Sekretärin,

Mrs. Burdon. Sie kennen sich schon und sie wird freundlich begrüßt.

„Guten Morgen, Miss Evans! Miss Escott erwartet Sie bereits!"

„Ebenfalls einen schönen guten Morgen!", dann betritt sie das Büro von Miss Escott.

„Es ist schön, Candice, dass Sie so bald kommen konnten, nehmen Sie doch Platz!"

Sarah Escott schließt die Tür hinter sich, damit niemand mitbekommt, was sie jetzt besprechen. „Unser Personalchef, Mr. Bleeker, ist außer mir der Einzige, der über den wahren Grund Ihrer Mitarbeit informiert ist. Alle anderen denken, dass Sie lediglich die freigewordene Stelle von Lana Miller vorübergehend besetzen, bis wir ein neues Model gefunden haben. Ich werde Sie jetzt zu unserem Personalchef bringen, der wird Sie dann den Fotografen und ihrem Team vorstellen."

Candice Evans berichtet von Mikes Plänen, er wird heute den Ermittler vom neunzehnten Revier aufsuchen, um sich von ihm in den Fall einführen zu lassen.

Sarah Escott erhebt sich und führt Candice in das Personalbüro, das sich ebenfalls im Erdgeschoss befindet.

Mr. Bleeker erwartet sie bereits. Höflich kommt er hinter seinem Schreibtisch hervor, um Candice Evans zu begrüßen. Er ist vielleicht Mitte vierzig, hat einen Bauchansatz und ist in einen perfekt sitzenden Anzug gekleidet. Seine dunklen Haare sind frisch frisiert, er verströmt einen schwachen Geruch nach einem teuren Rasierwasser.

„Meine liebe Miss Evans, es freut mich sehr, dass Sie für einige Tage bei uns aushelfen wollen um den Tod dieses armen Mädchens aufzuklären, obwohl…", er mustert Candice etwas zu auffällig, „ich mir durchaus vorstellen kann, dass Sie Ihren neuen Job auch länger ausüben, nach so einem attraktiven Model müssen wir lange suchen." Er lächelt anzüglich.

Sarah Escott sieht ihren Personalchef düster an. „Mr. Bleeker, das reicht jetzt."
„Okay, okay, ich wollte nur höflich sein."
Sarah Escott wendet sich zur Tür. „Auf Wiedersehen, wir sehen uns vielleicht heute Abend!"
Mr. Bleeker sieht Candice neugierig an. „Sie sind tatsächlich Detektivin?"
„Ja, warum denn nicht?"
„Sie scheinen mir doch sehr jung zu sein, muss man bei der Tätigkeit nicht viel Erfahrung haben?"
„Ich habe viel von meinem Verlobten gelernt, außerdem habe ich ein fünfjähriges Jura-Studium hinter mir."
„Oha!", entfährt es dem verblüfften Personalchef. Man kann förmlich sehen, wie es in seinem Kopf arbeitet, um das Alter von Candice zu ermitteln.
Candice bleibt es nicht verborgen, um ihn zu verblüffen, lässt sie ihn nicht länger im Unklaren. Sie sind schon fast an der Tür, da sagt sie fröhlich und ein wenig spöttisch: „Ich bin fünfundzwanzig Jahre alt!", und freut sich über das erstaunte Gesicht des Personalchefs. Der gewinnt allmählich den Eindruck, dass er seiner charmanten Volontärin nicht ganz gewachsen ist, und sagt nichts mehr zu diesem Thema.
„Folgen Sie mir bitte, Miss Evans, ich bringe Sie zu Jesse Chandler, er ist der leitende Fotograf und wird Sie mit seinem Kollegen und den beiden Models bekanntmachen."
Das Atelier für die Fotoaufnahmen befindet sich im ersten Stock. Mr. Bleeker erweist sich als kurzatmig, leise schnaufend geht er vor Candice die Treppe hinauf.
Candice hat das kurze Geplänkel mit dem Personalchef mehr geärgert, als sie es sich eingestehen will. Fast ihr ganzes Leben wird sie von den Männern bedrängt und angegafft. Angefangen hatte es während der Schulzeit. Ihre Eltern hatten immer sehr darauf geachtet, sie nicht glauben zu lassen, dass sie etwas Besonderes sei. Je älter sie und ihre männlichen Gegenspieler wurden, desto unangeneh-

mer wurde es häufig. Für sie war es immer das Problem gewesen, echte Zuneigung und Interesse an ihren verborgenen Werten von dem schieren Genuss an ihrem Aussehen zu unterscheiden.

Jesse Chandler ist mit seiner kleinen Gruppe in einem Besprechungsraum und plant das Programm für die nächsten Tage. Er ist ein großgewachsener, schlanker Mann mit braunem Haar und einem sauber gestutzten Kinnbart, seine dunklen Augen mustern Candice aufmerksam. „Es freut mich, Sie kennenzulernen. Es passt sehr gut, dass Sie gerade jetzt kommen, dann kann ich Ihnen gleich Ihre Kollegen und Kolleginnen vorstellen.
Mr. Bleeker wirft noch einen letzten Blick auf Candice und verlässt dann den Raum. Mr. Chandler stellt Candice der Gruppe vor. „Das ist mein Mitarbeiter hinter den Fotoapparaten, John Belstaff, er hilft mir bei der Technik und arrangiert die Beleuchtung."
Mr. Belstaff ist etwas jünger als ihr Freund Mike, er hat kurzgeschnittene, blonde Haare und eine Nickelbrille auf der Nase, die er immer wieder nervös nach oben schiebt. „Es freut mich, dass wir so schnell einen Ersatz für Lana bekommen konnten."
Einen Moment ist es sehr still im Raum, der Tod der Kollegin wird plötzlich jedem im Team wieder bewusst. John Belstaff räuspert sich unangenehm berührt und ergänzt: „Ich hoffe, Sie werden sich bei uns wohlfühlen."
Die beiden Fotomodelle sitzen auf der anderen Seite des großen Tisches, eine Blonde und eine Schwarzhaarige, beide sind schlank und hübsch anzusehen.
Die Blonde ist die Ältere, sie steht auf und mustert Candice von Kopf bis Fuß, „Guten Tag, Candice, ich bin Bette, Bette Prescott."
Ihre Kollegin ist eine zarte Schwarzhaarige, sie erhebt sich und reicht Candice die Hand. Sie scheint die Schüchterne

von den beiden zu sein, sie ist auch deutlich jünger, vielleicht zwanzig Jahre alt.
„Hallo, Candice, ich freue mich, Sie kennenzulernen, ich heiße Alice Deere."
„Angenehm, ich freue mich auf die Zusammenarbeit mit Ihnen."
Jesse Chandler bittet Candice, auf einem der freien Stühle Platz zu nehmen. „Setzen Sie sich zu uns und hören Sie sich an, was für Aufträge wir heute und in den nächsten Tagen erledigen müssen."
Er wendet sich an seine Gruppe: „Unsere neue Kollegin wird nur so lange bei uns sein, bis wir einen Nachfolger für Lana Miller gefunden haben."
„Warum übernimmt Miss Evans denn nicht gleich die freie Stelle?", möchte Alice Deere wissen.
Jesse Chandler sieht Candice fragend an. „Ja, warum eigentlich nicht?"
Auf diese Frage hat sich Candy vorbereitet. „Ich studiere an der Universität in New York, es sind gerade Semesterferien, deshalb habe ich nur ein paar Wochen Zeit."
„Das ist aber schade", sagt Alice Deere und scheint es auch so zu meinen, Miss Prescott scheint erleichtert, gleichgültig blickt sie auf den Tisch.
Die Besprechung wird fortgesetzt. Jesse Chandler erläutert seinen Plan und die beiden Mädchen machen sich Notizen.
„Wenn du möchtest, kannst du nachher meine Anmerkungen lesen!", flüstert Alice Deere Candice zu."
„Danke!", flüstert Candice ebenso leise zurück. Alice ist die nettere der beiden Kolleginnen. Bei der nächsten Gelegenheit wird sie die junge Frau nach den Bekannten und Freunden der toten Lana Miller befragen. Die Besprechung dauert noch eine halbe Stunde, dann gehen alle zurück in das Atelier, es werden Aufnahmen von der kommenden Sommermode benötigt.
„Sie sehen sich heute am besten an, wie ihre Kolleginnen das machen, morgen können Sie dann mitarbeiten!" Jesse

Chandler kneift Candice aufmunternd ein Auge und geht dann an das andere Ende des Ateliers. Dort steht vom Vormittag eine Kamera auf einem Stativ, Leuchten und Reflexschirme sind an der Wand aufgestellt. An der Decke sind Leinwände angebracht, die je nach Aufnahmesituation herabgerollt werden können, im Moment dient ein rein weißes Gewebe als Hintergrund.

Das Atelier ist ein großer Raum mit vielleicht eintausend Quadratfuß. An einer Seite stehen viele Leuchten, die auf verschiedenen Stativen befestigt sind. Die Fotografen benutzen eine Graflex Pacemaker mit einem Plattenformat von 4x5 Inch. Insgesamt stehen ihnen drei von diesen Kameras zur Verfügung. Ein Nebenraum ist als Entwicklungslabor eingerichtet, Candice erkennt eine rote Lampe an der Tür und eine Aufschrift: »Bei rotem Licht nicht betreten!«

Mike Callaghan hat heute Morgen einen Termin mit dem leitenden Detective in dem Mordfall Lana Miller. Er verlässt das Taxi vor dem bunten Gebäude in der 67. Straße Ost. Das Haus ist aus rotem Backstein gemauert, die Fensterrahmen sind mit leuchtendem Blau gestrichen. Jedes einzelne Fenster hat oben einen kleinen Bogen, ein großer Bogen ist über je zwei Fenster aus hellem Stein gemauert.

Der diensthabende Sergeant weist Mike den Weg. Die Bürotür ist offen, am Schreibtisch sitzt der Lieutenant und telefoniert lautstark. Er sieht kurz zu Mike und deutet während des Telefonierens auf den Stuhl neben seinem Schreibtisch. Mike setzt sich und sieht sich um. Er ist schon oft in Büros dieser Art gewesen, sie ähneln sich alle irgendwie, sind kaum größer als ein Kaninchenstall und vollgestopft mit Schränken, die kaum noch Platz zum Sitzen lassen.

Die Schränke an der Wand sind mit Akten in unordentlichen Haufen bis zu einem Fuß hoch bedeckt, der Schreibtisch verschwindet unter einer Flut von Papier.

Lieutenant Ripley hat kurze, braune Haare und trägt eine Brille mit dunklem Gestell. Sein Kollege am anderen Ende der Leitung scheint jemand vom Polizeilabor zu sein. „Noch einmal, zum Mitschreiben: Ihr sollt die Wohnung gründlich durchsuchen, kehrt sie von oben nach unten, ihr sollt von jedem Teil Fingerabdrücke abnehmen."
Am anderen Ende scheint jemand zu widersprechen. „Es ist mir egal, wie lange das dauert, sie sollen es ordentlich machen, übersehen nicht wieder die Hälfte, so wie beim letzten Mal. Wenn Ihnen das nicht gefällt, Sie kennen meinen Chef, beschweren Sie sich meinetwegen, aber machen Sie zuerst Ihre Arbeit!"
Das Gespräch ist zu Ende, mit einem lauten Krachen legt der Lieutenant den Hörer auf. „Es ist nicht zu fassen, die wollen sich um die Arbeit drücken, wie soll ich denn da den Mörder überführen? Soll ich mir Beweise aus dem Ärmel schütteln? Immer muss ich mich mit der Bande herumärgern!"
Er erhebt sich und reicht Mike seine Hand, die dieser ergreift und einen kräftigen Händedruck erwidert. „Ich bin Joseph Ripley, der zuständige Idiot für diesen organisierten Schwachsinn, der sich Kriminalpolizei nennt. Für dich bin ich Joe!"
Mike lächelt sein Gegenüber an und setzt sich wieder. „Ich heiße Mike Callaghan, oder auch Mike, wir hatten vor ein paar Tagen miteinander telefoniert."
„Ja, ich erinnere mich, der Fall Lana Miller. Der macht mir noch etwas Magenschmerzen, obwohl wir ein Geständnis haben."
Mike geht auf die saloppe Art des Detectives ein und duzt ihn ebenfalls sofort. „Warum macht er dir Magenschmerzen?"
„Ja, irgendetwas stimmt da nicht. Dieser Charly Walters hat kein Alibi, er hätte auch die Gelegenheit und ein Motiv gehabt, wir haben die Tatwaffe zwar nicht gefunden, trotzdem fällt es mir schwer zu glauben, dass er seine

Freundin umgebracht haben soll, Geständnis hin oder her." Er sieht Mike etwas spöttisch ins Gesicht. „Aber ich habe jetzt einen tüchtigen Kollegen, der wird das schon herausfinden."
„Ich kann auch nicht zaubern, hoffe aber etwas zu finden, das uns weiterbringt." Mike hat das »uns« betont, um dem Polizisten zu vermitteln, dass er mit ihm an einem Strang ziehen möchte.
Detective Ripley nickt nachdenklich. „Das hoffe ich auch." Er beugt sich in seinem Schreibtischstuhl vor und mustert Mike eindringlich mit seinen dunklen Augen. „Ich kann es eigentlich nicht leiden, wenn plötzlich so ein neunmalkluger Privatschnüffler hier auftaucht und alles besser wissen will. Bei dir sehe ich das positiver, denn ich habe bei eurer Detektei ein gutes Gefühl. Zum Beispiel hat Anfang des Jahres deine Kollegin den Leiter des zehnten Reviers als Mörder entlarvt, alle Achtung!"
Mike registriert zufrieden, dass Candys hervorragender Job, so ganz ohne seine Hilfe, nicht unbemerkt geblieben ist. „Ich freue mich über deine gute Meinung über uns. Ich hoffe, ich kann dem gerecht werden."
„Wenn nicht, werde ich es dir sofort um die Ohren hauen!" Joseph Ripley lacht, wird dann aber wieder ernst. „Okay, wie gehen wir vor? Hast du schon eine Vorstellung?"
Mike hat sich auf diese unvermeidliche Frage vorbereitet. „Ich würde gerne zuerst in die Akten sehen, und als nächsten Schritt den Gefangenen Charly Walters sprechen. Um das Verfahren nicht unnötig in die Länge zu ziehen, würde ich es schätzen, wenn das unbürokratisch über die Bühne gehen könnte."
Detective Ripley nickt und stimmt Mike im Wesentlichen zu. „Das kann ich gut verstehen, das würde ich mir auch wünschen, aber ich habe meine Regeln, wie du weißt. Ich biete dir an, mit meinem Chef, Captain John Grant, dar-

über zu sprechen, gibt er grünes Licht, ist das für mich okay. Wir gefällt dir das?"
„Das ist mehr, als ich erwarten konnte, ich danke dir!"
„Sülz jetzt nicht rum, John ist zufällig gerade hier, lass uns gleich rübergehen!" Joseph Ripley steht schwungvoll auf und geht flott voran, mit Geschick und langer Übung weicht er den vielen Stühlen, Schränken und Stapeln von Akten aus, die auf dem Boden liegen.
Der Detective bleibt vor der Tür stehen, denn Captain John Grant ist nicht allein in seinem Büro. „Okay, wir warten hier einen Moment, hast du vielleicht eine Frage, die ich dir jetzt schon beantworten könnte?"
Mike braucht nicht lange zu überlegen. „Ich würde gerne einen Blick auf den Tatort werfen."
Joe nickt, „Das ist kein Problem, die Wohnung ist vorgestern freigegeben worden, nun muss nur die Besitzerin, Miss Sarah Escott, einwilligen."
In dem Moment kommt der Besucher des Captains aus dem Büro. Der Lieutenant geht ungefragt hinein, mit Mike im Gefolge. „Hallo, Chef, kann ich dich kurz sprechen?"
Captain John Grant sieht hoch. Er ist ein kleiner, unscheinbarer Mann mit grauen Haaren, er mag etwa Mitte fünfzig sein. „Ja, wenn du mich nicht zu lange aufhältst."
Der Revierleiter hat eine tiefe, kräftige Stimme, die man dem schmächtigen Mann nicht zutraut, der man anmerkt, dass sie zu bestimmen gewohnt ist. Jetzt lächelt er Mike freundlich an und erhebt sich aus seinem Stuhl. „Wen hast du mir denn da mitgebracht?"
„Chef, das ist Mike Callaghan, Privatdetektiv der Detektei Callaghan und Evans."
Mike ergreift eine zierliche Hand und drückt sie zaghaft, doch die Hand ist unerwartet kräftig und antwortet mit festem Druck.
„Setzen Sie sich, meine Herren, was führt Sie zu mir?"

Joseph Ripley erklärt den Wunsch von Mike Callaghan, ihm unkomplizierten Einblick in die Akten zu ermöglichen.

Der Captain sieht Mike aus wachen Augen an, die immer in Bewegung sind. „Sagen Sie, Mr. Callaghan, ist ihre Partnerin nicht Candice Evans?"

„Ja. Sie kennen sie?", fragt Mike überrascht.

„Nein, nicht persönlich. Ich hatte vor einigen Jahren die Gelegenheit, während einer Feierstunde anlässlich einer Reihe von Beförderungen, darunter meiner eigenen, ihren Vater Horace Evans kennenzulernen. Ein reizender Herr, wenn seine Tochter nach ihm gerät, dann kann ich Sie nur zu Ihrer Partnerin beglückwünschen. Mit der Entlarvung meines Kollegen, Captain Wilkinson, Anfang des Jahres, hat sie sich im Kreise der Polizeireviere ein ordentliches Ansehen als Detektivin erworben. Wenn auch ein Mörder im Kreise der Polizei einen schwarzen Schatten auf uns wirft, ist es natürlich auf jeden Fall besser, wenn alle Verbrecher gefasst werden, ungeachtet ihrer Stellung."

„Danke, dass Sie das erwähnen, Sir. Ich werde es an meine Verlobte und Partnerin weitergeben."

„So, verlobt sind Sie auch schon! Meinen Glückwunsch! Aber zur Sache: Der Besuch des Gefangenen im Untersuchungsgefängnis ist eine Sache für sich, das geht nicht ohne Anwalt. Ich erlaube aber die Einsicht in die Akten und alle weiteren Beweismittel ohne richterliche Erlaubnis oder die Anwesenheit eines Rechtsanwaltes, unter folgender Auflage: Mein Detektive Joe Ripley muss immer dabei sein. Ich will mir später nicht vorwerfen lassen, ich hätte die Manipulation von Beweismaterial ermöglicht. Bist du damit einverstanden, Joe?"

Der Lieutenant nickt. „Auf jeden Fall, Chef", dann sieht er Mike an. „Das ist doch auch in deinem Sinne, oder?"

„Natürlich, vielen Dank, Sir!", wendet er sich an den Captain.

Der Angesprochene nickt beiläufig, dann steht er auf. „Meine Herren, ich bitte Sie, mich jetzt zu entschuldigen, ich habe noch einen Termin bei der Stadtverwaltung wahrzunehmen."

Einen Moment später sitzt Mike wieder im Büro von Detective Ripley. „Das ist doch gut gelaufen, oder? Ich hatte es aber nicht anders erwartet, mein Chef hasst diese Regeln, die uns die Arbeit erschweren."
„Ja, ich denke, es ist ein guter Kompromiss, wenn du dabei bist. Arbeitest du gern für deinen Chef?"
„Ja, er weiß was er tut, er hat immer ein offenes Ohr für seine Leute, das gibt einem ein gutes Gefühl."
Mike erhebt sich und Joseph Ripley ebenfalls. „Es hat mich gefreut, dich kennenzulernen, lass uns doch mal bei Gelegenheit auf ein Bier einkehren. Gleich hier an der Ecke mit der 3. Avenue ist ein nettes Lokal."
„Danke, ich komme darauf zurück."

Der nächste Arbeitstag beginnt für Candice ungewohnt früh. Der Arbeitsbeginn ist morgens um halb acht, außerdem fährt sie mit Bus und Subway zu dem Verlagshaus in der 57. Straße. Wenn Sie mit dem Taxi, oder etwa mit ihrem roten Alfa vorfahren würde, wäre das zu auffällig. Studentinnen fahren nun mal keine Sportwagen und benutzen kein Taxi.
Der Tag ist mit viel Arbeit angefüllt. Candice bekommt zuerst eine neue Frisur. Eine nette Friseuse, die auch gleichzeitig als Visagistin arbeitet, verpasst ihr das typische Aussehen mit großen Locken, wie sie jetzt aktuell sind. Ihre Augenbrauen werden mit einem dunklen Stift nachgezogen, als echte Blondine sind sie bei ihr hell, so dass sie sie selbst auch häufig dunkel tönt. Eine dicke Schicht Makeup und Puder lässt ihr Gesicht maskenhaft aussehen, aber das gehört wohl zum Geschäft. Für die Aufnahmen ist es wichtig, dass die Gesichter nicht glänzen, hat ihr die

nette Visagistin erzählt, deshalb wird viel Puder verwendet. Was Mike wohl dazu sagen mag?
Die Arbeit im Fotostudio ist nur manchmal interessant, meistens ist es langweilig. Immer wieder muss sie anders posieren, das Gesicht mal nach links und mal nach rechts drehen, mal muss sie lächeln und dann wieder ernst dreinschauen. Sie sieht den beiden anderen Mädchen zu, wie sie es machen. Bette ist seit über zwei Jahren dabei, routiniert bewegt sie sich vor der Kamera, sehr selbstsicher, mit einer Spur Arroganz. Die Jüngere, Alice, posiert fast genauso gut, dabei ist sie erst ein halbes Jahr dabei. Auch Candice scheint es wohl nicht allzu schlecht zu machen, nur selten muss sie sich Kritik anhören. Die ersten Male musste sie jedoch aufkommenden Ärger hinunterschlucken, sie hat es nie gelernt, Kritik einzustecken, berechtigt oder nicht. Der Erste, der sich darum nicht geschert hat, ist Mike. Ungerührt verbessert er sie und sie lässt es sich meist gefallen. Ist er im Unrecht, scheut sie sich nicht, ihn zurechtzuweisen. Meistens entschuldigt er sich dann mit einem Kuss, irgendwie scheint er bei diesen Entschuldigungen immer als Gewinner hervorzugehen. Sie lächelt bei dem Gedanken an ihren Mike, sie kann ihm nicht wirklich böse sein.
„Miss Evans, würden Sie bitte Ihr Gesicht ins Profil drehen!"
Oha, jetzt war sie nicht bei der Sache, rasch korrigiert sie die Stellung ihres Kopfes.

Am Nachmittag ergibt sich während einer Kaffeepause die Gelegenheit, ein wenig mit dem schwarzhaarigen Mädchen zu plaudern. Candice erfährt, dass Alice seit einem halben Jahr für die Fortune arbeitet, sie hat sich aus zweihundert weiteren Bewerberinnen qualifizieren können. Man bewertete nicht nur die schlanke Figur und ein hübsches Gesicht, sie musste sich auch vor der Kamera bewegen. Nach Auswertung der Aufnahmen hatte sie die frohe Botschaft erhalten. Candice gratuliert ihr noch nachträglich. „Meinen

Glückwunsch! Du bist nicht nur ein prima Model, sondern auch eine nette Kollegin." Alice wird ein bisschen rot und sieht zu Boden.
Candice hält die Gelegenheit für günstig und beginnt vorsichtig mit der ersten Frage nach dem toten Model. „War Lana Miller auch eine nette Kollegin?"
„Ja, genauso wie du, Bette ist mir immer etwas zu sehr von oben herab, als wenn sie das Modelstehen erfunden hätte."
Candice schmunzelt in Gedanken, dann hat sie ihr Eindruck von der blonden Kollegin also nicht getäuscht. Sie will noch mehr über Lana Miller wissen und hat sich einen Grund für die vielen Fragen ausgedacht. „Ich bin um ein paar Ecken mit Lana Miller verwandt, ich kenne ihre Mutter und habe ihr versprochen, eine Art Biografie zusammenzutragen."
Alice nickt. „Okay, ich werde versuchen, dir dabei zu helfen."
„Hat Lana außer dir noch andere Bekannte, Freunde oder Freundinnen gehabt?"
Alice überlegt einen Moment, dann schüttelt sie den Kopf. „Nein, sie ist immer sehr schüchtern und zurückhaltend gewesen. In der Buchhaltung ist noch ein Mädchen, mit dem hat sie mitunter etwas gemeinsam unternommen."
„Weißt du, wie dieses Mädchen heißt?"
„Ich glaube Susan, oder so ähnlich, du kannst sie kaum verfehlen, sie hat feuerrote Haare und trägt eine Brille."
„Danke, ich werde mich noch mit ihr treffen. Weißt du etwas über Charly Walters, den Freund von Lana?"
Alice überlegt wieder, nachdenklich sagt sie dann: „Der arme Charly, er ist derjenige, der wirklich zu bedauern ist. Vor ein paar Wochen sind wir zusammen zum Tanzen gegangen", sie seufzt im Nachhinein. „Er und Lana, das war etwas Ernstes, sie haben sich wirklich geliebt. Er war nur immer so schrecklich eifersüchtig, obwohl ihm Lana nie einen Anlass dazu gegeben hat."

„Vielleicht war da doch jemand, von dem du nichts weißt?"
„Gut, es ist alles möglich, aber sie war meiner Meinung nach nicht der Typ dafür." Alice sieht sich um und spricht dann etwas leiser „Für sie gab es auch ganz klar keinen Sex vor der Hochzeit."
Candice muss jetzt im Stillen lächeln, das ist bei ihr ganz anders, sehr zu Mikes und ihrem Vergnügen. Das Resultat ist ihre beginnende Schwangerschaft. Sie haben die Pause bereits zu lange strapaziert, sie müssen wieder an die Arbeit und stellen ihre Tassen in die kleine Küche am Rande des Fotostudios.

Ein einarmiger Mann, mit einer Tasche über der Schulter, kommt auf sie zu. Er geht zum Postfach, legt ein paar Umschläge hinein und leert das Ausgangsfach.
„Guten Tag, die Damen!", begrüßt er sie freundlich. Ganz kurz huscht ein Lächeln über das Gesicht des in sich gekehrten Mannes.
„Hallo, Mr. Byrnes!", antwortet Alice Deere seinen Gruß.
Candice sieht dem Mann hinterher, sie kann sich dunkel an ihn erinnern. „Wer ist dieser Mann?", fragt sie Alice auf dem Weg ins Studio.
„Er ist unser Postbote, er läuft immer herum und verteilt den ganzen Tag unsere Hauspost."
Candice fällt es wieder ein, es ist einige Wochen her, sie hatte ihn bei ihrem ersten Besuch im Verlagshaus der Fortune gesehen. Sie sieht ihm nachdenklich hinterher. Jemand wie er kennt hier jeden im Verlag und bekommt vielleicht mehr mit, als andere. Vielleicht hat er etwas beobachtet, was ihr nützlich sein kann. Sie eilt hinter Alice her, die schon vorausgegangen ist.
Der Postzusteller sieht den beiden jungen Damen hinterher, sie sind schon eine Augenweide. Besonders die Blonde, sie ist auffallend schön. Hat er sie nicht vor einiger Zeit gesehen? Richtig, sie saß im Büro der Chefin, sie hatte sich

wohl als Mannequin beworben. Er seufzt fast hörbar, für ihn werden diese Mädchen für immer unerreichbar sein, wer interessiert sich schon für einen Einarmigen? Bitter verzieht er sein Gesicht, er rückt die Posttasche zurecht und setzt seinen Weg fort.
Candice ist sehr zufrieden mit den heutigen Ergebnissen, sie hat bereits eine Menge erfahren. Bei der nächsten Gelegenheit wird sie versuchen, die rothaarige Freundin von Lana in der Buchhaltung auszufragen.

Candice ist kaum im Atelier zurück, als sie in das Büro von Sarah Escott gerufen wird. Wenn die Chefin ruft, muss man springen. Sie erbittet sich eine kurze Pause und eilt in das Erdgeschoss.
Sarah Escott lächelt sie an. „Wie gefällt es Ihnen, als Fotomodel zu arbeiten?"
Candice zuckt mit den Schultern. „Für ein paar Tage ist es ganz nett, auf Dauer würde ich diesen Weg wohl nicht einschlagen. Ich bin mir jetzt aber umso sicherer, dass die Entscheidung für die Detektivarbeit richtig war.
„Es freut mich, dass Sie diese Erfahrung machen können, es ist wohltuend, wenn man feststellt, dass Entscheidungen richtig gewesen sind. Aber warum ich Sie hergebeten habe, ihr Partner, Mike Callaghan, hat mit mir telefoniert, er hat mich gebeten, Ihnen den Schlüssel von Lana Millers Wohnung auszuhändigen. Im Moment habe ich den Schlüssel nicht hier, ich werde ihn morgen meiner Putzfrau geben, sie ist jeden Dienstag und Freitag von 7:00 bis 9:00 Uhr vormittags in meiner Wohnung. Ihr Partner kann ihn dann bei ihr abholen."
„Sehr schön, ich werde es Mike ausrichten. Ich gehe jetzt besser wieder ins Fotostudio zurück, sonst werde ich am Ende noch entlassen! Hier bin ich nur ein kleines Licht und darf nicht unangenehm auffallen." Sie kneift der Verlagsleiterin ein Auge und eilt in das Atelier zurück.

Am nächsten Abend gehen Candice und Mike gemeinsam essen. Es ist ein kleines Lokal, mit einer ausgezeichneten italienischen Küche. Das »Casa Bella« in der Hester Street hat einen italienischen Inhaber, der zugleich der Koch ist. Lautes Stimmengewirr schallt ihnen entgegen, als sie das Lokal betreten. Sie sind nicht zum ersten Mal hier und werden freundlich empfangen. Das Restaurant ist bereits brechend voll, die anderen Gäste, überwiegend Italiener, rücken bereitwillig zusammen. In der Küche singt jemand, es ist ein Teil einer Arie, die wohlklingende Stimme wird von dem Lärm der Gespräche übertönt.

Mike isst Cannelloni, Candice hatte sich ein Caprese bestellt, dazu gibt es italienischen Rotwein. Candy trinkt nur wenig davon. Zum einen, weil sie ein Kind erwartet, außerdem sind sie ganz stilecht mit ihrem italienischen Wagen vorgefahren und sie möchte deshalb keine Probleme bekommen.

Sie sitzen dicht beieinander, genießen ihre Zweisamkeit und die gemütliche Stimmung in dem Lokal. Trotz des Lärms unterhalten sie sich nach dem Essen, Mike hat eine interessante Neuigkeit für Candice.

„Ich hatte heute Vormittag Gelegenheit, mir die Wohnung von Lana Miller anzusehen, dabei ist mir etwas Merkwürdiges aufgefallen."

Candice sieht Mike gespannt an, er erzählt ihr jetzt ausführlich den ganzen Ablauf von heute Vormittag.

„Ich stehe kurz nach acht am Morgen vor dem Haus in der Fifth Avenue, trete in den Flur und gehe zum Fahrstuhl. Das ist ein ziemlich altes Ding, weißt du, das muss schon vor dem Bau des Hauses dort gewesen sein."

Candice sieht Mike mit krauser Stirn an.

„Na, ja, auf jeden Fall ist er sehr alt. Ich drücke auf den Knopf für den achten Stock, weil dort die Putzfrau in der Wohnung von Sarah Escott mit dem Schlüssel wartet, der mich in Lana Millers Wohnung lassen wird."

Sie sitzen eingekeilt zwischen den anderen Gästen, die sich in einer ihnen fremden Sprache unterhalten. Auf den Tischen stehen Kerzen und verbreiten einen gelbroten, flackernden Schein. Mike schenkt sich noch etwas Rotwein nach und berichtet weiter. „Ich fahre also nach oben und zähle aus alter Gewohnheit die Stockwerke mit. Ich habe dir erzählt, dass ich das in unserem Fahrstuhl auch immer so mache, ich lasse es nur sein, wenn du bei mir bist, denn dann kann ich mich nicht auf die Stockwerke konzentrieren."
Candice lächelt ihn an, sie weiß, dass er bereits im Fahrstuhl, auf dem Weg nach oben, nur noch sie im Kopf hat. Das Ergebnis trägt sie jetzt unter ihrem Herzen.
„Der Fahrstuhl nähert sich der achten Etage, ich bereite mich in Gedanken auf den Ausstieg vor, aber der Lift hält nicht, er fährt ohne Halt weiter nach oben. Ich blicke auf die Stockwerksanzeige, die ist merkwürdigerweise nicht weitergelaufen. Im neunten Stockwerk schließlich hält der Lift an, die Anzeige zeigt auf die Acht."
Mike sieht sie an. „Du ahnst sicher, wie es weiter geht?"
Candice nickt mit großen Augen, sie kann die weitere Entwicklung schon vermuten. Gespenstisch läuft die Szene von damals vor ihrem geistigen Auge ab, sie schüttelt sich und vertreibt die schreckliche Vision.
„Ich trete in den Flur, fast direkt vor mir ist die Tür zu der Wohnung der ermordeten Lana Miller. Verblüfft lese ich das Türschildchen, ich habe aber den Schlüssel noch nicht und gehe deshalb eine Treppe zu Fuß hinunter. An der gleichen Stelle, wie zu der Wohnung von Lana Miller, befindet sich ein Stockwerk tiefer, die Tür zu der Wohnung von Miss Escott. Ich klingle an der Tür, es öffnet eine schwarze Putzfrau und lässt mich hinein. Sie gibt mir den Schlüssel zu der Wohnung ein Stockwerk höher. Eigentlich benötige ich den gar nicht mehr, der Fall ist klar, oder?"
Candice atmet hörbar aus vor Anspannung. „Es ist sonnenklar. Lana Miller ist das Opfer einer Verwechslung

geworden, die Frage ist nur, was der oder die Täter in der vermeintlichen Wohnung von Miss Escott gesucht haben."
„Sehr gut, mein Schatz! Das habe ich mich auch gefragt, es muss in Miss Escotts Wohnung etwas geben, das für die Täter von Interesse ist. Ich habe nun den Schlüssel zu Lanas Wohnung in der Hand und gehe nachdenklich in dem Flur von Sarah Escotts Wohnung auf und ab. Weißt du, ich bin in einer fremden Wohnung, unter Beobachtung der Putzfrau."
„Klar, sonst hättest du keine Hemmungen!"
„Sei nicht so frech!", er stubbst ihr mit dem Finger auf ihre Nase. „Ich muss sozusagen offiziell vorgehen, also frage ich die Putzfrau nach der Telefonnummer von Sarah Escott im Verlag und rufe sie dort an. Ich habe Glück und erwische sie sofort.
„Miss Escott", frage ich, „gibt es in Ihrer Wohnung etwas, dass von Interesse für Diebe sein könnte?". Was glaubst du wohl, was sie geantwortet hat?"
„Mach's nicht so spannend, ich habe keine Idee."
„Nun kommt es: Sie sagt, dass sie einen Safe besitzt, der in dem Wandschrank im Flur untergebracht ist."
Mike sieht seine Partnerin stolz an und amüsiert sich über ihr verblüfftes Gesicht. „Damit ist der Fall klar: Der oder die Täter wollten den Safe in der falschen Wohnung ausrauben, allerdings war dort erstens kein Safe und zweitens ist ihnen die Bewohnerin in die Quere gekommen. Sie musste den Defekt des Fahrstuhles mit ihrem Leben bezahlen."
Candice hält sich erschrocken eine Hand vor den Mund. „Lana ist durch einen Zufall gestorben? Einen dummen Zufall?"
„So ist es, es bleibt die Frage, wer von der Existenz des Geldschrankes gewusst haben kann. Ich werde Miss Escott aufsuchen und mir von ihr eine Liste mit allen Personen, die dafür in Frage kommen, anfertigen lassen. Außerdem werde ich mich so bald wie möglich mit Detective Ripley

treffen und ihm von meiner Entdeckung berichten." Er überlegt einen Moment. „Und noch etwas, ich habe die Putzfrau gefragt, ob sie weiß, dass der Fahrstuhl mitunter das achte Stockwerk überspringt. Sie hat das bejaht, sie sagte, das passiere nach ihrer Erfahrung nur selten und sie hätte den Hausmeister informiert, damit er sich darum kümmert, aber das könne dauern."

Sie verlassen das Restaurant, während ihres netten Essens haben sich einige Menschen um den Alfa Romeo geschart und versuchen einen Blick in das Innere zu werfen. Es ist dunkel, etwas Licht von den Straßenlaternen fällt auf den roten Wagen, das sich in vielen Reflexen in dem glänzenden Lack spiegelt. Als die Bewunderer des Autos Mike und Candy kommen sehen, versuchen sie, sie in ein Gespräch zu verwickeln. Zuerst versuchen sie es mit Italienisch, dann schwenken sie zu Englisch, sie wollen wissen, wie schnell der Wagen fährt und was er gekostet hat.
„Gar nichts, ich habe ihn von meinem Vater bekommen!"
Sie erntet staunende Augen mit ihrer Bemerkung. Als sie die Maschine startet und der Wagen sich mit viel Lärm entfernt, lässt sie verzückte Gesichter zurück.

Am nächsten Tag hat sich Mike im Haus in der Fifth Avenue mit dem Hausmeister verabredet, er will sicher gehen, dass er das Problem mit dem Fahrstuhl richtig einschätzt. Dieser Punkt scheint ihm besonders wichtig zu sein.
Mr. Durning ist ein vierschrötiger Mann, er ist groß und kräftig, ein grauer Haarkranz ziert einen braungebrannten Kopf. Er sieht so aus, als wenn die Taschen des grauen Kittels, den er jetzt trägt, mit lauter Werkzeug und vielen Schlüsseln gefüllt wären. Er schiebt seine Brille hoch und mustert Mike neugierig. „Guten Tag, Mr. Callaghan, ich habe gehört, Sie interessieren sich für den Fahrstuhl im Haus Nr. 825?"

„Ja, das ist richtig, ich bin Privatdetektiv und helfe bei der Aufklärung des Todes von Lana Miller."
Der Hausmeister nickt. „Das arme Mädchen! Sie war so eine nette Mieterin. Wenn ich Ihnen irgendwie von Nutzen sein kann, lassen Sie es mich wissen."
„Kann es sein, dass der Schaltmechanismus im Fahrstuhl mitunter den achten Stock auslässt?"
„Das stimmt, ich habe schon den Servicedienst für den Aufzug informiert. So wie ich das sehe, ist es ein Wackelkontakt im Relais der Fahrstuhlsteuerung, das muss wohl erneuert werden."
„Passiert dieser Fehler denn häufig?"
„Nein, es haben sich bisher nur wenige Mieter beschwert, es betrifft auch nur die Bewohner des achten Stockwerks, bei allen anderen tritt der Fehler nicht auf."
Mike ist beruhigt, dass seine Schlussfolgerung richtig war. Er bedankt sich bei Mr. Durning und fährt nachdenklich nach Hause. Nun müssen sie herausfinden, wer von der Existenz des Safes gewusst haben kann.

Am Freitag hat Mike Gelegenheit, mit ihrem neuen Mitarbeiter, Gordon Batcher, in das Untersuchungsgefängnis zu fahren. Das Taxi der Checker Cab Corporation bringt sie nach Brooklyn in die 29. Straße. Gordon sieht besser aus, beinahe gesund. „Wie läuft es bei dir?", fragt ihn Mike, er bemüht sich, das Thema Alkohol nicht direkt anzusprechen.
„Danke, schon sehr viel besser. Es war genau die richtige Methode, alle Betroffenen von meinem Alkoholproblem zu unterrichten, so brauche ich niemandem etwas vorzumachen. Es fällt mir leichter, meine Abstinenz durchzuhalten. Alle meine Freunde unterstützen mich jetzt dabei."
„Bist du schon bei den Anonymen Alkoholikern gewesen?"
„Ja, ich habe mich dort eingetragen und an meiner ersten Sitzung teilgenommen. Es ist mir schwergefallen, vor den

anderen Teilnehmern so viel von mir preiszugeben, aber denen geht es auch nicht anders. Ich habe das Gefühl, dass es mir hilft."

„Das hört sich gut an! Bleib dran Gordon, mit meiner und Candices Unterstützung kannst du immer rechnen."

Das Untersuchungsgefängnis ist ein schmuckloser grauer Bau am East River, nur durch eine breite Straße vom Fluss getrennt. Auf der Straße herrscht viel Verkehr, ein Lastwagen nach dem anderen fährt vorbei, viele Schornsteine und freudlose Gebäude geben der Gegend einen Hauch von Menschenverachtung. Mike und Gordon haben sich hier mit dem Pflichtverteidiger von Charly Walters, einem Thomas Jenkins, verabredet. Er wird heute den ganzen Tag im Gefängnis zu tun haben, sie sollen sich melden, wenn sie eingetroffen sind. Im Gefängnisbüro hinterlässt Mike eine Nachricht und begibt sich mit Gordon in den Kontaktraum für die Besucher. Fünf Minuten später taucht der Rechtanwalt auf. Er ist ein junger Mann, etwa Anfang dreißig, mit einem schlecht sitzenden Anzug, seine aschblonden Haare könnten einen Schnitt vertragen. Er macht einen gehetzten Eindruck und trägt unter dem Arm eine Akte.

„Guten Tag, meine Herren, ich bin Thomas Jenkins. Entschuldigen Sie bitte, dass Sie warten mussten."

Mike stellt sich und seinen Mitarbeiter vor, in dem Moment wird der Gefangene hereingeführt. Erschrocken sieht ihn Mike an. Der eigentlich gut aussehende Charly Walters ist nur noch ein Schatten seiner selbst. Seine früher sauber geschnittenen, braunen Haare hängen ihm wirr in die Stirn, seine Augen blicken glanzlos und trübe durch sie hindurch. Er nimmt kaum Notiz von den Personen um ihn herum.

„Mr. Walters, ich bin Mike Callaghan, das ist mein Mitarbeiter Gordon Batcher, Ihren Pflichtverteidiger kennen sie sicher. Wir sind hier, weil wir Ihnen helfen wollen, Ihre Unschuld zu beweisen."

Der junge Mann blickt nur kurz hoch und brummt unverständlich vor sich hin, dann spricht er lauter, mit heiserer Stimme. „Was soll das jetzt noch? Es interessiert mich nicht, ob ich im Gefängnis versauere oder mich draußen besaufe, jetzt, wo meine Lana tot ist, ist mir alles egal."
„Das dürfen Sie nicht so sehen", versucht ihm Mike Hoffnung zu geben. „Zum einen ist nach einer Verurteilung eine Todesstrafe nicht auszuschließen, zum anderen sind Sie ein junger Mann, der noch sein ganzes Leben vor sich hat."
Charly Walters blickt düster auf den Tisch.
„Auch wenn Sie mir das jetzt nicht glauben, eines Tages werden Sie ein anderes Mädchen kennenlernen, dann sieht die Welt wieder ganz anders aus."
Charly schüttelt nur müde den Kopf.
Gordon Batcher hat sich auf den Besuch vorbereitet, nach dem Fiasko mit dem Schnapsfund in seinem Schreibtisch, darf er sich keine weitere Nachlässigkeit erlauben. Mike ist zwar sein Freund, aber auch er ist nicht unbegrenzt tolerant. „Charly. Ich darf doch Charly zu dir sagen?"
Charly Walters brummt undeutlich, er nickt aber mit dem Kopf.
„Charly, ich habe mir deine Vernehmungsprotokolle angesehen, daraus ersehe ich, dass du einmal sechzehn Stunden lang verhört worden bist. Wir könnten deshalb einwenden, dass dein Geständnis unter psychischem und physischem Druck zustande gekommen ist und deshalb eine Freilassung erwirken."
Charly Walters scheint die Aussicht auf seine Freilassung nicht zu beeindrucken.
„Sag uns bitte, stimmt es, dass du das Geständnis nur abgelegt hast, um deine Ruhe zu haben und damit das Verhör endlich ein Ende nimmt?"
Jetzt kommt Bewegung in den jungen Mann, er blickt auf und presst gequält hervor: „Ja, so war es! Ich wollte endlich in meine Zelle zurück, es war mir auch ganz egal, jetzt

wo Lana nicht mehr lebt, hat das alles keine Bedeutung mehr für mich."
„Siehst du, das habe ich mir schon gedacht, ein auf diese Art zustande gekommenes Geständnis kann leicht widerrufen werden. Wenn du damit einverstanden bist, werden wir es von deinem Verteidiger anfechten lassen."
Er sieht Thomas Jenkins an, der die Diskussion aufmerksam verfolgt. „Das ist doch richtig so, oder?"
Der Anwalt nickt und räuspert sich, er scheint sich nicht wohl zu fühlen, so als wäre er bei einer Unterlassung ertappt worden. „Ja, die Gründe sind ausreichend."
Charly Walters zuckt mit den Schultern. „Wenn Sie es nicht lassen können, meinetwegen. Kann ich jetzt in meine Zelle zurück?"

Auf der Fahrt zurück nach Manhattan, berichtet Gordon Mike von den Untersuchungen, die er früher im Auftrag des FBI durchgeführt hat. Danach geben Verdächtige unschuldig ein Geständnis ab, wenn die Vernehmung sehr lange dauert und außerdem in einem unfreundlichen Verhörraum stattfindet.
„Bei Charly Walters kommt noch der Frust durch den Verlust der Freundin dazu, das ist ganz offensichtlich. Sein Verteidiger hätte das erkennen müssen und von sich aus tätig werden, aber der scheint auch froh zu sein, wenn er mit dem Fall nicht viel Arbeit hat. Fairerweise muss ich sagen, dass diese Pflichtverteidiger dermaßen mit Arbeit überhäuft werden, dass sie um jeden Fall froh sind, den sie abhaken können. So oder so."
Am nächsten Tag, es ist ein Sonnabendvormittag, macht Gordon mit dem Pflichtverteidiger von Charly Walters einen Termin ab, um seine Freilassung wegen des unter Druck zustande gekommenen Geständnisses vorzubereiten.

Am Montag sucht Candice in ihrer kurzen Frühstückspause die Buchhaltung auf. Sie hat nur eine Viertelstunde Zeit, rasch läuft sie die Treppe zum dritten Stockwerk hinauf. Sie hat sich beschreiben lassen, wie sie das Büro der Freundin von Lana Miller finden kann.

Das Büro ist groß, es nimmt etwa die Hälfte des dritten Stockwerkes ein, fast sechzig Schreibtische stehen hier, an einigen sitzen Frauen und tippen rhythmisch klappernd auf die Tasten ihrer Schreibmaschine. An der Decke drehen sich mit leisem Brummen große Ventilatoren, die aber nur wenig zur Kühlung beizutragen scheinen.

Susan Stevens, so heißt Lanas Freundin, soll im hinteren rechten Teil des Großraumbüros sitzen. Candice durchquert den großen Raum und erkennt fast am Ende des Raumes das junge Mädchen, auffällig wallen ihre feuerroten Haare in großen Locken bis zur Schulter.

Das Mädchen steht mit ein paar anderen jungen Frauen zusammen, sie nutzen eine Pause, um sich zu unterhalten. Ihre Unterhaltung, untermalt mit Gekicher, ist bis zur Tür zu hören. Candice geht auf die Gruppe zu und räuspert sich. Die jungen Frauen drehen sich zu ihr um, sie sind alle gleichartig angezogen, jede von ihnen trägt ein Kostüm mit einem etwas mehr als halblangen Rock. „Guten Tag!", spricht Candy die Mädchen freundlich an, „ich möchte mit Susan Stevens sprechen."

„Das bin ich!", wie Candice erwartet hatte, ist es die Rothaarige in der Gruppe. Sie hebt eine Hand und blickt Candice an.

„Was möchten Sie denn von mir?", ihre grünen Augen betrachten Candy skeptisch.

„Könnte ich Sie bitte kurz unter vier Augen sprechen?"

Das junge Mädchen blickt kurz zu ihren Kolleginnen, dann sagt sie: „Sicher, aber meine Pause ist gleich vorbei, lassen Sie uns rasch in den Flur gehen."

Im Flur sind sie unter sich, nur das Geklapper der Schreibmaschinen und manch laute Stimme an einem Telefon dringt bis zu ihnen.
Candice hat sich schon einen Gesprächsablauf zurechtgelegt. „Ich bin Candice Evans, ich arbeite hier seit ein paar Tagen als Model. Ich bin um ein paar Ecken mit Lana Miller verwandt und versuche nun, ein paar Details ihrer letzten Tage zusammenzutragen." Candice hat anscheinend eine sensible Stelle bei Susan Stevens berührt, sie zupft sich ein weißes Taschentuch aus einer kleinen Tasche an ihrer Kostümjacke, nimmt ihre Brille ab und tupft sich eine Träne aus den Augen.
„Vielleicht ist es besser, wenn Sie mir nach unserem Feierabend von ihr erzählen? Dann haben wir auch mehr Zeit dafür", sagt Candy und legt dem jungen Mädchen beruhigend ihre Hand auf den Arm.
Miss Stevens nickt. „Das wäre gut", das junge Mädchen schnäuzt in ihr Taschentuch. „Kennen Sie das »C'est ci Bon«? Das ist ein kleines Café hier unten in der 57. Straße."
„Nein, ich bin noch neu hier in der Gegend, aber ich werde es schon finden."
„Es ist gegenüber vom Verlagshaus, was halten Sie von kurz nach 5:00?"
„Abgemacht! Ich freue mich auf das Gespräch mit Ihnen, vielen Dank, dass Sie ihre Zeit für mich opfern." Beschwingten Schrittes läuft Candice die Stufen hinunter, zurück ins Atelier. Am Fahrstuhl sieht sie Henry Byrnes mit der Posttasche über der Schulter, sie grüßt ihn im Vorübergehen. Gleich morgen will sie versuchen, mit ihm Kontakt aufzunehmen. Er trifft hier jeden Tag nahezu jeden der Angestellten, wenn es irgendetwas Auffälliges gegeben hat, hat er es vielleicht bemerkt.
Zum Feierabend kann sie pünktlich Schluss machen. Zu Hunderten verlassen die Berufstätigen das Bürogebäude. Der Stress des Tages ist vorbei, nun beginnt die Entspan-

nung des Abends, für manche beginnt die Ruhe, andere müssen vielleicht noch Einkäufe erledigen, Aufgaben und Verabredungen sind einzuhalten.

Das »C'est ci Bon« ist ein kleines Café, nur fünfzig Schritte entfernt. Eine rote Markise spannt sich über dem Eingang. Drinnen ist es dicht besetzt, nicht nur sie hat die Zeit nach der Arbeit genutzt, um sich einfach nur vor einer Tasse Kaffee zu entspannen, oder sich mit jemandem zu treffen. Stimmengewirr füllt den Raum, Candice sieht sich in dem gedämpften Licht um und versucht einen freien Platz zu finden, Da erkennt sie Susan Stevens, die ihr winkt.

„Hallo, hier bin ich!" Candice eilt zu ihr und nimmt auf dem freien Stuhl neben ihr Platz. „Nochmals vielen Dank, dass Sie ihre Zeit für mich opfern."

„Keine Ursache, der Tod meiner Freundin hat mich sehr mitgenommen und ich teile meinen Kummer gerne mit jemandem. Was möchten Sie denn wissen?"

„Mich interessiert zum Beispiel, ob Lana Miller außer Ihnen noch andere Freunde gehabt hat, wie hat sie ihre Freizeit verbracht?"

Eine Bedienung erscheint an ihrem Tisch, Candice lädt ihre Gesprächspartnerin zu einer Tasse Kaffee ein. Als das Bestellte auf dem Tisch steht, nippt Miss Stevens an dem heißen Getränk und kramt in ihrem Gedächtnis. Candice hat sich einen Stift und ein Notizbüchlein hervorgeholt und beginnt darin zu schreiben. Susan erzählt, dass Lana Miller ein ordentliches Mädchen mit klaren moralischen Prinzipien war. Außer ihr und Charly Walters hatte sie keine weiteren Bekanntschaften. „Können Sie sich vorstellen, dass Mr. Walters sie umgebracht hat?"

Heftig schüttelt das junge Mädchen den Kopf, die roten Locken fliegen. „Auf gar keinen Fall! Er hat sie wirklich sehr geliebt, das halte ich für völlig ausgeschlossen."

„Charly Walters soll aber ein Geständnis abgelegt haben."

„Das ist Blödsinn, die Polizei hat das Geständnis sicher erpresst. Charly wäre niemals dazu in der Lage gewesen. Er

hat sich manchmal mit ihr gestritten, ja, aber umbringen? - niemals. Er hat sie angebetet!"
„Worum ging es denn bei diesen Streitigkeiten?"
„Es war immer dasselbe: Charly konnte sich nicht vorstellen, dass Lana nur Augen für ihn haben sollte. Sie war auch ein hübsches Mädchen, der alle Männer hinterher blickten. Diese Vorstellung hat ihn rasend gemacht, er wollte immer wieder von Lana hören, dass er sich irrte, er glaubte ihr aber trotz ihrer Beteuerungen nicht, es war zum Verzweifeln!"
Der Bleistift von Candice saust über das Papier, die Aussagen decken sich mit der von Alice Deere, sodass anzunehmen ist, dass es der Wahrheit entspricht.
„Was machen Sie mit den Notizen?", fragt ihr rothaariger Gast etwas argwöhnisch.
Candy bemüht die gleiche Geschichte, die sie schon bei Alice Deere verwendet hat: „Die Mutter von Lana hat mich gebeten, eine Art Biographie über ihre Tochter zu schreiben, die Umstände ihres Todes gehören dazu."
„Ach, das ist schön, falls Sie noch weitere Fragen haben, ich helfe gerne."

Nach einer knappen Stunde trennen sich die beiden Frauen und Candice geht zum Bus, der sie bis zur Subway an der 8. Avenue bringen wird. Es ist warm in den Straßen, es weht nur ein ganz schwacher Wind. Abertausende anderer Berufstätiger kommen ihr entgegen oder begleiten sie auf ihrem kurzen Weg zur Park Avenue, zur Haltestelle des Busses. Der Bus ist bis auf den letzten Platz besetzt, sie zwängt sich zwischen die stehenden Fahrgäste.
Für die Tochter des verstorbenen Millionärs Horace Evans ist es eine völlig neue Erfahrung. Sie, die lange Jahre immer nur von dem Chauffeur der Familie gefahren wurde, steht jetzt dichtgedrängt in einem Bus. Ihre Bemühungen, sich an die brodelnde Masse der New Yorker und an ihre neue Aufgabe anzupassen, zeigen Erfolg. Fast so, als hätte sie es

schon immer so gemacht, steht sie in dem überfüllten Bus, der mit laut brummendem Motor seine Tour an den Haltestellen entlang fährt.
Die Fahrt zur Station der Subway ist kurz, es sind nur vier Stationen. Nur wenig später steht sie an der Kreuzung des Broadway mit der 57. Straße in der Nähe der 8. Avenue. Um sie herum ein schier unübersehbares Gewimmel aus New Yorkern auf dem Weg nach Hause. Noch drei Stationen mit der Subway, dann ist es nicht mehr weit, die Haltestelle ist nur wenige Schritte von ihrer Detektei und ihrer Wohnung entfernt.

Henry Byrnes hat mit seinen Kameraden gesprochen. Sie haben sich darauf geeinigt, den Aufbruch des Safes von Sarah Escott erneut zu versuchen. Das ist jetzt, da in der Nähe ein Mord geschehen ist, natürlich riskant, aber sie wollen den einmal eingeschlagenen Weg jetzt zu Ende gehen. Die Aussicht auf leicht erreichbaren Reichtum lässt ihnen keine Ruhe.
„Zählt die Stockwerke mit und achtet auf das Namensschild an der Tür!", hatte ihnen ihr früherer Kommandant eingeschärft. „Das Schild mit der Aufschrift »Escott« ist nicht zu übersehen!"
Seine Kollegen brummen Zustimmung. Um den Einbruch endlich durchführen können, müssen sie nur warten, bis Miss Escott wieder unterwegs ist.

Am nächsten Morgen, während seiner Wege durch den Verlag, achtet Henry Byrnes darauf, ob das Büro der Verlagsleiterin einmal nicht besetzt ist. Um eine Abwesenheit der Chefin herauszufinden, könnte er die zunehmende Vertrautheit mit Mrs. Burdon ausnutzen. Sein verdächtiges Interesse an Miss Escott könnte ihr womöglich auffallen.
Doch jetzt ergibt sich unerwartet eine Gelegenheit. Beide Büros, das von Sarah Escott und ihrer Sekretärin, sind für

einen Moment verwaist. Schnell huscht Henry hinein und zieht den Terminkalender zu sich heran, sorgsam achtet er auf die Tür. Die Posttasche über der Schulter gibt ihm eine gewisse Narrenfreiheit, aber er möchte sie nicht unnötig strapazieren. Mit einer Hand blättert er hastig durch die Seiten.
Drei Tage weiter ist ein Eintrag. »Übernahmeverhandlung Bazaar, Boston« steht da. Boston ist nicht weit weg, der Eintrag geht über zwei Tage, solange dürfte sich Sarah Escott außerhalb von New York aufhalten. Na also! Den Termin werden sie für den Einbruch ins Auge fassen. Henry legt den Terminkalender wieder zurück und huscht aus dem Zimmer.

Am nächsten Tag nutzt Candice eine kurze Pause, um Henry Byrnes aufzusuchen. Sie hat von ihren Kollegen erfahren, wann er eine kleine Pause in der Poststelle macht und trifft ihn bei einer Tasse Kaffee und einer Zigarette an. Erstaunt blickt er hoch, so einen atemberaubenden Besuch hat noch nie gehabt – genaugenommen erhält er hier in der tristen Poststelle niemals Besuch.
„Guten Tag, Mr. Byrnes, mein Name ist Candice Evans. Ich glaube, dass Sie mir bei der Lösung eines Problems behilflich sein können, haben Sie einen Moment Zeit für mich?"
Henry Byrnes schluckt und drückt seine Zigarette in dem metallenen Aschenbecher aus. Er hat selten weibliche Gesellschaft und jetzt kommt dieses Model wie ein Engel in sein düsteres Reich geschwebt. Es scheint ihm, als wäre es in seinem kleinen Raum plötzlich heller geworden. Er ist unsicher geworden. „Äh, natürlich, worum geht es denn?"
„Ich bin eine entfernte Verwandte von Lana Miller und versuche, etwas Licht in die Umstände ihres Todes zu bringen. Der bisher Festgenommene, Charly Walters, scheint kaum ihr Mörder zu sein."

Henry Byrnes schluckt. Es passt ihm gar nicht, dass in dieser Angelegenheit herumgestochert wird. Es war ein unverdientes Glück für sie, dass jemand verhaftet worden ist, so soll es auch bleiben. „Was kann ich dabei tun?" Aufmerksam taxiert er die Blonde, könnte sie ihm und seinen Kameraden gefährlich werden?

„Sie kommen doch Tag für Tag hier im Verlag herum und bekommen doch möglicherweise etwas mit, das ein anderes Licht auf den Fall Lana Miller werfen könnte. Vielleicht hat sie sich mit jemand anderem getroffen, oder es gibt eine Beziehung, von der wir nichts wissen? Ich halte auch eine Verwechslung für möglich, vielleicht können Sie mir weiterhelfen?"

Henry Byrnes erschrickt bei der Erwähnung der »Verwechslung« und versucht, es sich nicht anmerken zu lassen. „Meinen Sie? Vielleicht hat sie einen uns unbekannten Feind gehabt...." Er zermartert sein Gehirn auf der Suche nach weiteren Vorschlägen.

Candy nickt und entwickelt weitere Vermutungen. „Ich könnte mir gut vorstellen, dass es eine Verwechslung gewesen ist. Sie sieht doch unserer Chefin sehr ähnlich, sie wohnt im selben Haus wie sie, irgendetwas in der Art. Wenn es etwas gibt, das Sie beobachtet haben, lassen Sie es mich bitte wissen, es ist wirklich sehr wichtig." Plötzlich hat sie einen Einfall. „Vielleicht sollte überhaupt unsere Chefin ermordet oder beraubt werden!" Candy spekuliert sehr einfallsreich. „Sie können sich vielleicht vorstellen, was ich meine. Wenn Ihnen etwas einfällt, lassen Sie es mich bitte wissen."

Henry Byrnes sieht ihr nach, als sie sein Reich verlässt, aber nicht, um sich an ihrer netten Erscheinung zu erfreuen, ihm geht das eben Gehörte durch den Kopf. Verdammt! Wenn diese Blonde weiter forscht, stößt sie vielleicht noch auf ihn oder seine Kameraden. Er hat sich

heute Abend mit seinen Kollegen verabredet, dann will er das Problem mit diesem Mädchen ansprechen. Jetzt, da endlich Ruhe im Haus Nr. 825 eingekehrt ist und die Polizei verschwunden ist, soll endlich der Safe geknackt werden. Der Termin, der an die Abwesenheit von Sarah Escott gekoppelt ist, ist am Ende dieser Woche. Und nun kommt dieses Mädchen und stellt merkwürdige Fragen und zieht die richtigen Schlüsse – und ausgerechnet mit ihm, dem Urheber des Problems, bespricht sie den Fall.
In ihm keimt eine abscheuliche Idee. Zuerst schiebt er sie beiseite, doch dann bewegt er sie immer häufiger. Sein scharfer Verstand untersucht verschiedene Möglichkeiten, am Ende erscheint es ihm unvermeidlich, dass er das blonde Mannequin für alle Zeiten zum Schweigen bringen muss. Wenn er darauf achtet, dass es keine Zeugen gibt, kann ihm nichts passieren. Sein Motiv ist für andere nicht zu erkennen, er muss sich nur beeilen, bevor sie ihre verblüffend realen Ideen an andere weitergibt. Ihr Tod ist die logische Konsequenz, nur so kann er sie mundtot machen. Während des Krieges hat er viele Feinde zum Schweigen bringen müssen. Diese Situation ist zwar völlig anders, sie erfordert dennoch genauso entschlossenes Handeln.

Am selben Abend fährt Henry Byrnes mit dem Bus zu seinen Kollegen in die 91.Straße Ost. Es gibt Einiges zu besprechen, der Abend wird sich in die Länge ziehen. Es ist der neu zu planende Einbruch, drängender für ihn ist jedoch das Problem mit diesem blonden Model. Sie schnüffelt doch sehr auffällig in der Sache Lana Miller herum. Dabei gibt es jemanden, der die Tat sogar gestanden hat. Es hätte perfekt in ihren Plan gepasst, deshalb ist er dafür, das Mädchen umzubringen. Wenn er es geschickt ausführt, kann er nicht entdeckt werden. Es gibt keine Verbindung zwischen ihnen, die auf ihn als Täter hinweisen könnte, demnach würde die Suche nach einem Motiv ins Leere führen.

„Soll ich mich um das Mädchen kümmern?", erkundigt sich Arthur Ecclewood.
„Nein, ich habe vorgesehen, dass du dich mit Bill um den Safe kümmerst. Übermorgen ist diese Escott wieder auf Dienstreise. Ich werde mich an dem Abend mit dem Model verabreden, ich denke, ich werde sie mit meiner 1911 erledigen."
„Mach keinen Scheiß, Henry! Nicht, dass man dich dabei erwischt!"
„Nein, ich habe mir das genau überlegt, es kann nicht schiefgehen."

Es ist schon früher Morgen, als Henry Byrnes etwas torkelnd die Werkstatt von William Goddon verlässt und sich auf den Weg zum Bus macht. Seine Behinderung macht ihm jetzt besonders zu schaffen, mit einem Arm alleine kann man sich nur unzureichend ausbalancieren. Mühsam steigt er in den Bus und lässt sich unsanft auf einen Sitz fallen.

Während der Frühstückspause am nächsten Morgen betritt Candice Evans die Poststelle. Henry Byrnes liest im Daily Mirror, er hatte sich absichtlich nicht entfernt, was mitunter in einer Pause vorkommt, er wollte sichergehen, dass ihn die Blonde antrifft.
„Guten Morgen, Mr. Byrnes."
Er tut überrascht: „Oh, Miss Evans, guten Morgen!"
Candice lächelt ihn an. Ihre blauen Augen strahlen und ihm wird einen Moment mulmig, so ein perfektes Geschöpf soll er töten? Der Gedanke lässt ihn einen Moment an seinem Plan zweifeln. Nein! Er muss es zu Ende bringen!
„Haben Sie Informationen für mich, Mr. Byrnes?"
Henry Byrnes zieht mit der Hand einen Hocker heran und Candice nimmt neben ihm Platz. Dann deutet er Informa-

tionen an, die er sich bis heute hat einfallen lassen. „Im Vertrieb ist jemand, der mehr als nur ein Kollege zu sein scheint, ich habe einmal beobachten können, wie Lana Miller ihm einen Zettel zugesteckt hat. Es gibt noch einen weiteren, ich werde noch versuchen, beide Namen herauszufinden."
„Das ist interessant. Wie geht es dann weiter?"
„Mir wäre es lieb, wenn wir uns nicht hier treffen würden, unsere Pausen sind so schon recht kurz, außerdem könnte es Gerede geben."
„Gut, das ist auch in meinem Sinne, wo könnten wir uns treffen?"
„Ich wohne in einem kleinen Häuschen in einem Grünstreifen hinter dem Riverside Drive in der 138. Straße West. Wenn Sie dorthin kommen würden, das wäre weniger auffällig."
„Sie wohnen in einem Gartenhäuschen?"
„Was soll ich machen, zu mehr reicht mein Lohn und meine Versehrtenrente nicht", seine Stimme wird leise und er blickt zu Boden.
Candice bekommt Mitleid mit dem Mann. Er fristet ein Dasein am Rande der sozialen Not und lebt in einem Gartenhäuschen, das wohl nur eine kleine Hütte ist. „Gut, ich muss nur noch die Uhrzeit wissen und die genaue Adresse."
„Was halten Sie von morgen um 6:00 p.m.? Das Häuschen hat keine Nummer, es ist aber leicht zu finden. Sie nähern sich dem Riverside Drive von Osten, da die 138. Straße Einbahnstraße in Richtung Westen ist. Sie verlassen ihr Auto oder das Taxi noch vor oder im Tunnel unter dem Riverside Drive. Das Häuschen ist in dem Grünstreifen auf der linken Seite hinter der Überführung. Glauben Sie, dass Sie das finden können?"
„Doch, ganz sicher, das hört sich nicht schwierig an."
Nein, schwierig scheint es nicht zu sein, es kommt ihr jedoch etwas riskant vor, Mike wird das gar nicht gefallen.

Auf jeden Fall wird sie sich ihre kleine Pistole mitnehmen. Unauffällig mustert sie das Gesicht des Postzustellers, er wirkt scheu und verschlossen. Candice muss wieder zurück, sie verabschiedet sich und eilt über die Treppe zum Atelier.
Henry Byrnes sieht ihr hinterher, nun ist die Sache angestoßen und muss jetzt seinen Gang gehen. Er hatte als Jahrgangsbester in Westpoint eine 1911 Pistole als Prämie erhalten, die er hütet wie einen Schatz. Diese Waffe hat ihm später in Frankreich wertvolle Dienste geleistet und soll ihm auch morgen wieder helfen, ein Problem zu lösen. Viele Kriegsveteranen haben so eine Waffe, es gibt sie zu Tausenden. In der 138. Straße gibt es natürlich kein Gartenhäuschen, aber das spielt keine Rolle. Miss Evans wird unten danach suchen und er wird sie von der Brücke herab erschießen.
Morgen Nachmittag werden seine Kameraden endlich den Safe finden und öffnen. Miss Escott wird heute Abend abreisen und erst übermorgen wiederkommen, so sagt es ihr Kalender. Der Zeitplan ist perfekt, Henry Byrnes nickt beruhigt.

Um 6:00 Uhr kommt Candice heute, wie in den letzten Tagen häufig, nach Hause. Mike ist schon da, er schließt sie in die Arme und gibt ihr einen Kuss auf die Nase. „Hallo, mein Goldstück, wie geht es dir heute? Übernimmst du dich auch nicht mit deinem »neuen Job« "?
Candice denkt jeden Moment, in dem ihre Gedanken sich ungehindert entfalten können, an das Kind, das sie in acht Monaten hoffentlich zur Welt bringen wird. So kann sie diese Frage leicht beantworten. „Danke, Mike, bisher fühle ich mich ausgezeichnet. Doktor Weynhouse hat gesagt, dass ich völlig gesund und kräftig bin, noch brauche ich mich nicht zu schonen."
„Das ist schön, du siehst auch aus, als ob du von innen her leuchtest. Wie viel Zeit vergeht eigentlich noch, bis man

erkennen kann, dass da", er stubbst Candy mit dem Finger sanft in den Bauch", etwas wächst?"
„Keine Sorge, wir werden lange vorher heiraten, die Trauung ist für den 2. Juli vorgesehen, das ist ein Freitag. Die Feier findet zwei Tage später am amerikanischen Nationalfeiertag statt." Sie lacht leise, „mein Bauch wird erst gegen Ende August zu sehen sein, das ist jedoch von Frau zu Frau verschieden."
„Ich sorge mich nicht, ich bin bloß neugierig auf die Veränderung an Dir! Ich bin so glücklich und freue mich sehr auf unser Kind."
Candice erzählt ihm von dem geplanten Treffen mit dem Postzusteller. „Ich hoffe, von ihm Hinweise zu bekommen, er hat einige interessante Andeutungen gemacht."
„Hm!", Mike sieht sie skeptisch an. „Ich denke, wir finden den Mörder von Lana Miller, wenn wir herausfinden, wer den Safe öffnen wollte. Aber vielleicht führen uns die Hinweise des Boten auch dorthin. Wie willst du zum dem Treffpunkt kommen?"
„Es ist in der 138. Straße West, ich wollte mit meinem Auto hinfahren."
„Ganz alleine?"
„Äh, ja!"
„Das gefällt mir nicht. Warum will er, dass du zu ihm nach Hause kommst? Ihr hättet euch genauso gut in einem Café treffen können, bedenke, dass du für mich jetzt doppelt so wertvoll bist!" Mike legt einen Arm um sie und erfreut sich an ihrer süßen Nähe. „Ich schlage vor, du nimmst Gordon mit, er ist gut mit der Waffe, wie ich weiß. Steck auch bitte deine Pistole ein."
„Nun mach nicht so einen Aufstand, was soll denn passieren?"
„Da fällt mir eine Menge ein! Bitte, Candy, mir zuliebe!"
„Okay", Candice ist nicht ganz überzeugt. Was soll schon bei so einem einfachen Gespräch geschehen? Mike liegt es

sehr am Herzen, deshalb wird sie Gordon bitten, sie zu begleiten.

Das Attentat

Heute Nachmittag hat Miss Escott einen Besprechungstermin mit ihrem Personalchef Mr. Bleeker in ihrem Büro. Am Morgen hat sie ihre Sekretärin gebeten, Henry Byrnes zu bitten, dazu zu kommen.
„Wir wollen ihm ein Angebot für eine andere Aufgabe in unserer Firma unterbreiten, wenn Sie ihn sehen, bitten Sie ihn, um 2:00 in mein Büro zu kommen." Bei Mrs. Burdon weiß sie diesen Auftrag in guten Händen, sie ist sehr zuverlässig.

Am Nachmittag, eine Minute vor zwei, steht Henry Byrnes vor der Tür zu Sarah Escotts Büro. Er hat ein ungutes Gefühl, was mag diese Einladung bedeuten? Es werden nur selten Mitarbeiter in das Büro der Chefin gebeten. Hat es etwas mit der toten Lana Miller zu tun? Nein, er schiebt diesen unangenehmen Gedanken beiseite. Die Verbindung zwischen ihm und dem toten Model kann unmöglich erkannt worden sein. Trotzdem, ein beunruhigendes Gefühl bleibt, er klopft zaghaft an die geöffnete Tür.
„Kommen Sie herein, Mr. Byrnes, schließen Sie die Tür und nehmen Sie Platz."
Mr. Bleeker mustert ihren Postzusteller aufmerksam, dann beginnt Miss Escott das Gespräch. „Mr. Byrnes, Mr. Bleeker und ich sind der Meinung, dass Sie für das Austragen der Post überqualifiziert sind. Sie sind bisher von ihren Kollegen als aufmerksam, freundlich und sehr gewissenhaft beschrieben worden, wir möchten Sie deshalb sinnvoller einsetzen und würden uns für die Zustellung der Post jemand anderen suchen. Was halten Sie von diesem Vorschlag?"

Henry Byrnes schluckt. Er stellt überrascht fest, dass sich jemand Gedanken um ihn macht, um ihn, den unscheinbaren Invaliden. Er erhält ein sehr interessantes Angebot: Die Koordination mit der Druckerei und ihrer Layout-Abteilung soll verbessert werden. Er bekommt eine Probezeit von vier Wochen, in dieser Zeit wird er eingeführt, und er kann sich den Wechsel überlegen. Eigentlich ist es perfekt, er weiß jetzt schon, dass er die Anforderungen für diesen Job erfüllt. Die Durchführung von Planungen war schon immer seine Stärke. Er gibt sich einen Ruck: „Vielen Dank für das Angebot, ich nehme es an."
Mr. Bleeker hat noch einen Hinweis für ihn. „Bis zum Beginn Ihrer neuen Arbeit wird es noch etwas dauern, wir müssen zuerst einen Nachfolger für Sie finden, den Sie noch einarbeiten müssen. Das wird ja nicht so schwierig sein, Mr. Byrnes?" Er nickt ihrem Gehilfen aufmunternd zu.
Henry Byrnes freut sich, jetzt ist er nicht mehr der unbedeutende Helfer, der so einen einfachen Job, wie das Verteilen der Post, erledigen darf. „Ich danke Ihnen nochmals, das Einarbeiten eines Nachfolgers ist in wenigen Tagen erledigt."
„Sehen Sie! Wir müssen jetzt jemanden finden, der mit der Post umgehen kann, dann kann es losgehen."
Henry Byrnes verabschiedet sich von seinem Personalchef und der Leiterin des Verlages. Er sollte eigentlich bester Laune sein, nun aber kämpfen widerstreitende Stimmungen in seiner Brust. Auf Grund seiner Initiative ist diese Lana Miller tot, und der Einbruch in Sarah Escotts Wohnung steht unmittelbar bevor. Und nun muss er zu seiner Verblüffung feststellen, dass es in dieser riesigen Stadt doch Menschen gibt, die sich Gedanken um ihn machen, und ausgerechnet die Person, die ihm eine Chance gibt, will er ausrauben lassen!
Sollte er seine Kameraden bitten, den Bruch aufzugeben? Nein, das ist ausgeschlossen, er würde bei seinen Freunden

wie ein Idiot dastehen. Er, der immer der geniale Führer war, macht jetzt einen Rückzieher? Nein, jetzt ist es zu spät, der Plan wird jetzt durchgeführt, er kann nicht mehr zurück.

Sarah Escott sollte eigentlich auf dem Weg nach Boston sein. Eine halbe Stunde vor der Fahrt mit dem Taxi zum Grand Central Terminal legt ihr Mrs. Burdon ein Telegramm auf den Tisch.
„Hier bitte, Miss Escott, das ist vor ein paar Minuten hereingekommen."
Sarah Escott öffnet den Umschlag.
»Verhandlung verschoben. Erbitte Zusage zu einem neuen Planungsgespräch heute im Plaza Hotel, New York. Termin 2:00 p.m. Hochachtungsvoll, Wilkens, Manager«
Miss Escott schüttelt verärgert den Kopf. Sie hasst diese kurzfristigen Terminänderungen. In diesem Fall hat es allerdings einen Vorteil: Sie kann sich mit Mr. Wilkens noch besser auf die Übernahme vorbereiten, außerdem wird sie morgen wieder zu Hause sein. Erfahrungsgemäß dauern diese Besprechungen bis spät in die Nacht, sodass sie eine Übernachtung einplanen muss. Sie geht in ihr Vorzimmer, Mrs. Burdon telefoniert gerade, sie beendet rasch das Gespräch und sieht ihre Chefin an.
„Würden Sie mir bitte ein Zimmer im Plaza Hotel bestellen? Nur für heute Nacht, Sie kennen meine Ansprüche an ein Zimmer. Außerdem möchte ich, dass Sie das Telegramm von Mr. Wilkens beantworten."
Mrs. Burdon greift sich einen Füller und blickt auf.
„Schreiben Sie: *»Bin heute ab 1:00 in der Lobby des Plaza. Gruß, Sarah Escott«.*"
Sie wirft noch kurz einen Blick auf die Notiz. „Vielen Dank, ich muss mich jetzt beeilen, ich bin morgen wieder im Büro."
„Gut, Miss Escott, auf Wiedersehen und viel Erfolg!"

Das Taxi zum Hotel Plaza wartet schon vor dem Verlagshaus. Das Hotel ist in der 59. Straße West, direkt an der Südseite des Central Parks. Der Weg ist nicht weit und sie erreicht rasch mit dem kleinen Koffer und der Tasche das Hotel.

Der nächste Tag hat für mehrere Personen eine schicksalhafte Bedeutung…
Candice will sich am Abend mit Mr. Byrnes an dessen Häuschen treffen. Sie hat sich zur Sicherheit noch einmal den Stadtplan angesehen, den Janet in ihrem Besprechungszimmer aufgehängt hat. Der Treffpunkt ist von ihrem Büro etwa drei Meilen entfernt, sie wird ihren Wagen dafür nehmen. Mit Gordon hat sie schon gesprochen, sie hat eben gesehen, wie er sich einen Schulterholster umgeschnallt hat. Sie wird ihre Gucci-Tasche mitnehmen, dort ist ihre kleine Walther PPK untergebracht, das Magazin ist gefüllt, das hatte Mike heute Morgen schon überprüft. Er übertreibt mit seiner Vorsicht, hat aber ein gutes Gespür für gefährliche Situationen, deshalb wird sie bei diesem Treffen besonders vorsichtig sein.

Henry Byrnes will an diesem Abend Candice Evans erschießen.
Er hat im Krieg so manchen Feind erschossen, auch aus der Nähe, sodass dieser Schuss nur einer von vielen sein wird. Seine Pistole ist eine 1911 von Colt, sie ist eine zuverlässige Waffe, konstruiert von John Browning schon vor fünfzig Jahren.
Er ist damit vertraut, nun hat er sie sorgfältig geölt und das Magazin geladen. Die Stelle, an der es passieren soll, hat er vorher sorgfältig in Augenschein genommen. Die 138. Straße West ist an der Unterführung unter dem Riverside Drive eine sehr ruhige, fast einsame Straße. Die Schussentfernung von der Brücke hinunter zu der wahrscheinlichen

Position von Candice Evans beträgt etwa fünfzehn Schritte, er kann sie nicht verfehlen. Oben hat er, hinter dem gemauerten Rand der Brücke, eine geschützte und gleichzeitig wenig einsehbare Position. Der Verkehrslärm auf dem Riverside Drive wird den Lärm des Schusses verschlucken. Er nickt zufrieden, die Planung ist wieder einmal perfekt.

William Goddon und Arthur Ecclewood werden heute, am späten Nachmittag, einen erneuten Anlauf unternehmen, um den Safe von Miss Escott aufzubrechen.
Arthur Ecclewood hat seinen Kollegen William Goddon in dessen Werkstatt aufgesucht. Gemeinsam packen sie das Werkzeug ein, das sie benötigen werden. Das Wichtigste ist die starke Bohrmaschine, William hat noch drei Dutzend 3/8 Zoll Maschinenbohrer besorgt.
„Was willst du mit so vielen Bohrern?", fragt ihn Arthur überrascht.
„Wir öffnen einen Panzerkrank, keine Keksdose. Wir müssen durch 1/4 Zoll Panzerstahl hindurch, mindestens die Hälfte der Bohrer wird dabei draufgehen. Wenn man nicht weiß, wo man bohren muss, dann bekommt man den Schrank nie auf!", lacht er Arthur an.
Sie packen sich noch mehrere Meißel und Hämmer ein, sowie eine große Tasche. „Die ist das Wichtigste", grinst William, „dort soll das Geld und der Schmuck hinein."
„Heute klappt es, ich habe ein gutes Gefühl". Arthur ist wie sein Kamerad allerbester Laune.

Sarah Escott hat ihre Besprechung mit Bob Wilkens und ihrem Anwalt beendet. Warum müssen diese Besprechungen eigentlich immer so lange dauern? Am Abend haben sie dann noch lange an der Champagner-Bar gesessen. Ihr liegen diese schier endlosen Diskussionen in der zweifellos perfekten Umgebung der Bar nicht besonders, aber für die

Vertiefung der Kontakte ist es unverzichtbar. Erst spät in der Nacht sinkt sie in das Bett des großzügig ausgestatteten Hotelzimmers und schläft sofort ein.

Während des späten Frühstücks liest sie ihre Aufzeichnungen von gestern durch und ergänzt noch ein paar Kleinigkeiten. Diese Arbeit erledigt Sarah gerne so bald wie möglich nach einer Besprechung, es verbessert das Einprägen der Einzelheiten und lässt sie Fehler noch leicht erkennen und korrigieren. Später wird ihre Sekretärin das Protokoll mit der Schreibmaschine abschreiben.

Dank der kurzen Entfernung zu ihrem Verlagshaus, erreicht sie ihr Büro im Laufe des Vormittags. Sie hatte einen Moment überlegt, zuerst in ihre Wohnung zu fahren, aber so verliert sie weniger Zeit.

Sarah Escott kehrt aus ihrer Mittagspause zurück. Der Vorstand des Verlages speist, wenn die Arbeit es zulässt, in einem nahegelegenen Restaurant. Die Essenswünsche werden im Laufe des Vormittags von Mrs. Burdon gesammelt und an die Küche des Restaurants weitergegeben. So ist bei ihrem Eintreffen das Essen fertig und sie können ohne lange zu warten zu Mittag essen.

Miss Escott blickt im Vorübergehen in ihren Postausgangskorb, sie bemerkt die drei Umschläge, die sie am Vormittag hineingelegt hatte.

„Ist Mr. Byrnes heute nicht im Hause?", wendet sie sich an ihre Sekretärin.

„Nein, Miss Escott, Mr. Byrnes hat sich für heute einen Tag freigenommen, wenn es Ihnen recht ist, werde ich mich um Ihre Post kümmern."

„Nein, danke, das ist nicht nötig, für einen Tag kommen wir so zurecht. Die wichtigen Nachrichten müssen dann eben einzeln zum Empfänger gebracht werden."

Sarah Escott sitzt in ihrem Büro am Schreibtisch, eben hat sie von ihrer Sekretärin die Abschrift des Protokolls von der gestrigen Sitzung erhalten. „Vielen Dank, Mrs. Burdon, ich habe mich entschlossen, früh nach Hause zu fahren; der gestrige Abend hat mich doch mehr mitgenommen, als ich gedacht habe."

Die Sekretärin nickt. „Ich wünsche Ihnen einen schönen Feierabend, bis morgen!"

Kurz nach Mittag wird ein schwarzer Chevrolet Truck in der 63. Straße Ost geparkt. Die besten Tage des Pickups sind vorbei, unzählige Schrammen und manche Beule zeugen von einem erbarmungslosen Gebrauch. Zwei Männer steigen aus, sie haben beide einen dunkelblauen Overall an, eine Kappe auf dem Kopf und jeder trägt eine Sonnenbrille. Die Sonne steckt heute hinter dichten Wolken, aber es ist besser, man ist ein unbekannter Klempner mit Sonnenbrille, als ein leicht beschreibbarer Passant. Sie treten an die Ladefläche und jeder nimmt sich eine schwere Tasche herunter.

Auf dem Weg zur Hauptstraße schimpft der eine der beiden. „Hättest du nicht in der Fifth Avenue parken können, Bill? Jetzt plagen wir uns mit dem schweren Werkzeug ab."

„Benutz zur Abwechslung mal dein Gehirn, Arthur: An den Truck könnte sich vielleicht jemand erinnern, so ist es zwar mühsam, aber sicherer. Denk an den Stundenlohn, das wird dich aufmuntern."

Arthur brummelt unverständlich vor sich hin, er kann es nicht leiden, wenn sein Kumpel den Besserwisser gibt – und dann auch noch recht hat.

Der Fahrstuhl im Haus mit der Nummer 825 bringt sie wieder quietschend und ächzend nach oben. Dieses Mal zählen die beiden sorgfältig die Stockwerke. Aber wie meistens, macht es die Technik des Fahrstuhls richtig, er hält im achten Stock und der verstaubte bronzene Finger der Anzeige zeigt auf die Acht. Sie nehmen ihre Taschen auf und treten in den Flur.

»S. Escott« steht auf dem Türschild, hier sind sie richtig. William Goddon zieht einen Dietrich aus der Tasche des Overalls und beginnt in dem alten Schloss herumzustochern. Nach wenigen Sekunden hat er den einfachen Mechanismus überwunden, er öffnet die Tür und tritt ein. Arthur Ecclewood folgt mit dem Gepäck. Erstaunt blicken sich die Männer um, hier sieht es genauso aus, wie in der Wohnung über ihnen. Hier hängt lediglich im Flur ein Bild, wo in der anderen Wohnung ein Spiegel war.
William geht auf den Einbauschrank am Ende des Flurs zu und öffnet ihn gespannt. Tatsächlich! Hier ist ein Safe! Dunkelgrün schimmert er im Schatten.
„Mensch, Bill, ich werd verrückt!"
„Geduld, zuerst müssen wir das gute Stück knacken."
Arthur stellt eine mitgebrachte Lampe auf und sucht nach einer Steckdose. William packt die Bohrmaschine aus und holt einen Bogen Papier mit kryptisch anmutenden Zeichen aus der Tasche. „Arthur, kannst du mal helfen?"
„Klar doch, was ist denn das?"
„Das ist eine Bohrschablone, die musst du an den Safe halten, und zwar so, dass das große Loch genau über das Einstellrad passt. Ich werde mit dem Körner dann die Bohrpunkte markieren."
Eine Viertelstunde später beginnt William, die Bohrmaschine an den angezeichneten Stellen anzusetzen.
„Ich muss jetzt alle paar Minuten den Bohrer wechseln, du kannst schon mal den Bohrfutterschlüssel und einen neuen Bohrer bereit halten!", ruft er Arthur zu. Um den Lärm zu dämpfen, hat er den Motor der Bohrmaschine mit einem dicken Lappen umwickelt.
Arthur hat die Bohrer ausgepackt und auf dem Boden ausgebreitet. Alle paar Minuten ist der Bohrer so heiß geworden, dass er verglühen und seine Härte verlieren würde, wenn William weiterbohren würde. Aber der erfahrene Handwerker weiß, wann es soweit ist. Sie haben nicht die Zeit zu warten, bis ein Bohrer abgekühlt ist, immer wieder

wird ein neuer Bohrer eingesetzt. Ab und zu bricht ein Bohrer oder er wird doch zu heiß, dann wird er ausgesondert und weiter geht die Arbeit. Langsam entsteht ein Loch nach dem anderen, sie sind etwa einen Millimeter voneinander entfernt.

Zwei Stunden später ist das Bohren beendet, sauber gebohrt liegen die Löcher beieinander. William Goddon nimmt sich einen der neu geschärften und gehärteten Meißel und entfernt mit kräftigen Schlägen die stehengebliebenen Stege. Der Stahl ist hart, er muss schwer arbeiten, Schweiß läuft ihm in die Augen. Doch auch das ist bald geschafft, mit einem kräftigen letzten Schlag bricht er einen Teil der Tür oberhalb der Verriegelung heraus.
Die beiden Safeknacker blicken gespannt auf die stählerne Tür.
„So, mein Freund, nun wird sich zeigen, ob sich die viele Arbeit gelohnt hat." William setzt ein langes Brecheisen an und drückt kräftig darauf. Laut krachend springt die Tür auf, er und Arthur sehen gebannt in den offenen Geldschrank. Zwei Ordner und ein Kästchen stehen dort. Zwei weitere Fächer sind mit gebündelten Dollarscheinen gefüllt.
„Jaaa!" Arthur zieht die Tasche hervor, die sie für den Inhalt des Safes vorgesehen haben. Mit den behandschuhten Händen packen sie die Stapel mit den Geldscheinen in die Tasche. „Das sind mindestens zwanzigtausend Dollar!", ruft Arthur begeistert.
William holt das Kästchen aus dem Schrank und öffnet den Deckel. „Mensch, Arthur, sieh dir das an!"
Mehrere golden glänzende Halsketten und Armreifen sind dort zu sehen. Im Licht ihres Scheinwerfers funkeln Brillanten mit blauem Feuer. Das Kästchen stecken sie, so wie es ist, in ihre Tasche, zuhause werden sie dann ihren Raub näher untersuchen und das Geld zählen.
„Jetzt aber fix, und dass nichts liegen bleibt!"

Der Aufbruch des Safes hat fast drei Stunden gedauert, es ist jetzt kurz nach fünf. Geschwind packen die Männer ihr Werkzeug und die ausgesonderten Bohrer wieder ein. William Goddon kontrolliert noch, ob sie etwas zurückgelassen haben. Er drückt notdürftig die zerstörte Safetür zu und schließt den Einbauschrank.

Miss Escott kam mit dem Taxi zu ihrer Wohnung, nun trägt sie den Koffer zum Fahrstuhl und steigt ein, als er nach einer Weile endlich erscheint. Auf dem Weg nach oben lässt sie die beiden letzten Tage noch einmal Revue passieren. Es war wieder viel Arbeit gewesen, hat sich aber gelohnt. Der Fahrstuhl hält und Miss Escott tritt in den Flur. Sie tritt vor die Tür zu ihrer Wohnung und zieht ihren Schlüssel heraus. Dann sieht sie wieder auf die Tür. Sie ist hier falsch, sie ist im neunten Stockwerk, verdammt! Sonst achtet sie immer darauf und fährt die wenigen Male, die es passiert, wieder eine Etage nach unten. Sie hat sich schon bei der Hausverwaltung beschwert, noch immer ist die Fahrstuhlsteuerung nicht repariert worden. Sie nimmt sich vor, bei der nächsten Gelegenheit zum wiederholten Mal den Hausmeister zu informieren.

Vorsichtig sehen William Goddon und Arthur Ecclewood aus der Wohnungstür, es ist niemand in der Nähe, der Fahrstuhl ist gerade vorbeigefahren und hält irgendwo über ihnen. Die kurze Wartezeit zerrt an ihren zum Zerreißen gespannten Nerven. Doch dann kommt der Fahrstuhl wieder zurück und sie steigen ein.

Sarah Escott dreht sich zum Fahrstuhl zurück, doch der ist gerade auf dem Weg nach unten und sie muss etwas warten. Sie ahnt nicht, dass es zwei Männer sind, die mit schwerem Gepäck gerade ihre Wohnung verlassen haben. Unten auf dem Bürgersteig ist der allabendliche Betrieb der vielen Fußgänger. Kaum jemand nimmt Notiz von den beiden Männern im Overall, die mit schweren Taschen in einer Nebenstraße verschwinden.

Miss Escott tritt mit dem Koffer aus dem Fahrstuhl und dreht sich zu ihrer Wohnungstür. Sie sucht sich den Schlüssel aus ihrer Schultertasche und steckt ihn ins Schloss. Ihr fällt auf, dass die Tür nicht abgeschlossen ist, das ist merkwürdig. Ihr erster Gedanke ist, dass sie vielleicht vergessen haben könnte, abzuschließen. Dann schüttelt sie unbewusst den Kopf, nein, dafür ist sie zu gewissenhaft, sie schließt immer ab. Etwas irritiert schiebt sie die Tür auf und sieht in den Flur. Sie schaltet das Licht ein und trägt den Koffer in den Flur. Hier ist nichts Ungewöhnliches zu sehen. Ihr fällt der Anruf von Mike Callaghan vor ein paar Tagen wieder ein, er hatte sie nach einem lohnenden Ziel für Diebe befragt. Ihr Safe! Sie hastet zu der Tür des Einbauschrankes und öffnet sie.
Sarah Escott braucht einen Moment, um zu begreifen, was sie da sieht.
„Verdammt!" entfährt es ihr. Die Tür des Stahlschrankes hat ein großes Loch und ist nur angelehnt. Ihr erster Impuls ist, die Tür aufzuziehen, dann erinnert sie sich an die Spuren, die sie dabei zerstören könnte.
Sie eilt zum Telefon in ihrem Bürozimmer und ruft die Polizei an. „Ich bin ausgeraubt worden, kommen Sie bitte schnell!" Erst nachdem sie ihre Adresse angegeben hat, lässt sie sich auf den bequemen Schreibtischstuhl fallen. Sie zündet sich eine Zigarette an, dabei fällt ihr auf, dass ihre Hände zittern. Sie raucht sonst selten, jetzt ist die passende Gelegenheit dazu. Die Hoffnung, dass sie das Nikotin beruhigen würde, erfüllt sich jedoch nicht, aufgeregt rasen ihre Gedanken umher. Einen Teil ihres Vermögens hatte sie im Safe aufbewahrt, dazu fast ihren gesamten Schmuck. Sobald die Spuren am Schrank gesichert worden sind, wird sie eine Liste anfertigen, ja anfertigen müssen, die Polizei

sowie die Versicherung, wird so eine Aufstellung haben wollen.

Fünf Minuten später trifft eine Polizeistreife ein. Der Sergeant wirft einen Blick auf den aufgebrochenen Safe und wendet sich an Miss Escott. „Geht es Ihnen gut, Miss? Sollen wir einen Arzt rufen?"

„Nein, danke, ich bin nur zu Tode erschrocken, ich werde mich gleich wieder beruhigen."

„Gut, dann werde ich den zuständigen Detective bitten, zu kommen, er wird sich um den weiteren Ablauf kümmern."

Candice Evans fährt nach Arbeitsschluss, wie die letzten Tage schon, mit Bus und Subway zurück zu ihrer Wohnung am Central Park. Heute geht sie nicht zum Penthouse, sie biegt in die 86. Straße West ein und betritt das Büro ihrer Detektei. Nur noch Gordon Batcher hält die Stellung, Janet Wilson und Jesaja Milton sind inzwischen nach Hause gegangen. „Wie sieht es aus, Gordon, alles klar für die Fahrt zu meiner Verabredung?"

Gordon Batcher nickt. Er ist froh, dass er seine Chefin unterstützen kann, sie und Mike sind ihm eine große Hilfe gewesen. Nun hat er Gelegenheit zu zeigen, was er kann. Er ist bereit, er zieht sich sein Jackett an und setzt seinen Hut auf.

Candy tauscht die Handtasche, die sie bei Woolworth für ihre Arbeit als Model gekauft hatte, gegen ihre Tasche von Gucci aus. Die Pistole liegt schon darin, ebenfalls ein Notizbuch mit Bleistift, zuletzt zieht sie sich eine dunkelrote Kostümjacke über. Sie ist vom selben Schneider wie schon der schwarze Faltenrock, ihre nette obere Hälfte steckt in einer weißen Bluse.

„So, wir können dann", etwas aufgeregt verlässt sie mit Gordon die Detektei. Skeptisch wirft sie einen Blick zum Himmel, ob sich das trockene Wetter halten wird? Die Sonne ist hinter dunklen Wolken verschwunden und der leichte Wind nimmt an Stärke zu, Böen jagen ab und zu durch die Straßen. Sie gehen zur Garage hinunter und setzen sich in ihren Alfa Romeo. Der starke, nur wenig gedämpfte Motor läuft mit kräftigem Röhren, das laut von den Wänden der Garage widerhallt.

Bis zur 138. Straße West sind es drei Meilen, sie biegt in die 86. Straße ein und folgt ihr bis zum Broadway, den befährt sie in nördlicher Richtung. Unterwegs reden Candy und Gordon kaum, höchstens eine Bemerkung über das Wetter, sie sind beide zu angespannt für Smalltalk. Die Häuser werden niedriger, Bäume säumen hier die Straße. Dann biegt sie links ab in die 138. Straße, die ist hier schmal und dunkel, was durch die schwarzen Wolken noch verstärkt wird. Die Straße führt leicht abwärts, unten sieht sie schon den Tunnel, der unter dem Riverside Drive hindurchführt, gleich haben sie ihr Ziel erreicht. Kurz vor der Unterführung ist auf der rechten Seite ein freier Platz zum Parken. Geschickt rangiert Candice den Wagen in die Lücke. Sie steigen beide aus und sehen sich um. Vor ihnen ist der Tunnel, er ist etwa fünfzig Schritte lang, niedrig und feucht, das jetzt ohnehin schwache Tageslicht wirft nur einen schwachen Schein hinein. Wie fernes Donnergrollen dringt der Lärm des Verkehrs auf der Brücke zu ihnen herab.

Candice greift ihre Tasche fester und geht vorsichtig voraus in den Tunnel. Der Bürgersteig ist etwas uneben, wegen des schlechten Lichtes sind die Lücken in den Gehwegplatten schwer zu erkennen, sie verflucht ihre hochhackigen Schuhe. Gordon Batcher folgt ihr mit ein paar Schritten Abstand, sorgsam bemüht, den Löchern auszuweichen.

Candice tritt am Ende des Tunnels in die Helligkeit hinaus. Die Sonne ist nicht zu sehen, es ist aber hell, verglichen mit der Dunkelheit im Tunnel, sie blinzelt und sieht sich um. Auf beiden Seiten der 138. Straße ist ein Grünstreifen entlang des Dammes des Riverside Drives, der in kleine Gärten eingeteilt ist. Er mag vielleicht fünfzehn Schritte

breit sein. Die linke Seite sollte es sein, sie dreht sich nach links.
Genau in diesem Moment kracht ein Schuss, er kommt irgendwo von oben her und trifft Candy in den Rücken. Sie schreit laut auf und stürzt zu Boden. „Gordon, hilf mir!"
Gordon Batcher stürzt die letzten Schritte aus dem dunklen Tunnel auf sie zu. Um sie zu schützen, beugt er sich über sie, da fällt ein zweiter Schuss - er trifft seinen Arm. Er beißt die Zähne zusammen, fasst beide Arme von Candice und zieht sie, unter Schmerzen in seinem rechten Arm, ein paar Schritte in den schützenden Tunnel hinein.
„Candice! Kannst du sprechen?", ruft er sie an. Doch Candice spuckt schaumiges Blut, die Augen weit offen, sie atmet noch, ist aber bewusstlos. Gordon dreht sie vorsichtig auf die Seite, damit sie nicht ihr eigenes Blut schlucken muss und womöglich daran erstickt.
Ein dunkler Fleck entsteht auf dem Rückenteil ihrer maßgeschneiderten Jacke. Gordon fühlt Blut an seinem rechten Oberarm herunterlaufen, es tropft auf den Bürgersteig.
Gordon läuft so schnell, wie es seine Verletzung zulässt, durch den Tunnel zurück und die 138. Straße hinauf. Er hastet in den ersten Hauseingang und drückt bei allen erreichbaren Türen auf die Klingel. Eine Tür wird fast sofort geöffnet, zwei weitere einen Moment später. Gordon sieht in das ängstliche Gesicht der Bewohnerin in der eben geöffneten Tür. „Haben Sie ein Telefon? Wir brauchen einen Arzt!"
Die alte Frau schüttelt zaghaft ihren Kopf, da hört Gordon hinter sich eine Stimme.
„Wir haben ein Telefon, wohin soll der Rettungswagen kommen?"
Gordon dreht sich um, beinahe wäre er dabei gestürzt, der Blutverlust hat ihn geschwächt. Mit brüchig werdender Stimme sagt er: „Es ist gleich hier hinter dem Tunnel, schnell! Eine Frau und ich haben eine Schussverletzung!"

Die Tür schließt sich, Gordon fühlt seine Kräfte schwinden und sinkt an der Wand des Flures hinunter.

Der Krankenwagen fährt mit laut jaulendem Horn und rotem Alarmlicht zum Presbyterianischen Hospital. Er befördert zwei Schwerverletzte, die Eile ist angebracht.

Im Krankenhaus

Mike Callaghan sitzt in der Penthousewohnung und lauscht dem Radio. Immer wieder sieht er auf die Uhr, allmählich wird er unruhig. Das Treffen mit diesem Henry Byrnes sollte um 6:00 sein, jetzt ist es schon nach 9:00. Eigentlich sollte Candice schon lange zurück sein. Sein untrügliches Gefühl für Gefahr hat ihn anscheinend doch nicht getäuscht. An diesem Treffen war etwas oberfaul. Nervös geht er in dem großen Wohnzimmer hin und her. Es scheint ihr etwas passiert zu sein, auch von Gordon ist nichts zu hören.

Es ist inzwischen fast Mitternacht, noch immer hat er keine Nachricht von Candy: Jetzt muss etwas passieren! Doch wo soll er anfangen? Vielleicht sind die beiden in einen Verkehrsunfall verwickelt worden? Nein, es war wohl eher ein Hinterhalt, ihm kam dieses merkwürdige Treffen von Anfang an verdächtig vor. Wo war es noch, was hatte sie ihm erzählt? Verdammt! Es fällt ihm schwer, sich zu konzentrieren.

Jetzt erinnert er sich, es war in der 138. Straße West. Wenn er sich richtig entsinnt, ist es der Bezirk des 30. Polizeireviers. Er nimmt sich das New Yorker Telefonbuch, unter dem Precinct 30 findet er die Telefonnummer.

„Precinct 30, Police-Sergeant Brown", erklingt eine Stimme an sein Ohr, so monoton wie eine Zeitansage.

„Hören Sie, mein Name ist Mike Callaghan, ich vermisse meine Partnerin!" Mike muss sich beherrschen, den Poli-

zisten nicht anzuschreien. „Sie ist wahrscheinlich in der 138. Straße West zuletzt gesehen worden, liegt eine Meldung in diesem Bezirk in der Zeit zwischen 6 und 7 Uhr vom vergangenen Abend vor?"
„Ich kann mich an eine Nachricht von der Spätschicht erinnern, da ist etwas gewesen… wenn Sie sich einen kleinen Moment gedulden würden?"
Was soll er sonst machen? Zwei lange Minuten später meldet sich der Polizist wieder. „Hören Sie?"
„Ja, ich bin noch am Apparat."
„Im Schichtbuch ist eine Eintragung von 6:17 p.m., danach gab es in der 138. Straße Nr. 644 eine Schießerei. Zwei Personen mit Schussverletzungen sind vom Rettungsdienst zum Presbyterianischen Krankenhaus gebracht worden."
Oh Gott! Mikes Herz klopft bis zum Hals, er traut sich kaum zu fragen. „Hat es auch Tote gegeben?"
„Nein, Sir, davon ist hier nichts vermerkt."
Mike bedankt sich und legt auf, in seinem Kopf arbeitet es. Er muss unbedingt wissen, ob sie noch lebt! Gordon ist möglicherweise auch unter den Verletzten. Und was ist mit ihrem Kind? Hat sie es vielleicht verloren? Sein Herz krampft sich bei dem Gedanken an diese Möglichkeit zusammen. Er muss jetzt etwas tun, irgendetwas, auch wenn es schon fast Mitternacht ist. Er geht zum Telefon und bestellt sich ein Taxi.
Das gelbe Fahrzeug steht schon unten an der Straße, als er auf den Bürgersteig tritt. „Zum Presbyterianischen Krankenhaus bitte, das ist in…"
Der Taxifahrer unterbricht ihn und lächelt trotz der späten Stunde. „Danke, Sir, die Adressen der Krankenhäuser in Manhattan habe ich alle im Kopf", dann startet er seinen Wagen.
Das Krankenhaus liegt am nördlichen Ende der Stadt, es ist ein ganzes Stück zu fahren. Mike geht es nicht schnell genug, er malt sich während der Fahrt die schrecklichsten Szenarien aus. Hat sie das Kind verloren? Wird sie behin-

dert bleiben, auch wenn sie überleben sollte? Hätte er sie doch begleitet oder ihr diese Verabredung gleich ausgeredet, hinterher ist man immer weiser. Mike atmet schwer ein und aus. Um das Maß voll zu machen, hat er leichtfertig ihren Mitarbeiter dieser Gefahr ausgesetzt. Ob er mit dem Leben davon kommen wird, ist ebenso unklar wie bei seinem Schatz.

Nach einer ewig erscheinenden Zeit erreicht das Taxi das Hospital, es ist ein riesiger Komplex, der sich zwischen dem Hudson und dem Broadway und zwischen der 165. und 168. Straße erstreckt. Mit zum Teil hell erleuchteten Fenstern erheben sich die zehnstöckigen Gebäude in den Nachthimmel über New York.

„Soll ich hier auf Sie warten?", reißt ihn der Taxifahrer in die Wirklichkeit zurück.

„Äh, nein danke, ich denke, ich werde etwas länger brauchen."

Mike springt die drei Stufen zum Eingang hinauf und passiert rasch die Tür. Trotz der späten Nacht ist hier keine Ruhe. Der Ruf aus einem Lautsprecher hallt über die Flure. Der Tresen der Information ist wegen der späten Stunde verwaist, nur die Krankenschwester der Nachtschicht hält hier die Stellung. Als Mike vor dem Tisch steht, fragt sie „Was kann ich für sie tun, Sir?"

„Ich suche meine Verlobte, sie und ein Begleiter sind möglicherweise etwa um 6:30 gestern Abend hier mit einer Schussverletzung eingeliefert worden."

Die Schwester blättert in einem Buch, dann sieht sie wieder hoch. „Das ist richtig, Candice Evans und Gordon Batcher."

Mikes Herz macht einen kleinen Sprung, endlich, eine Nachricht! „Kann ich sie jetzt sehen?"

Sie schüttelt den Kopf. „Wo denken Sie hin, es ist mitten in der Nacht. Ich kann Ihnen die Zimmernummer aufschreiben, dann können Sie morgen wiederkommen". Sie

greift nach einem kleinen Zettel und schreibt zwei Nummern auf.
Für Mike ist das viel zu spät, diese Ungewissheit hält er unmöglich bis morgen aus. „Können Sie mir irgendetwas sagen? Lebt meine Freundin noch? Und mein Mitarbeiter? Bitte!", setzt er noch nach.
„Also gut, ich will mal sehen, ob ich jemanden erreichen kann, sie haben Glück, es ist gerade etwas Ruhe eingekehrt", sie greift zum Telefon. Sie spricht, legt auf, wählt noch einmal und spricht mit einer weiteren Person. Dann legt sie auf und schiebt das Telefon beiseite. „Sir? Ich habe eben mit den beiden Stationen gesprochen. Beide Personen sind heute noch operiert worden und in einem der Lage entsprechendem Zustand", sie sieht in Mikes erschrockenes Gesicht und lächelt ihn an. „Wir haben Erfahrung mit Schussverletzungen, ihrer Freundin und ihrem Kollegen geht es sicher bald besser."
„Vielen Dank! Ab wann darf ich morgen wieder hier sein?"
„Die Besuchszeiten sind von 10:00 bis 12:00 Uhr und am Abend von 5:00 bis 7:00."
Mike bedankt sich und geht mit schwerem Kopf zum Ausgang. Die Nachricht war zwar nicht direkt negativ, aber eigentlich wenig aussagekräftig.
Es ist fast 2 Uhr in der Nacht, als er wieder zurück ist. Mike legt sich, so wie er ist, auf sein Bett und schläft vor Erschöpfung ein, wacht aber immer wieder auf und liegt eine Weile schlaflos da.
Mit brummendem Schädel betritt er am Morgen als letzter die Detektei, das ist ungewöhnlich, meistens ist er der Erste. Jesaja unterhält sich gerade mit Janet in ihrem Büro.
„Hallo Chef, guten Morgen", begrüßt ihn Jesaja fröhlich. Janet will auch gerade einen Gruß loswerden, da bemerken sie beide, dass Mike nicht bei der Sache ist und übernächtigt aussieht.
„Ist etwas, Mike?", erkundigt sich die Sekretärin.

Er nickt und erzählt, was er weiß: Candice und Gordon sind offensichtlich beide angeschossen worden, sie wurden operiert und leben noch. Er will gleich zum Krankenhaus fahren und sehen, wie es den beiden geht.

„Oh nein, wie furchtbar!", ruft Janet aus, auch Jesaja macht ein erschrockenes Gesicht. „Ich komme mit zum Krankenhaus!", ruft Janet und springt auf, doch Mike bremst ihren Eifer.

„Das ist nett gemeint, Janet, aber ich möchte Candice zuerst alleine sehen. Wer weiß, wie es ihr geht. Wenn sie kräftig genug ist, um Besuch zu empfangen, fahren wir alle zusammen hin."

Es gibt noch andere drängende Aufgaben. Mike telefoniert mit Joseph Ripley. „Hallo Joe, wann hast du mal Zeit für mich? Ich habe dir ein paar interessante Dinge zu erzählen."

„Schön, von dir zu hören, Mike. Weißt du was? Komm doch heute Abend in das Lokal hier bei uns an der Ecke, in der 3rd Avenue."

„Das klingt gut, aber ich weiß im Moment nicht ganz sicher, ob ich heute Zeit dazu haben werde." Er erzählt dem staunenden Lieutenant von dem Attentat auf Candice und seinen Mitarbeiter.

„Wie bitte? Das ist ja unfassbar! Wer schießt denn auf offener Straße auf Candy? Hoffentlich überleben es die beiden!"

„Das hoffe ich auch" antwortet Mike bedrückt, „Ich kann mich nur mit dir treffen, wenn ich dann nicht im Hospital bin. Im Moment sieht es aber so aus, als wenn es klappen sollte, ich werde die Besuchszeit am Vormittag nutzen."

„Das verstehe ich. Melde dich doch bis zum Abend bei mir, wenn es nicht passt. Ich möchte auf jeden Fall wissen, wie es den beiden geht, und was genau passiert ist." Joe Ripley ist ehrlich besorgt.

„Natürlich", antwortet Mike bedrückt, „du hörst von mir."

Der nächste Anruf gilt Patrick Mulligan bei der New York Post. Er ist seit Mikes erstem Fall ein guter Freund und unermüdlicher Ratgeber. „Guten Morgen, Pat, hier ist Mike."
„Mike, altes Haus! Immer, wenn du bei mir anrufst, springt eine tolle Story für mich dabei raus. Was hast du denn dieses Mal?"
„Candice ist angeschossen worden, sie und ein Mitarbeiter unserer Detektei sind angeschossen worden."
Der Zeitungsmann ist entsetzt. „Um Gottes Willen, Mike! Hat man den Täter schon gefasst?"
„Darum rufe ich bei dir an. Ich befürchte, dass der Täter einen weiteren Versuch unternehmen könnte, wenn er bemerkt, dass sein Opfer noch lebt. Deshalb bitte ich dich, eine Nachricht zu lancieren, in der der Tod meiner Partnerin erwähnt wird. Etwa: »*Das zweite Model des Fortune Verlages ermordet!* « Das klingt doch gut, oder? Das musst du natürlich in der Form mit der Chefin des Verlages, Miss Sarah Escott, abstimmen."
„Du hast recht, das sieht für den Verlag nicht gut aus, aber als Geschichte ist es ein echtes Highlight."
„Eben, das dachte ich mir auch. Ich werde gleich Miss Escott anrufen und sie informieren. Ich ahne, wer der Täter ist, sobald er gefasst ist, bekommst du eine weitere Story."
„Ja! Mit einem großen Bild von Candice!"
„Untersteh dich! Sie hasst es, wenn von ihr viel Aufhebens gemacht wird." Patrick lacht, wird dann aber wieder ernst. „Ich wünsche dir viel Erfolg und Candy und eurem Mitarbeiter gute Besserung, ja? Grüß bitte beide von mir!"

Mike sitzt an seinem Schreibtisch und überlegt einen Moment. Er ruft im Verlag der Fortune an, unter der Nummer von Sarah Escott meldet sich ihre Sekretärin.
„Burdon, am Apparat von Miss Escott."

„Guten Morgen, Mrs. Burdon, ist Miss Escott nicht im Haus?"
„Doch, sie ist in einer Besprechung."
„Sie möchte mich doch bitte anrufen, es ist wichtig."
„Okay, ich hinterlasse ihr eine Nachricht."

Eine halbe Stunde später klingelt Mikes Telefon. „Guten Morgen, Mr. Callaghan, ich sollte Sie zurückrufen?"
„Ja, Miss Escott. Auf Candice und einen unserer Mitarbeiter ist ein Attentat verübt worden."
Am anderen Ende der Leitung ist einen Moment Stille, dann die Frage: „Wie geht es den beiden?"
„Sie leben, es geht ihnen den Umständen entsprechend. Sie und einer unserer Mitarbeiter, Gordon Batcher, liegen im Presbyterianischen Krankhaus und sind operiert worden, ich werde sie gleich besuchen. Der Grund meines Anrufes ist der: Patrick Mulligan von der New York Post wird sich bei Ihnen melden. Ich habe ihn gebeten, eine Zeitungsnotiz zu verfassen, in der ein weiterer Mord eines ihrer Models erwähnt wird, ich möchte, dass der Attentäter glaubt, er hätte Erfolg gehabt."
„Das erscheint sinnvoll, wenn auch makaber. Sie haben natürlich meine volle Unterstützung, obwohl es im Moment so aussieht, als wenn meine Models ein gefährliches Leben führen. Grüßen Sie bitte ihre Verlobte, es sieht wohl so aus, als wenn ihr Auftritt bei uns damit beendet ist."
„Danke, ihre Wünsche werde ich ausrichten. Ja, ich denke auch, dass sie nicht wiederkommen wird. Zum einen wird ihre Genesung wohl noch dauern, zum anderen werden wir den Täter hoffentlich bald festnehmen können." Doch dann fällt Mike noch etwas ein." „Miss Escott?"
„Ja, was gibt es noch?"
„Wir glauben, dass alle drei Fälle zusammenhängen: Der Tod von Lana Miller, der Einbruch in Ihren Safe und das Attentat auf meine Verlobte. Deshalb könnte es hilfreich

sein, wenn Sie alle Personen auflisten, die wissen könnten, dass in Ihrer Wohnung ein Safe steht."
„Das ist eine gute Idee, ich werde die Liste noch heute Abend erstellen, Sie können sie sich dann morgen hier abholen, entweder direkt bei mir oder bei meiner Sekretärin."

Nun hält es Mike nicht länger im Büro aus. Er will jetzt endlich wissen, wie es Candice geht. Was ist mit ihrem gemeinsamen Kind? Er darf gar nicht daran denken, dass sie es vielleicht verloren haben könnte. Er ruft sich ein Taxi.
Es sind fünf Meilen bis zum Krankenhaus, die Fahrt über den Henry Hudson Parkway geht recht flott, sodass Mike das Hospital in zwanzig Minuten erreicht. Mit großen Schritten eilt er den Eingang hinauf. Die Zimmernummer hat er sich eingeprägt, Candice liegt im dritten Stock. Vor dem Fahrstuhl stehen ein paar Besucher und warten in einer kleinen Schlange, sodass er ins Treppenhaus geht und die Stufen im Laufschritt nimmt. Atemlos erreicht er die Station und meldet sich bei der Schwester.
„Ja, Miss Evans ist hier, Sie hat ein Privatzimmer. Professor Brewster ist gerade bei ihr. Wenn Sie einen Moment warten mögen?"
Mike platzt vor Ungeduld. Er eilt auf den Flur und stellt sich neben die Tür ihres Krankenzimmers. Manchmal ist es doch von Vorteil, reich zu sein, sie hat ein Einzelzimmer und Betreuung durch den Chefarzt, das ist für die meisten New Yorker unbezahlbar.
Die Tür öffnet sich, ein Mann in weißem Kittel kommt heraus. Er ist groß und hat noch volles Haar, das seinen Kopf wie eine weiße Kappe bedeckt. „Professor Brewster?"
„Sie wünschen bitte?"
„Ihre Patientin ist meine Verlobte, wie geht es ihr?"

Professor Brewster schmunzelt. „Ihrer Verlobten und dem werdenden Kind geht es gut, wenn man die Umstände bedenkt. Sie muss sich noch schonen, gehen sie vorsichtig mit ihr um."
„Was ist denn passiert?"
„Ja, junger Mann, sie hat viel Glück gehabt. Ein Schuss hat sie von hinten in den Lobus pulmonis dextri, also in den rechten Lungenflügel, getroffen. Die Kugel ist an einer vorderen Rippe steckengeblieben. Sie hatte viel Blut verloren und ist in letzter Minute hier angekommen. Wir haben das Projektil entfernt und die Arterien genäht, nun ist sie auf dem Wege der Besserung."
Nun hält es Mike nicht mehr. Er bedankt sich bei dem Arzt und öffnet leise die Tür. Das Zimmer ist etwas abgedunkelt. Sein Herz verkrampft sich unwillkürlich, als er Candice im Bett liegen sieht. Ihre blonden Haare rahmen ein Gesicht ein, das fast so weiß ist, wie das Bettzeug, in dem sie liegt. Ihre Augen sind geschlossen. Vorsichtig setzt er sich auf den Stuhl neben dem Bett und beugt sich zu ihr hinunter. Ihre Augen sind geschlossen und sie atmet schwach, offenbar wirkt die Narkose noch nach.
„Candy?", fragt er leise. Und noch einmal: „Candy?"
Sie schlägt die Augen auf und sieht ihn an. Ihre Augen leuchten, zum Lächeln fehlt die Kraft. Mike ist überglücklich, er greift nach ihrer Hand und drückt sie zart. „Kannst du sprechen, wie geht es dir?"
Unmerklich bewegt sie ihren Kopf hin und her.
„Du Arme! Konntest du den Täter erkennen?"
Wieder schüttelt sie kaum erkennbar den Kopf. Er erzählt ihr, dass er mit Patrick Mulligan gesprochen hat. Während er spricht, fühlt er ihre Hand schlaff werden, sie ist eingeschlafen. Leise steht Mike auf und verlässt das Krankenzimmer.
Er sieht auf den kleinen Zettel, den er letzte Nacht von der Schwester am Eingang erhalten hat. Gordon Batcher liegt zwei Stockwerke höher, wieder saust Mike die Treppen

hinauf. Zimmer 514 ist ein Zimmer mit zehn Betten, Gordon liegt im zweiten Bett in der Nähe des Fensters. Er ist wach und sieht Mike hereinkommen. Sein rechter Arm ist mit einem dicken Verband umgeben. Mike setzt sich zu ihm auf das Bett. „Wie geht es dir?"
„Danke, wieder recht gut. Viel wichtiger: Wie geht es Candice?"
„Danke, dass du fragst. Sie lebt, ist aber noch sehr schwach. Nun erzähl doch mal, wie ist es denn passiert?"
Gordon beschreibt den Ablauf in allen Einzelheiten. Seinen eigenen Einsatz zum Schutz von Candice streift er mit knappen Worten, aber Mike denkt sich seinen Teil. Er erkennt, dass Candy nur lebt, weil er sie so beherzt unter Lebensgefahr aus der Schusslinie gezogen hat und sich sofort um einen Krankenwagen bemüht hat. „Weiß deine Freundin, was dir passiert ist?"
„Nein, sie wird mich schon vermissen."
„Ich werde sie sofort anrufen, sobald ich zurück bin, sie arbeitet um die Zeit noch in Harpers Market, oder?"
Gordon nickt, „Ja, stimmt, das wäre sehr nett."
Mike zeigt auf Gordons Arm. „Sag mal, was ist dir eigentlich passiert?"
„Ich habe einen Durchschuss durch den Oberarm. Der Knochen ist unversehrt, die Arterie war getroffen worden, deshalb der hohe Blutverlust."
„Dann hat auch dein Leben nur an einem Faden gehangen."
Gordon winkt mit dem gesunden Arm ab. „Ich bin froh, dass die Bewohner an der Straße so schnell reagiert haben, sonst hätte es sehr schlecht für Candice und mich ausgesehen."

Auf dem Weg zurück in die Detektei denkt Mike über den Fall nach. Es gibt eine ganze Menge Punkte, die er heute Abend mit Lieutenant Ripley besprechen möchte. In Gedanken macht er schon mal eine Zusammenfassung, während der Taxifahrer routiniert seinen Weg durch den dichten Verkehr findet. Mike hat kaum die Detektei betreten, da kommt Janet aus ihrem Büro gelaufen und sieht ihn mit großen Augen an.

„Mike, erzähl! Wie geht es Candice und Gordon?"
Mike berichtet von seinem Besuch. Janet schlägt ein ums andere Mal die Hand vor den Mund.
„Oh nein! Stell dir nur vor, sein Vorhaben wäre dem Schützen geglückt! Was werden wir jetzt tun?"
„Das ist Sache der Polizei, ich gedenke aber nicht, mich zurückzuhalten."
Jesaja kommt von draußen herein. Er stellt sich dazu und fragt nach dem Zustand der beiden Verletzten.
„Gordon ist schon wieder recht fit, bei Candice wird es noch eine Weile dauern. Ich schlage vor, mit einem Besuch bei ihr noch ein paar Tage zu warten."
Seine beiden Angestellten nicken. Janet notiert sich die Zimmernummern und die Telefonnummern auf den Stationen.

Mike ruft bei Annie auf dem Landsitz in Long Island an, um auch sie über das Attentat auf Candice zu informieren. Doch Annie ist nicht zu erreichen.
„Die gnädige Frau ist zu einer Sitzung im Büro in Manhattan. Wann Sie zurück sein wird, kann ich Ihnen nicht sagen."
„Richten Sie ihr bitte aus, dass sie mich, oder unsere Sekretärin anrufen möchte, es ist sehr wichtig."
Anschließend ruft Mike, wie versprochen, bei Gordons Freundin im Supermarkt an. Als sie in der Leitung ist, erklärt er ihr, was passiert ist. „Oh! Das ist ja furchtbar! Ich hätte nicht gedacht, dass Gordons Arbeit so gefährlich sein kann. Ich werde ihn besuchen, sobald ich frei habe, vielen Dank für den Anruf." Mike verabschiedet sich und legt auf. Es ist schon gut zu wissen, dass da jemand ist, dem es

nicht egal ist, was mit Gordon passiert, das gibt ihm Stabilität für seinen Kampf gegen den verdammten Alkohol.

Der Anruf von Annie kommt am Abend, kurz bevor Mike das Büro verlassen wollte.
„Mike, was gibt es denn Wichtiges?"
Mike bringt Candys Schwester vorsichtig bei, was passiert ist. Annie ist merklich erschüttert. Sie hat immer befürchtet, dass diese Arbeit als Detektivin gefährlich sein könnte, auf diese Bestätigung ihrer Vermutungen hätte sie gerne verzichtet.
„Wie konnte das passieren? Ist Candy allein unterwegs gewesen? Was ist mit dem Kind? Ich hab doch gewusst, dass sowas eines Tages passieren würde! Ich habe mir gleich gedacht, dass dieses Hirngespinst von einer Detektei gefährlich werden wird! Konntest du nicht besser auf sie aufpassen?" Annie schluchzt laut auf.
Mike lässt Annies Ausbruch über sich ergehen, sie hat allen Grund dazu. Alles was sie sagt, hat er sich selbst seit gestern Nacht schon tausendmal gesagt.
„Ich kann deinen Zorn verstehen Annie, ich hätte nie zulassen dürfen, dass sie sich mit diesem Mann verabredet, auch wenn Gordon dabei war. Einen gezielten Schuss aus der Ferne konnte auch er nicht voraussehen."
Mike hört Annie weinen, dann fragt sie leise: „Ist euer Mitarbeiter auch verletzt?"
„Ja, er hat eine Schussverletzung am Arm, die stark geblutet hat. Er hat Candy aber in Sicherheit gebracht und Hilfe geholt."
Annie atmet jetzt hörbar aus. „Ach Mike, tut mir leid, ich wollte dir nicht die Schuld geben, aber Candy ist meine kleine Schwester, ich habe immer schon auf sie aufgepasst."
Mike fühlt sich schuldig, ein wenig hat Annie auch recht. Er hätte darauf bestehen sollen, dass Candice nicht zu dieser verdächtigen Verabredung geht.

„Du kannst dir nicht vorstellen, was ich mir schon für Vorwürfe gemacht habe. Jede Sekunde denke ich daran."
Schon gut", Annie ist ein wenig besänftigt. „Was ist mit dem Kind? Wie geht es ihm?"
„Da ist alles in Ordnung, Gottseidank. Am besten ist es, wenn du sie morgen besuchst, dann kann sie vielleicht schon wieder sprechen."
„Morgen?", ruft Annie in das Telefon. „Ich fahre da sofort hin! Ich will wissen, wie es ihr geht."
„Um die Zeit lassen sie dich vielleicht nicht zu ihr", gibt Mike zu bedenken.
„Das werden wir ja sehen! Ich kenne den Vorsitzenden vom Aufsichtsrat, zur Not kaufe ich das Krankenhaus!", Annie schäumt am Ende der Leitung.
Trotz des ernsten Anlasses muss Mike doch schmunzeln. Annie hat das gleiche leidenschaftliche Temperament wie ihre Schwester. Das ist nicht immer einfach, es belebt aber ihre Beziehung.
Annies Aufregung lässt allmählich nach. „Ich werde es bei der nächsten Gelegenheit auch Ernest erzählen. Ich werde ihn heute Abend anrufen, er ist diese Woche in Buffalo. Danke, dass du mich angerufen hast, das ist dir bestimmt nicht leicht gefallen."

Am Abend fährt Mike zum Treffpunkt mit dem Detective vom 19. Revier, ein kleiner Pub an der 3. Avenue. Mike kommt vor Joseph Ripley an. Die Kneipe sieht aus, wie viele Kneipen dieser Art, ähnlich wie der Grey Dog. Seine Pokerrunde fällt ihm ein, das vorige Mal waren sie nur zu dritt, da Willy Spätschicht hatte, am Montag in der nächsten Woche ist der nächste Termin, auch dann werden sie wieder nur zu dritt sein, da Gordon dieses und auch sicher das nächste Mal ausfallen wird.
Mike hat sich schon mal ein Bier bestellt. Nun sitzt er da, zieht an einer John Player und hängt seinen Gedanken nach, die immer wieder um Candy und das werdende Kind

kreisen. Was für ein Glück, dass sie es nicht verloren hat. Das wäre durchaus möglich gewesen. Sie ist eben doch zäher, als ihre zierliche Erscheinung vermuten lässt.

Joseph Ripley kommt herein, sieht Mike und setzt sich zu ihm an den Tisch. „Tut mir leid, eben war noch ein bisschen Wirbel auf dem Revier. Aber das Wichtigste zuerst: Wie geht es deiner Freundin und eurem Mitarbeiter?"
„Den Umständen entsprechend, wie man so häufig, aber nichtssagend hört. Candice ist noch sehr schwach, Gordon Batcher hat es nicht so schwer getroffen."
„Na, gottlob, immerhin leben sie beide."
Und das werdende Kind, denkt Mike, aber das muss Joseph Ripley noch nicht wissen. Stattdessen fragt er: „Was macht der Mordfall Lana Miller? Euren Hauptverdächtigten musstet ihr ja wieder laufen lassen."
„Ja, das ist natürlich eine Schlappe für die Polizei, obwohl mein Bauchgefühl gleich dieser Ansicht war."
„Ihr sollet euch vielleicht Detectives mit mehr Bauch suchen", sagt Mike mit einer Anspielung auf die schlanke, fast mager zu nennende Figur von Lieutenant Ripley.
„Wenn ich dich so ansehe, kannst du auch nicht viel Bauchgefühl haben!", sie lachen beide und prosten sich mit dem Glas Bier zu. „Aber im Ernst", setzt Joseph Ripley das Gespräch fort, „wir tappen völlig im Dunkeln. Die Befragung der Hausbewohner hat nichts ergeben, die Untersuchung von Lana Millers Umfeld hat keinerlei Personen mit auch nur dem kleinsten Motiv zu Tage gefördert."
„Das habe ich befürchtet, ich bin mir aber sicher, dass der Anschlag auf meine Verlobte von der gleichen Person durchgeführt worden ist."
„Aha, du meinst, sie hat bei ihren Recherchen im Verlag etwas entdeckt, was mit dem Mord an Lana Miller zusammenhängt?"

„Ja, davon bin ich überzeugt. Es ist aber weniger der Mord an dem Model, als der Aufbruch des Geldschrankes von Sarah Escott."
„In der Sache sind wir auch noch kein Stück weiter gekommen. Die Täter haben keine verwertbaren Spuren hinterlassen, sie scheinen Handschuhe verwendet zu haben. Kein Mensch hat irgendetwas bemerkt, obwohl der Bohrer einen ziemlichen Lärm gemacht haben muss."
Mike erzählt dem Kollegen von der Polizei von seiner Beobachtung mit dem Fahrstuhl. Während er spricht, werden die Augen des Detektives immer größer.
„Du hast sicher recht, Lana Miller war demnach nur ein Zufallsopfer. Der oder die Täter, die den Geldschrank aufgebrochen haben, sind bestimmt auch für den Mord vor drei Wochen verantwortlich", bestätigt Joseph Ripley Mikes Vermutung. „Das muss man sich mal vorstellen: Nur eine dumme Verwechslung!"
„So stelle ich mir das vor. Deshalb müsst ihr mehr Arbeit in die Lösung des aufgebrochenen Safes stecken, dann löst ihr gleich alle drei Fälle. In dem Zusammenhang sehe ich auch das Attentat auf Candice. Hast du einen Draht zu den Kollegen vom 30. Revier? Mich interessiert, ob irgendwelche Spuren wie Patronenhülsen, Fußspuren und so weiter, gesichert werden konnten."
„Das ist kein Problem, ich werde mich gleich morgen mit meinem Kollegen in Verbindung setzen. Wenn du recht hast, lösen wir alle Fälle auf einmal."
Mike grinst Joseph Ripley an. „Du musst mir aber nicht danken. Ich helfe meinen Kollegen von der Polizei immer gerne."
„Du brauchst nicht gleich überzuschnappen, nur weil du einmal eine gute Idee gehabt hast!"
„Apropos gute Idee, ich habe Sarah Escott, die Besitzerin des Safes gefragt, ob sie mir nicht eine Liste aller Personen anfertigen kann, die von der Existenz ihres Safes wissen konnten. Ich werde sie mir morgen bei ihr abholen, bei der

Gelegenheit kann ich dir eine Abschrift zukommen lassen."
„Mensch, Mike, das wäre toll! Das könnte uns einen guten Schritt vorwärts bringen. Ich wollte das selbst noch veranlassen, nun bist du mir zuvor gekommen."
„Aber mal etwas ganz anderes. Joe, möchtest du zu unserer Hochzeitsfeier kommen? Deine Frau ist natürlich auch willkommen. Der Termin ist am 1. August, das ist ein Sonntag, er könnte sich nur dann noch ändern, wenn bei Candice' Heilung Komplikationen eintreten. Eigentlich sollte es vier Wochen früher sein, dann kam dieses Attentat dazwischen."
„Mensch, Mike. Das freut mich für dich, ganz ehrlich. Dann lerne ich endlich deine Freundin, beziehungsweise Frau kennen. Man munkelt, sie wäre die schönste Detektivin in Manhattan."
„Lass sie das bloß nicht hören, sie mag diesen Kult um Äußerlichkeiten nicht. Auf jeden Fall ist sie die jüngste Detektivin in New York."
„Alle Achtung, dafür macht sie ihren Job aber ausgezeichnet!"
Der Abend dauert noch lange, schließlich gibt es bei Mike niemanden, der in ihrer Penthousewohnung auf ihn wartet. Mit Grausen denkt er an die vielen Tage und Nächte, die er ab jetzt ohne Candy verbringen muss. Jetzt liegt sie in ihrem Bett im Krankenhaus, auch ganz alleine und hat womöglich Schmerzen.

Am nächsten Abend, Tag zwei nach dem Attentat, ist Henry Byrnes wieder bei seinen Kameraden, es gibt eine Menge zu berichten. Aufgeregt zeigt ihm Arthur das viele Geld. „Wir haben es gestern noch gezählt, es sind etwas über dreißigtausend Dollar!" Henry Byrnes pfeift durch die Zähne. „Nicht übel!"

„Der Schmuck ist noch mindestens genauso viel wert, den können wir aber vorerst nicht zu Geld machen", ergänzt William Goddon. „Und, Henry, wie ist es dir ergangen?"
Henry Byrnes legt polternd die Tasche mit der Pistole auf den Tisch. „Ich war auch erfolgreich. Die Blonde wird uns jetzt nicht mehr gefährlich."
„Das stimmt, ich habe es heute Morgen in der Zeitung gelesen", bestätigt ihn William Goddon. „Die Polizei tappt noch im Dunkeln. Die Untersuchungen befinden sich noch am Anfang, hat es dort geheißen. Ich kenne das. Wenn die es so formulieren, heißt es nur, dass sie nichts in der Hand haben."
„Was willst du jetzt mit deiner Pistole machen? Willst du sie wegwerfen?"
Henry Byrnes schüttelt seinen Kopf. „Sie hat mir manches Mal in Frankreich das Leben gerettet, ich hänge irgendwie an dem Stück Eisen."
„Du spinnst!", lässt ihn William wissen, „das ist doch viel zu riskant! Es sei denn.... man wüsste ein gutes Versteck - ich weiß, was wir damit machen!"
„Ja?"
„Ich lasse sie in meinem Altöltank verschwinden, genauso wie den Schmuck. Dann können wir alles später wieder hervorholen."
„Bist du sicher, dass dort niemand nachsieht?"
„Totsicher! Jeder scheut sich davor, in diesem schwarzen, stinkenden Öl herum zu suchen."
Und so geschieht es. Beruhigt sieht Henry, wie Bill mit seiner Waffe in der Grube der Werkstatt verschwindet.
„Jetzt sollten wir aber das Geld aufteilen!", Arthur will jetzt endlich die Früchte ihrer Arbeit genießen.
„Gut!" Henry Byrnes geht es jetzt zu schnell, aber was soll er machen. „Ihr müsst mir versprechen, dass ihr es nicht zum Fenster hinaus werft. Das ist nämlich genau das, was anderen Dieben schon zum Verhängnis geworden ist."

„Ja, ja!", brummen seine Kameraden. Für jeden der Männer sind es knapp zehntausend Dollar, das ist mehr, als ein Jahresgehalt für manch anderen.

Als Mike am nächsten Morgen in der Detektei ankommt, ruft er Jesaja Milton zu sich. „Jesaja, ich habe eine wichtige, aber möglicherweise langweilige Aufgabe für dich."
„Nur zu, Boss, du weißt, ich bin zu allem bereit."
„Ich habe in der Presse verbreiten lassen, dass Candice tot ist. Wenn das der Attentäter besser weiß, könnte der Verbrecher versuchen, im Krankenhaus sein Vorhaben zu Ende zu bringen. Sie liegt allein auf dem Zimmer, das scheint leider möglich zu sein."
„Und was kann ich dabei tun?"
„Ich bitte dich, in den nächsten Tagen bei Candice zu wachen. Wie wir nachts vorgehen, muss ich mir noch überlegen. In der Nacht halte ich die Wahrscheinlichkeit eines Angriffes für geringer, da im Krankenhaus Unbekannte schneller auffallen, wenn sie dort umherschleichen. Am besten ist es, wenn du gleich mit mir kommst. Musst du dir noch etwas besorgen?"
„Die arme Miss! Ich passe gerne auf sie auf. Keine Sorge, es wird mir nicht langweilig werden, wenn doch, halte ich die Krankenschwestern von der Arbeit ab."
Mike lächelt über seinen Mitarbeiter. Er hat ein charmantes Lächeln und ist ein charismatischer Erzähler, er wird sicher schnell die Krankenschwestern auf seiner Seite haben.

Sofort nach Beginn der Besuchszeit ist Mike bei Candy am Krankenbett. Jesaja wollte noch einen Moment auf dem Flur warten, um den beiden ein paar Minuten der Gemeinsamkeit zu ermöglichen.
Candice sieht heute schon viel besser aus. Sie lächelt, als sie ihn hereinkommen sieht. „Hallo, Mike, mein Liebling",

sie kann wieder sprechen, wenn auch mit ganz leiser Stimme.
„Wie geht es dir heute, schon besser?"
„Ja, danke. Ich habe heute Morgen schon gegessen."
Die Tür geht auf und Annie kommt herein. Sie stürzt auf ihre Schwester zu und ergreift ihre Hand. „Meine arme Candice, wie geht es dir heute?"
Mit einem Lächeln beobachtet Mike die beiden Frauen. „Ich werde jetzt Gordon besuchen, ich komme später wieder", lässt Mike die Schwestern wissen.

Gordon Batcher sitzt im Bett und liest eine Zeitung. „Mike, wie schön, dass du kommst."
Mike sieht sich im Zimmer um. Von den zehn Betten sind bis auf eines alle belegt. „Du brauchst hier doch keine Langeweile zu haben? Ist hier niemand, mit dem du dich unterhalten kannst?"
Gordon schüttelt den Kopf. „So ergiebig sind die Gespräche nicht, die ich hier führen kann. Wie geht es Candice? Ich darf wahrscheinlich erst morgen aufstehen, sonst wäre ich schon bei ihr gewesen."
„Candice geht es deutlich besser, sie kann wieder sprechen und hat schon gelächelt."
„Das freut mich zu hören. Gestern Abend war meine Freundin hier, vielen Dank, dass ihr sie informiert habt."
Mike erzählt ihm von dem Gespräch mit Detective Ripley. „Es sind drei Fälle, die ganz sicher alle zusammenhängen. Der erste ist der Mordfall Lana Miller, der zweite ist der Aufbruch des Safes von Sarah Escott und der dritte ist das Attentat auf euch beide."
Gordon nickt und gibt Mike recht. „Ich habe jetzt eine ganze Weile darüber nachgedacht - Zeit habe ich hier genug und bin zu derselben Ansicht gekommen. Vielleicht ist der Attentäter leichter zu finden, wenn wir die drei Fälle gemeinsam betrachten. Hast du schon von irgendwelchen Ergebnissen gehört?"

„Bisher noch nicht, ich werde heute wieder meinen Freund bei der Polizei anrufen."
„Sehr schön, sag mir sofort Bescheid, dann können wir uns eine Strategie ausdenken, ja?"
„Natürlich. Ich merke schon, wir sind beide gleich gestrickt, wir werden noch zu einem guten Team zusammenwachsen!"
Mike hebt die Hand, um Gordon auf die Schulter zu klopfen und zögert. „Oha, beinahe hätte ich dir auf die Schulter mit dem verletzten Arm geklopft!" Beide lachen sich an.
Doch dann verabschiedet sich Mike. „Ich wünsche dir gute Besserung, ich sehe nochmal nach Candice, bevor ich gehe."

Im Krankenzimmer von Candice herrscht keine Langeweile. Annie und Jesaja sitzen beide neben dem Bett und unterhalten die Verletzte. Jesaja hat eben offenbar etwas Lustiges erzählt, Candice musste wohl lachen und verzieht jetzt schmerzhaft das Gesicht. „Ihr müsst Jesaja noch sagen, dass er mich nicht zum Lachen bringen darf, das schmerzt mir in der Brust."
Jesaja macht ein schuldbewusstes Gesicht. „Es tut mir leid, Miss, ich habe nicht daran gedacht."
Candice hat noch ein Anliegen. „Mike? Mein Wagen steht noch in der 138. Straße. Kannst du ihn bitte dort abholen?"
„Natürlich, ich benötige nur einen Schlüssel."
Candice zeigt mit der Hand auf den Fußboden. „Dort in meiner Tasche ist der Schlüssel. Ich fühle mich wohler, wenn ich den Wagen in der Garage weiß."
„Natürlich, mein Schatz", stimmt Mike zu, obwohl er nicht gerne Auto fährt und ihren Renner schon gar nicht: Ihm ist der starke Wagen nicht ganz geheuer.
Die Besuchszeit geht dem Ende zu. Annie und Mike verabschieden sich von Candice. Jesaja hat sich einen Stuhl geholt und sitzt neben dem Krankenbett. Mike hat sich

von Professor Brewster eine Erlaubnis geholt, damit es mit Jesajas Anwesenheit keine Schwierigkeiten gibt.

„Die Tochter von Horace Evans bekommt jeden Wunsch erfüllt", hatte er ihm auf seine Bitte, Candice bewachen zu lassen, geantwortet.

„Lassen Sie Miss Evans das nicht hören, sonst denkt sie noch, das geht jetzt immer so!"

Der Chefarzt stimmt in Mikes Lachen ein. Obwohl, denkt Mike, eigentlich war es schon immer so bei ihr. Ihr ganzes junges Leben lang, bekam sie nahezu jeden Wunsch erfüllt. Er ist froh, dass sie darüber nicht arrogant geworden ist. Ihre Eltern hätten solche Ansätze im Keim erstickt, da ist sich Mike sicher.

Mike fährt mit dem Taxi zum Fortune-Verlag. Er hat sich mit Sarah Escott verabredet, um die Liste durchzusprechen, die sie für ihn angefertigt hat.

Miss Escotts erste Frage gilt der Gesundheit von Candy und ihrem Mitarbeiter, dann holt sie eine Liste aus dem Schreibtisch hervor. „Hier, ich habe alle aufgeschrieben, die mir eingefallen sind. Es sind eigentlich nicht viele, aber jeder könnte es weitererzählt haben, sodass die tatsächliche Liste noch sehr viel länger sein könnte."

Mike nickt dazu. „Da haben Sie leider recht, lassen Sie mich doch einen Blick auf die Liste werfen."

„Hier bitte", sie schiebt ihm die kurze Liste hin, die sie in sauberer Handschrift geschrieben hat. Mike sieht die Namen durch, es sind lediglich fünf Personen. Auch sein Name steht dort. „Ich sehe Mr. Henry Byrnes nicht auf der Liste?"

„Nein, er gehört nicht dazu. Ich hatte ihn einmal bei mir zu Hause, von der Existenz eines Safes sollte er nichts wissen."

„Ich stehe auch auf der Liste, was hat denn das zu bedeuten?"

Miss Sarah Escott lächelt jetzt spitzbübisch. „Das ist nur deshalb, damit Sie sehen, dass ich auch wirklich keinen übersehen habe."
„Macht es Ihnen etwas aus, mir diese Liste mitzugeben? Ich werde sie an Detective Ripley vom 19. Revier weiterleiten, er wird sich um die Überprüfung der Personen kümmern."

Am selben Tag besucht Mike Joseph Ripley an seinem Arbeitsplatz auf der Polizeiwache. Er erkundigt sich nach den Untersuchungsergebnissen des Attentates in der 138. Straße.
„Es sieht schlecht aus, Mike. Es gab keine Fußspuren, keine Kugeln. Wir haben zwei Patronenhülsen gefunden, danach ist es eine .45er ACP gewesen. Das ist eine typische Armeepistole, davon gibt es jetzt nach dem Krieg noch bestimmt tausende, alleine in New York."
„Wie geht es jetzt weiter?"
„Die Befragung der Nachbarn läuft noch, ich habe aber wenig Hoffnung, dass dabei etwas herauskommen wird."
„Du meinst damit, dass wir uns einschalten müssen?"
Joe lacht kurz auf. „Du kannst es gerne versuchen. Ich wünsche dir, dass euch mehr Erfolg beschieden sein wird."
„Vielen Dank für deinen frommen Wunsch", mit einem Grinsen zieht Mike die Liste von Sarah Escott aus seiner Jackentasche. „Ich habe hier noch etwas Arbeit für Euch".
Joe sieht darauf und nickt zufrieden. „Sehr schön. Wir werden alle Personen überprüfen, mal sehen, was sich ergibt. Leider ist die Kenntnis von der Existenz des Safes alleine noch kein Beweis, wir müssen noch etwas anderes finden." Jetzt ist es an Joe, ihr Gespräch zu beenden. „Ich habe mich heute nach langer Zeit mal mit meiner Frau zum Essen verabredet, wenn ich nicht pünktlich bin, bekomme ich Ärger zu Hause."
„Dann will ich dich nicht aufhalten. Grüß deine Frau von mir!"

Jesaja sitzt neben Candice und sieht ihr zu. Sie schläft noch viel und wenn sie nicht schläft, erzählt er ihr aus seinem Leben. Er hat viel zu erzählen, seine langen Jahre als Schuhputzer, gepaart mit einer aufmerksamen Beobachtung seiner Umgebung, haben viele Geschichten in ihm hinterlassen. Das war der Grund, weshalb die Menschen immer gerne zu ihm kamen. Während er ihnen die Schuhe putzte, hörte er ihnen aufmerksam zu oder er unterhielt seine Kunden.

„Erzähl mir über deine Familie", fordert Candice ihn auf. „Wir wissen so wenig von dir."

Jesaja kommt ihrem Wunsch gerne nach, seine Familie ist die wichtigste Triebfeder seines Lebens. „Meine Urgroßmutter ist als Sklavin aus Afrika geholt worden. Mein Großvater ist 1843 in Virginia schon als Sklave geboren worden, er hatte zwanzig Jahre später auf der Seite der Nordstaaten gekämpft."

„Ist dein Großvater damals aus Virginia geflüchtet?"

„Ja, Miss, er hat es uns Kindern mal erzählt. Das war eine furchtbare Geschichte, damit will ich sie jetzt nicht belasten."

„Erzähl mir von deinen Kindern und deinen Enkeln, wenn du magst."

„Doch, Miss, gerne." Seine Augen beginnen zu leuchten, als er von seinen Kindern erzählt. „Miss, ich habe mit meiner Mary fünf Kinder, die sind inzwischen alle erwachsen. Die Ältesten vier haben selber Kinder, sodass ich zehnfacher Großvater bin."

„Zehn Enkelkinder! Du bist sicher sehr stolz auf sie."

„Er lächelt und nickt mit strahlenden Augen, seine weißen Zähne blitzen in seinem schwarzen Gesicht. „Mein jüngster Enkel ist 14 Monate alt, er heißt David und lernt gerade laufen."

Er kann sehr lebhaft und kurzweilig erzählen, sodass es Candice nicht langweilig wird. Bei den Geschichten von

Jesajas Kindern muss sie an ihr eigenes, noch ungeborenes Kind denken. Jesajas Kinder leben in bescheidenen Verhältnissen, sie sind aber offenbar alle glücklich. Sie hofft sehr, dass sie mit ihrem Kind einmal so glücklich wird, wie Jesaja mit seinen Fünf. Vielleicht sollte sie auch mehrere Kinder bekommen? Doch diesen Gedanken schiebt sie wieder fort, zuerst muss dieses Eine gesund zur Welt kommen.
Am Abend besucht Mike sie und löst Jesaja ab, herzlich verabschiedet er sich von ihrem Mitarbeiter.
„Ich danke dir, Jesaja, dass du auf mich aufgepasst und mich so nett unterhalten hast."
„Vielen Dank, Miss, die Freude war ganz auf meiner Seite."
Mike begrüßt seinen Schatz mit einem zarten Kuss auf die Wange. Sie lächelt ihn an, es geht ihr zunehmend besser.
„Mike, ich sehe mit unserem geplanten Hochzeitstermin schwarz."
„Das habe ich mir schon gedacht. Ich habe mir mit Annie schon den 30. Juli ausgesucht, die große Feier ist dann zwei Tage später."
„Mir ist jeder Termin recht, wenn es nur nicht mehr lange dauert. Ich kann es nicht mehr abwarten, endlich deine Frau zu werden."

Von zu Hause ruft Mike Eddie an und erzählt ihm von dem Anschlag auf Candice. Willy wird totsicher von Janet informiert, sodass er sich einen Anruf sparen kann. Willy ist ohnehin schwierig zu erreichen, er hat zu Hause kein Telefon. Eine Möglichkeit ihn zu erreichen, ist über die Taxizentrale, aber das muss umständlich weitergeleitet werden und wird nicht gerne gesehen.
Eddie ist entsetzt. „Das gibt´s doch gar nicht! Die arme Candice, geht es ihr inzwischen besser?"

„Doch, ein wenig schon, seit heute ist sie auch in der Lage, Besuch zu empfangen, sie wird sich bestimmt über dich und Willy freuen."
„Klar doch! Ich komme am Vormittag, das passt mir am besten. Vielleicht laufe ich dann Willy über den Weg."
„Ich freu mich schon, wir sehen uns spätestens in vier Tagen, an unserem Pokerabend."
„Sehr schön, bis dahin!"

Am nächsten Morgen trifft Mike vor dem Krankenzimmer von Candice auf Gordon. Er hat seinen Arm in einer Schlinge, ist noch blass und geht langsam. „Hallo Gordon! Mutest du dir auch nicht zu viel zu?"
„Danke, es geht schon."
Mit Gordon im Schlepp geht er zu ihrem Krankenzimmer. Gordon bleibt noch einen Moment draußen, damit sich die beiden einen Moment ungestört begrüßen können.
Candice geht es heute sichtbar besser. Sie hat sich etwas aufgesetzt und liest in einem Buch. Unter ihrem Nachthemd kann man einen dicken Verband um den Oberkörper erkennen.
„Ich habe eine lange Narbe unter dem vorderen Rippenbogen, dort hat man die Kugel entfernt und die Lungenarterie genäht. Ich hoffe, ich gefalle dir jetzt noch."
Mike lächelt sie an. „Solange dein hübscher Busen nicht gelitten hat, ist es mir egal."
„Callaghan, sei nicht wieder so frech! Du nutzt schamlos meinen hilflosen Zustand aus." Sie wendet ich scherzhaft an Gordon, der gerade hereinkommt: „Du musst mich gegen diesen gemeinen Kerl beschützen. Tust du das?"
„Natürlich" sagt dieser, obwohl er nicht weiß, um was es geht „Als Einarmiger kann ich dir jedoch keine große Hilfe sein, tut mir leid."
„Einarmiger?" Mike reißt seine Augen auf und setzt den eben gezündeten Gedanken fort. „Wir müssen uns um diesen Henry Byrnes kümmern! Leider sind fast alle unsere

Mitarbeiter ausgefallen. Vielleicht kann ich die Polizei dafür interessieren."
Gordon nickt. „Bei mir dauert es wohl noch eine Woche, dann kann ich wieder im Büro sitzen." Er blickt auf das Schränkchen neben Candices Bett. „Was hast du denn da?"
Candice blickt kurz hin. „Das ist die Kugel, die man aus meiner Lunge herausgeholt hat. Die hat mir heute Morgen die Krankenschwester zur »Erinnerung« gebracht. Ich werde es aber wahrscheinlich auch ohne dieses Souvenir nicht vergessen", erwidert sie trocken.
„Ach, das ist ja interessant!", Gordon beugt sich über das Schränkchen und sieht sich das kleine Klümpchen aus der Nähe an. Das Geschoss ist nur wenig verformt, es ist lediglich an der Spitze abgeflacht, Gordon mustert es von jeder Seite.
„Kannst du etwas damit anfangen?", Mike wittert eine Beweismöglichkeit.
„Das könnte sein. Ich müsste mir die Kugel unter dem Mikroskop ansehen. Wenn man die Waffe dazu hätte, dann könnte ich bestimmen, ob Waffe und Geschoss zusammengehören."
„Das heißt, wenn wir die Waffe finden, haben wir den Täter?"
„So ist es. Wir müssen dann mit der Waffe eine Kugel abschießen und diese Kugel mit der aus Candices Lunge vergleichen, das ist einfach. Der schwirige Teil ist, die Waffe zu finden."
„Ich bin davon überzeugt, dass es Mr. Henry Byrnes ist, der Postbote aus dem Fortune-Verlag. Wir müssten bei ihm die Waffe finden, sofern sie noch existiert." In Mikes Kopf beginnt es wieder zu arbeiten. Dieses Problem muss er sofort mit Joe besprechen. „Vielleicht liegt die Pistole längst auf dem Grund des East River."
„Mag sein, Mike, ich glaube eher, dass sie noch existiert. Wenn es der Täter ist, den wir vermuten, dann hat er diese

Waffe aus dem Frankreich-Feldzug mitgebracht und zur Erinnerung aufgehoben. An diesen Waffen hängen die Veteranen oft mit mehr Sentimentalität, als wir vermuten."

Auf dem Weg zurück ins Büro muss Mike immer wieder an die Waffe denken, mit der auf Candy geschossen wurde. Er wird mit der Suche in der Wohnung von Henry Byrnes anfangen. Heute Abend will er sich wieder mit Joseph Ripley, dem Detective vom 19. Revier, treffen.
Mike holt Erkundigungen über Henry Byrnes ein. Er erfährt, dass er zur Untermiete bei einer Witwe mit Namen Victoria Baker wohnt. Das ist ungünstig, weil Mike dann schlecht tagsüber das Zimmer von Henry Byrnes untersuchen kann. Also muss er prüfen, ob die Witwe vielleicht abwesend ist, oder er benötigt eine gute Ausrede, um sich Zutritt zu verschaffen. Er packt sein Einbruchwerkwerkzeug ein und fährt mit dem Taxi in die 25. Straße Ost.
Das Haus mit der Nummer 212 ist ein 5-stöckiges Gebäude aus rotem Backstein. Außen an der Fassade sind eiserne Feuertreppen befestigt, wie an fast jedem Haus in dieser Straße. Das Haus hat Souterrain Wohnungen, durch die vergitterten Fenster dringt nur wenig Licht in die Wohnungen auf Bürgersteighöhe.
Mike sieht sich die Klingelschilder an. Eine »Baker« wohnt im dritten Stock. Neben dem emaillierten Klingelschild klebt ein kleiner Zettel mit der Aufschrift: H. Byrnes. Er ist also auf jeden Fall an der richtigen Adresse. Mike ist heute wie an den meisten Tagen gekleidet, mit Krawatte und dunklem Anzug. Den Kopf bedeckt, wie fast immer, ein breitkrempiger Hut. In der Hand trägt er eine Ledertasche, das Schulterholster mit dem 38er ist von seiner Jacke verdeckt. Er klingelt an der Tür zu der Wohnung der Witwe, es dauert einen Moment, dann hört er schlurfende Schritte, die Tür wird so weit geöffnet, wie es die Sicherheitskette zulässt.

Eine kleine, grauhaarige Frau blickt ihn über ihre Lesebrille hinweg an. „Sie wünschen, bitte?"
„Mein Name ist Jeff Miller, ich bin Versicherungsvertreter. Ich wollte Mister Byrnes wegen einer Verlängerung seiner Invalidenversicherung sprechen."
„Mr. Byrnes ist berufstätig, vor 6:00 Uhr ist er selten zu Hause, das müssen Sie am Abend noch einmal versuchen.
„Ach, das ist aber schade, dann werde ich später noch einmal wiederkommen."
Mike zögert einen Moment, dann wendet er sich wieder an die alte Dame. „Benötigen Sie selbst eine Versicherung, vielleicht gegen Unfall?"
„Danke, ich brauche so etwas nicht."
Mike lässt seinen ganzen Charme spielen. „Bedenken Sie doch die drei Treppen bis zu ihrer Wohnung. Wenn Sie stürzen, wer bezahlt dann den Krankenhausaufenthalt?"
Die Dame wird unsicher, sie zögert. „Dagegen kann ich mich versichern?"
„Natürlich nicht gegen den Sturz. Aber die Kosten für das Krankenhaus werden wir Ihnen abnehmen."
„Ach, so, so… vielleicht wäre das doch nicht so schlecht…."
„Sehen Sie, wann hätten Sie denn Zeit für ein Beratungsgespräch?"
„Wie passt es denn jetzt gleich?"
„Tut mir leid, gnädige Frau, ich bin ohnehin in Eile. Vielleicht ein anderer Termin?"
Die alte Dame überlegt einen Moment, „morgen bin ich den ganzen Vormittag fort. Vielleicht übermorgen?"
„Das hört sich doch gut an. Ich stehe dann selbst nicht zur Verfügung. Ich werde Ihren Wunsch aber an einen Kollegen weitergeben, der meldet sich dann bei Ihnen. Haben Sie ein Telefon? Er wird Sie anrufen."
„Einen kleinen Moment bitte", die Dame verschwindet und kommt kurz darauf mit einem Zettel in der Hand zurück. „Hier bitte, meine Telefonnummer."

„Vielen Dank, wir werden uns bei Ihnen melden."
Im Treppenhaus sieht Mike sich noch die Schlösser an, es ist kein Problem, hier einzudringen. Nun hat er die freundliche Dame zwar betrogen, aber sein schlechtes Gewissen hält sich in Grenzen, schließlich dient es der Ergreifung eines gefährlichen Verbrechers.

Am nächsten Morgen lässt sich Mike wieder zum Krankenhaus fahren, um seine Candy und ihren Mitarbeiter zu besuchen. Es geht ihr jetzt jeden Tag besser, sie strahlt, als Mike das Krankenzimmer betritt. Jesaja steht von seinem Hocker auf.
„Ich werde euch einen Moment allein lassen, ich kenne euch jungen Leute", er lächelt vergnügt vor sich hin und geht in den Flur hinaus.
„Kann ich dich schon küssen?", lächelt Mike sie an.
„Kannst du es denn gar nicht mehr abwarten? Bitte, du darfst mich nur nicht drücken!"
Sie schließt die Augen und spitzt die Lippen. Das gefällt beiden, sie genießen ihre gegenseitige Nähe. Mike erzählt ihr von den Versuchen, die Waffe von Henry Byrnes zu finden.
„Da hast du dir viel vorgenommen, sie könnte sogar auf seiner Arbeitsstelle sein, wenn er sie nicht unwiederbringlich beseitigt hat."
„Ja, ich weiß, die Wahrscheinlichkeit, die Waffe zu finden, ist beinahe null, trotzdem will ich einige Zeit dafür aufwenden."
„Sei bitte sehr vorsichtig, ein Attentat auf mich genügt doch wohl."
Mike lüpft mit einem Lächeln die linke Seite seiner Jacke, im Dunkeln unter der Achsel ist das Holster mit seiner 38er zu erkennen. „Ich bin vorbereitet, mein Schatz."
Candy zieht die Augenbrauen hoch. „Ich hatte auch eine Waffe dabei, wie du dich vielleicht erinnerst. Wie du

siehst", sie zeigt auf ihren Verband, „hat sie mir nicht viel genützt."

Der nächste Besuch führt ihn zu Gordon. Jesaja setzt sich wieder zu Candice und lässt sie nicht aus den Augen.
Gordon geht es gut, er wartet schon im Flur auf Mike.
„Ich werde morgen entlassen. Ich soll mich schonen, aber im Büro könnte ich wieder arbeiten."
„Das ist doch prima! Aber übernimm dich nicht, mit einem kranken Mitarbeiter ist uns beiden nicht gedient."
Mike diskutiert noch eine Weile mit Gordon über die effektivste Suche nach der Waffe.
„Ich schlage vor, dass du das gesamte Umfeld durchleuchtest. Weißt du, ob er Freunde hat, wo hält er sich auf, wenn er frei hat?"
„Genau Gordon, so wollte ich vorgehen. Zuerst ist sein Zimmer dran, dann werde ich ihn beschatten und sehen, wo er sich herumtreibt."
„Ich beneide dich, dass du jetzt aktiv sein kannst. Ich kann es hier drin kaum noch aushalten! Diese Untätigkeit macht mich ganz krank!"
„Komm schon, du hast ungeheures Glück gehabt, dass dir nicht mehr passiert ist, den Rest schaffst du jetzt auch noch!" Beinahe hätte er seinen Freund wieder auf die Schulter mit dem verletzten Arm geklopft, Gordon weicht in letzter Sekunde aus.

Mike steht wieder vor dem Haus, in dem die Witwe Baker mit Henry Byrnes als Untermieter wohnt. In seiner Ledertasche hat er den Satz Dietriche. Er steigt die Treppe hoch und horcht an der Tür. Nein, es herrscht völlige Stille. Falls er überrascht werden sollte, würde er Mühe haben, seine Anwesenheit zu erklären.
Schnell hat er das Schloss der Wohnungstür geöffnet und schlüpft in den Flur. Es riecht ein wenig muffig in der Wohnung, aber alles ist sehr sauber und ordentlich. Die

Wohnung ist recht groß und hat einen langen Flur, von dem mehrere Türen abzweigen.

Im Wohnzimmer hört er etwas rasseln. Mike drückt sich an die Wand, schlägt die Jacke beiseite und hat sofort die Hand am Griff seines 38er. Das Rasseln verklingt und deutlich ertönt der Gongschlag einer Uhr, dem noch zehn weitere Schläge folgen.

Hinter der ersten Tür ist eine Abstellkammer. Besen, ein Staubsauger und einige Kartons stehen darin. Die zweite Tür ist abgeschlossen. Er setzt sein Werkzeug an und öffnet sie. Das muss das Zimmer von Henry Byrnes sein, es ist penibel aufgeräumt und blitzblank. Es steht kaum etwas Überflüssiges herum, die typische Junggesellenwohnung. Lediglich auf einem Schränkchen steht ein Foto in einem matten Metallrahmen. Mike sieht genauer hin, es ist das Foto eines Abschlussjahrganges aus Westpoint. Die frisch gebackenen Second Lieutenants stehen adrett in ihren frisch gebügelten Uniformen beieinander, ganz stolz mit dem silbernen Streifen auf der Schulter.

Schnell und systematisch sieht sich Mike in dem Zimmer um. Wegen der peniblen Ordnung ist es einfach, jede Schublade und jedes Fach hat er schnell durchgesehen. Im Wohnzimmerschrank hinter einer Glasscheibe steht eine Schatulle. Mike fühlt sich wie kurz vor einer wichtigen Entdeckung, mit klopfendem Herzen öffnet er den Schrank und nimmt die Schatulle heraus. Es ist der Behälter für eine Pistole Typ 1911. Der Deckel ist mit einer gravierten Platte versehen, die Inschrift lautet:

»*Für den Jahrgangsbesten 1934, Second Lieutenant Henry Byrnes - In „Duty, Honor, Country"*«

Die Schatulle ist leer, nur das Putzzeug befindet sich noch darin, bestehend aus einem Lappen, einer Drahtbürste und einem Fläschchen mit Öl. Mike ist sich jetzt beinahe sicher, dass die Pistole noch irgendwo sein muss, eine Waffe mit so hohem Erinnerungswert wirft man nicht einfach fort. Die Plakette auf dem Deckel mit der Widmung bestärkt Mike in der Vermutung, dass die Waffe nur versteckt worden ist, um sie später wieder hervorholen zu können. Er stellt die Schatulle zurück und kontrolliert, ob alles so aussieht wie vorher, dann verlässt er unbemerkt die Wohnung und das Haus.

Vom Büro telefoniert er mit Detective Ripley. „Hallo, Joe! Gibt es etwas Neues hinsichtlich des Attentates an der 138. Straße?"
„Tut mir leid, Mike. Die Befragung der Nachbarn hat keine verwertbaren Ergebnisse erbracht."
„Das hatte ich befürchtet. Aber bei uns gibt es eine Kleinigkeit, aus der Lunge meiner Verlobten wurde das Geschoss entfernt. Mein Mitarbeiter, Gordon Batcher sagt, dass der Zustand des Projektils so gut ist, dass es der Waffe zugeordnet werden könnte."
„Hm", Joseph Ripley scheint skeptisch zu sein. „Das mag funktionieren, wir haben in unserer Zentrale in der Park Row die Ausrüstung, um solche Geschosse zu untersuchen, das ist nicht das Problem. Aber wie willst du an die Waffe kommen?"
„Candice hatte sich am Tag vor dem Attentat mit dem Postzusteller vom Verlag genau an der Stelle verabredet, an der auf sie geschossen wurde. Das macht den Mann für mich zum Hauptverdächtigen. Und bei ihm würde ich anfangen zu suchen."
„Das ist allerdings ein gewichtiges Argument. Wir könnten den Mann aus dem Grund zu einem Verhör bestellen, das halte ich aber für vergeudete Zeit, da er ohnehin alles abstreiten wird. Im Gegenteil, wir machen ihn noch darauf aufmerksam, dass wir ihn im Visier haben."
Mike nickt, was der Detektiv natürlich nicht sehen kann. „Ich schätze das leider genauso ein. Gibt es noch etwas, was ihr machen könntet?"
„Wir werden den Einbruch bei Miss Escott noch genauer untersuchen. Die Befragung aller Nachbarn und der Ge-

schäfte an der Fifth Avenue kann noch intensiviert werden. Einige Anwohner haben wir noch gar nicht erreicht. Die Spuren am Geldschrank lassen vielleicht Schlüsse auf das verwendete Werkzeug zu. Wir sind da noch nicht am Ende, obwohl ich die Chance, jemanden zu identifizieren, für unwahrscheinlich halte."
„Gut, Joe, ich kümmere mich dann weiter um diesen Henry Byrnes."
Der Lieutenant lächelt am Ende der Leitung. „Sieh dich vor, nicht dass ich dich wegen Einbruch verhaften muss."
Sie lachen beide durch das Telefon.

Heute Abend wird wieder ihr wöchentlicher Pokerabend stattfinden. Mike freut sich auf seine Freunde, die er nun zwei Wochen nicht gesehen hat. Am Nachmittag erhält er einen Anruf von Gordon Batcher, der noch ein paar Tage krank sein wird. Im Hintergrund hört er Straßenlärm, Gordon steht offensichtlich in einer Telefonzelle.
„Mike, heute ist doch Pokerabend, oder?"
„Richtig, warum fragst du?"
„Ich möchte gerne dazu kommen. Ich möchte mich gerne mit deinen Freunden unterhalten. Ist das okay, wenn ich ins »Grey Dog« komme?"
„Natürlich", erwidert Mike, „Ich würde mich freuen, dich dabei zu haben, und meine - oder besser unsere Freunde - werden das sicher auch so sehen. Die Frage ist, ob du dich nicht noch schonen solltest."
„Doch, das geht schon. Der Arm ist in einer Schlinge, Schmerzen habe ich inzwischen keine mehr."
„Gut, ich freue mich auf heute Abend."

Mike fährt mal wieder mit der Subway zum Grey Dog. Gordon ist schon da, Eddie bereitet für Gordon gerade einen Tee. Mike mustert seinen Freund und Mitarbeiter. Er sieht etwas blass und angestrengt aus. „Du hast auch schon mal besser ausgesehen, hast du dich übernommen?"

„Es ist alles in Ordnung. Die Fahrt mit der Subway und den Fußweg habe ich unterschätzt. Es wäre nicht schlecht, wenn du für den Rückweg ein Taxi nehmen könntest und mich dann ein Stück mitnehmen würdest."
„Das ist kein Problem, aber ich habe dir geraten, lass es langsam angehen!"
Gordon sieht betreten drein, Mike wechselt das Thema.
„Hast du schon von dem Anschlag erzählt?"
„Nein, ich wollte damit warten, bis alle zusammen sind, damit ich die Geschichte nur einmal erzählen muss."
In dem Moment springt die Tür auf und Willy kommt herein, voller Energie, wie immer.
Eddie sieht ihn an und schmunzelt. „Ich hatte angenommen, dass deine neue Freundin deine überschüssigen Kräfte etwas dämpfen würde!"
Willy grinst. „Nein, mich kann so schnell niemand kleinkriegen, das solltet ihr inzwischen gemerkt haben."
Die vier Freunde lachen und freuen sich mit Willy über seine neue Freundin Janet, die ihm offenbar gut tut. Eddie schenkt für Willy ein Bier ein, dann sitzen sie alle an ihrem Lieblingstisch in der Ecke des Lokals. Mike räuspert sich.
„So Gordon, ich würde sagen, du kannst jetzt loslegen."
Gordon berichtet vom Anschlag, er schildert den Vorgang sehr ausführlich.
„Ich möchte noch anmerken, dass nur Gordons selbstloser und mutiger Einsatz der Grund dafür ist, dass sowohl er, als auch Candy, das Attentat überlebt haben!", ergänzt Mike den Bericht.
Gordon räuspert sich, ihm ist unbehaglich.
„Ja, Gordon lebe hoch!" rufen seine Freunde im Chor, Gordon lächelt in seine Teetasse.
Mike freut sich über die Anteilnahme von Eddie und Willy an Gordons Erzählung, sie zeigt ihm einmal mehr, dass er ohne Vorbehalt in die Gruppe aufgenommen worden ist. Gelegentlich werden auch Witze über den Tee oder den Saft gemacht, den er konsequent trinkt, Gordon kommen-

tiert sie dann mit einer meist ironischen Antwort. Die Karten liegen schon auf dem Tisch, sie werden aber nicht aufgenommen, zu viel gibt es zu erzählen.

Mike berichtet von der Kugel, die man aus Candys Brustkorb herausgeholt hat. „Gordon sagt, dass man die Kugel der Waffe eindeutig zuordnen kann - sofern man die Waffe findet. Das ist jetzt mein Problem, wo könnte diese Waffe sein? Jede Idee ist willkommen."

Eddie reibt sich die Nase. „Zuerst müssen wir von der Annahme ausgehen, dass die Waffe nur versteckt und nicht beseitigt worden ist."

Mike nickt zustimmend. „Genau, das setze ich jetzt mal voraus, die Waffe war eine Auszeichnung von der Militärakademie, so etwas wirft man nicht fort."

„Tja", Eddie überlegt fast hörbar, „so ein Versteck fällt nicht vom Himmel. Es muss sich irgendwo im Umfeld dieses Mannes befinden. Vielleicht im Keller des Hauses, in dem er wohnt? Hat er eine Freundin oder Freunde? Vielleicht bei denen?"

Mike freut sich über das Interesse. „So etwas Ähnliches habe ich auch schon gedacht. Ich werde ab morgen die Beschattung des Mannes aufnehmen, um zu sehen, in welchen Kreisen er sich bewegt."

„Hat er so etwas wie einen Schrebergarten oder Gartenhäuschen? Da wird auch gerne etwas versteckt", kommt ein Vorschlag von Willy.

„Ich kann jetzt noch nichts ausschließen, ich hoffe, euch beim nächsten Treffen mehr erzählen zu können."

Die letzte halbe Stunde bis zur Öffnung des Lokals werden dann doch noch ein paar Runden Poker gespielt.

Goddon's Garage

Der nächste Tag führt Mike am Morgen wieder zu Candice. Es geht ihr jetzt jeden Tag etwas besser.

„Ich habe mit dem Chefarzt gesprochen. Vorläufig kann ich leider noch nicht nach Hause, angeblich muss sich die Lunge noch regenerieren."
„Das ist schade, aber es wird wohl das Beste sein. Wirst du nach Long Island zu Annie ziehen, wenn du entlassen wirst?
„Ja, so ist es geplant. An manchen Tagen wird Annie dort sein, auf jeden Fall sind immer ein Hausmädchen und die Köchin im Haus, sodass ich nie alleine sein werde."
Mike ist glücklich, dass Candy bald entlassen werden wird, dann steht der Hochzeit nichts mehr im Wege.
„Ab heute will ich Henry Byrnes beschatten, gestern habe ich sein Zimmer durchsucht."
„Oh Gott, Mike, sei bitte vorsichtig! Ich mag mir nicht vorstellen, unser Kind alleine aufziehen zu müssen!" Candice sieht ihn angstvoll an.
„Keine Sorge, ich lasse mich nicht unterkriegen." Mike befragt seine Partnerin noch nach den Bürozeiten des Fortune-Verlages und verabschiedet sich dann mit einem zarten Kuss.

Der Arbeit im Fortune-Verlag endet an den Tagen von Montag bis Freitag um 5:00 am Abend, an den Sonnabenden ist um 2:00 am Nachmittag Schluss. Ein paar Minuten vor der Zeit steht Mike vor dem Ausgang des Verlages. Da er sich nicht sicher sein kann, ob ihn Mr. Byrnes nicht vielleicht einmal gesehen hat, muss er vorsichtig sein. Seinen dunklen Hut hat er tief in die Stirn gezogen und beobachtet unter der gesenkten Krempe hindurch von der anderen Straßenseite den Eingang. Wenige Minuten nach 5:00 am Abend strömen immer mehr Menschen aus der doppelflügeligen Tür heraus. Geschäftig eilen sie davon, die meisten zu der Haltestelle der Busse und der Subway in der Nähe. Mike konzentriert sich auf die vielen Menschen, damit er Henry Byrnes nicht übersieht.

Da! Jetzt verlässt ein einarmiger Mann den Eingang und strebt zur Subway an der Kreuzung der 58. Straße mit der Lexington Avenue. Es sind sehr viele Menschen auf dem Bürgersteig, Mike muss sich auf den Mann vor ihm konzentrieren. Er will anscheinend nicht nach Hause, sonst würde er jetzt den Bus nehmen.

Seit heute Morgen hat sich das sonnige Wetter verschlechtert, dunkle Wolken sind aufgezogen und der Wind ist böig geworden. Kurz bevor der Einarmige die Haltestelle der Subway erreicht, bricht ein heftiger Schauer los. Hastig laufen die Passanten umher und suchen sich eine Unterstellmöglichkeit. Nur wenige Sekunden später sind die sonst so dicht gefüllten Bürgersteige wie leergefegt. Einzelne Unerschrockene springen mit langen Sätzen durch den heftigen Regen. Der Verkehr auf der Straße kommt fast zum Erliegen, die Scheibenwischer können das Wasser von oben kaum fortschaffen, nun bewegen sich die Fahrzeuge nur langsam vorwärts. Unter den Vordächern mancher Geschäfte und in Hauseingängen drängen sich die Passanten und suchen Schutz vor dem Unwetter. Von den Bürgersteigen ergießt sich das Wasser in die Rinnsteine, die jetzt kleinen Bächen gleich, nicht mehr in der Lage sind, die plötzliche Sintflut aufzunehmen.

Mike Callaghan steht in einer Gruppe Fußgänger unter dem Baldachin eines Cafés. Direkt vor ihm steht Henry Byrnes, am Rand des kleinen Schutzdaches und nur wenige Zoll vom peitschenden Regen entfernt. Von Mikes Hutkrempe tropft etwas Regenwasser, die Leidensgenossen neben ihm warten geduldig das Unwetter ab. Der heftige Schauer lässt nach und geht in gleichmäßigen Regen über. Ab und zu verlässt ein mutiger oder eiliger Passant das schützende Dach und läuft mit schnellen Schritten in den Regen hinaus.

Mike steht immer noch direkt hinter Henry Byrnes. Der beachtet ihn nicht und sieht missmutig in den schwarzen Himmel hinauf. Die Station der Subway ist in greifbarer

Nähe, jetzt geht der Einarmige los. Er läuft nicht, aber er geht zügig. Mit einem Arm läuft es sich wohl nicht gut, denkt Mike, es fehlt ein dynamischer Ausgleich für das andere Bein. Er folgt ihm in etwa zehn Schritt Abstand. Bei diesem Wetter nimmt sich niemand die Zeit, sich umzusehen, sodass er ihm unbesorgt folgen kann. Henry Byrnes fühlt sich unbeobachtet, zielsicher folgt er einer offenbar häufig benutzten Strecke, er sieht sich kein einziges Mal um.

Der Wagen der Subway ist dicht gefüllt mit Fahrgästen, tropfende Kleider und nasse Regenschirme ergeben zusammen mit den vielen Menschen einen muffigen Geruch nach Schweiß und nasser Kleidung. Der Einarmige steht dichtgedrängt zwischen den anderen Passanten, er hält sich mit seiner Hand an einem Haltegurt fest. Er trägt keinen Hut, vielleicht ist es für einen einarmigen mitunter hinderlich, sich noch zusätzlich um eine Kopfbedeckung zu kümmern. Nun läuft ihm etwas Wasser aus den Haaren. Da er sich mit seiner einzigen Hand bereits festhält, kann er sich nicht so einfach das Regenwasser aus den Augen wischen.

Mike fühlt ungewollt Mitleid mit dem einarmigen Mann, doch dann muss er daran denken, dass eben der versucht hat, Candy zu ermorden. Seine Candy, mit dem Kind, das sie in sich trägt. Der kurze Moment des Mitleids verpufft und Zorn erfasst ihn. Am liebsten würde er den Mann auf der Stelle niederschießen, doch Mike ermahnt sich zu Ruhe und Professionalität. Er soll ordnungsgemäß gefasst werden, mitsamt seiner Mittäter. Denn er glaubt nicht, dass Henry Byrnes alleine arbeitet, mit nur einem Arm könnte er den Safe nicht ohne Hilfe geöffnet haben.

An der Kreuzung mit der 96. Straße ist wieder eine Haltestelle. Der Einarmige hat sich schon vor die Wagentür gestellt, sodass Mike vorgewarnt ist. Der Wagen ist nicht mehr so dicht besetzt wie bisher, sodass er sich jetzt im

Hintergrund halten muss. Henry Byrnes geht unbeirrt seinen Weg, er hat offenbar nicht den geringsten Verdacht. Nun steht er an der Bushaltestelle. Der Regen hat nachgelassen, gelegentlich fallen noch ein paar Tropfen. Henry Byrnes ist hier die einzige Person, das wird jetzt etwas brenzlig. Mike vergrößert den Abstand zu ihm. Langsam kommt er auf die Haltestelle zu und liest lange und umständlich den Fahrplan, der in einem kleinen Kasten ausgehängt ist. Der Bus kommt nach wenigen Minuten, Henry Byrnes steigt ein, Mike folgt wie zufällig. Im Bus wählt er einen Sitzplatz mit großem Abstand zu seiner Zielperson.

An der Ecke zur 91.Straße steigt Henry Byrnes aus, gefolgt von Mike, der sich gemächlich in die entgegengesetzte Richtung entfernt. Nun wird es brenzlig, die 91.Straße ist menschenleer, lediglich in der Ferne kann er eine einzelne Person erkennen. Mike bleibt vor einem Schaufenster stehen, steckt sich im Schutz der Hände eine Zigarette an und beobachtet aus dem Augenwinkel den Einarmigen.

Henry Byrnes geht mit gleichmäßigen Schritten zur Nummer 422 und betritt durch das offene Rolltor eine Werkstatt.

Mike steht immer noch vor dem Schaufenster, den Kragen hochgeschlagen und die Zigarette in der Hand. Er hat genau gesehen, wo der Einarmige verschwunden ist. Er schnippt die Kippe in den Rinnstein, sprühend fliegt der Stummel in eine Pfütze und verlöscht mit kurzem Zischen. Mit nichtssagendem Gesicht schlendert er an der Garage vorbei und prägt sich den Namen ein, der in großen Buchstaben über dem Eingang steht. »Goddon's Garage«, das wird wohl ein Bekannter sein. Mike geht langsam weiter zur Ecke mit der York Avenue. Dort bleibt er stehen und überlegt, wie er weiter vorgehen sollte.

Inzwischen ist es dunkel geworden, die 91.Straße wird nur wenig befahren und ist nur von wenigen Straßenlaternen erhellt. Mit seiner dunklen Kleidung verschwimmt er mit den Schatten der Finsternis. Gemächlich geht er wieder zu der Werkstatt zurück, daswnn Tor steht noch offen und er riskiert einen Blick ins Innere.

Am hinteren Ende der Werkstatt sitzen zwei Männer vor einer Werkbank. Der Eine von ihnen ist der Einarmige, seinen Nachbar kennt er nicht. Ein dritter Mann sitzt an der Werkbank, auch er ist für Mike Callaghan ein Unbekannter.

„Meinst du, dass das nötig ist?", fragt Henry Byrnes seinen ehemaligen Sergeant. William Goddon hebt den Kopf und legt den Lötkolben beiseite.

„Doch, auf jeden Fall, der Schmuck ist heiß, den werden wir vorerst nicht los. Ich verstecke ihn nachher genauso wie schon deine Waffe." Er sieht wieder auf die Werkbank und nimmt den Lötkolben wieder auf. Vor ihm steht eine Konservendose, der Deckel liegt daneben. Eben hat er eine Handvoll Schrauben und Muttern in die Dose geschüttet, nun hebt er ein kleines Säckchen auf und legt es auch mit hinein. In dem kleinen Beutel befindet sich der Schmuck aus dem Safe. Er legt den Deckel auf die Dose und verschließt sie mit Hilfe des Lötkolbens und etwas Lötzinn. Er begutachtet sein Werk sorgfältig und wiegt die Dose in der Hand. „So, das sollte reichen."

Er steht auf und geht zur Grube hinüber. Ein alter Ford steht darüber, das Getriebe fehlt und der Auspuff hängt herunter. William Goddon bückt sich geschickt und steigt die schmierigen Stufen hinab. Dort unten, schwach beleuchtet vom trüben Licht einer Lampe, steht das Fass mit Altöl. William Goddon hebt den Deckel hoch und lässt die Dose in der schwarzen Flüssigkeit nach unten sinken. Leise pfeifend steigt er wieder aus der Grube heraus und wischt sich die Hände an einem Lappen ab. „So, das war's, Leute. Dort sucht so schnell niemand. Möchte noch jemand ein Bier?"

Das war eine dumme Frage, Henry Byrnes und Arthur Ecclewood haben ihre Flaschen schon lange geleert und warten bereits auf Nachschub.

William Goddon kommt mit drei Flaschen zurück und gibt zwei an seine Freunde ab. „Prost! Nun kann der nächste Job kommen, hast du schon eine Idee, Henry?"

Henry Byrnes lacht. Ja hier, bei seinen Kameraden, die ihn noch unversehrt und auf der Höhe seiner körperlichen Leistungsfähigkeit kennen, ist er jemand. „Nein, bisher noch nicht. Lass erst einmal Gras über die Geschichte wachsen, dann verkaufen wir die Klunker und sehen dann weiter."

„Wir haben schon einmal das Geld, das ist gut", Arthur gefällt ihre wiederbelebte Beziehung, die sich als sehr erfolgreich erwiesen hat.

„Was passiert mit dem Altöl, wenn das Fass voll ist?", Henry Byrnes geht das Versteck nicht aus dem Kopf.

William Goddon winkt ab. „Mach dir darüber keine Sorgen. Das Fass wird bei Bedarf von oben mit einer Pumpe entleert, der Rest mit dem Schlamm und unseren Teilen", er grinst jetzt spitzbübisch, „bleibt unversehrt."

Henry Byrnes hat seine Flasche auf die Werkbank gestellt, mit seiner einzigen Hand hält er jetzt eine Zigarette und sieht nachdenklich dem Rauch hinterher. In einer Woche soll er Mitarbeiter im Vertrieb werden. Seine Aufgabe wird dann sein, den Koordinator zu unterstützen, der die Aufträge mit der Druckerei abstimmt. Sein Chef ist ein alter Herr, der schon über sechzig ist. Wenn der in den Ruhestand geht, hat er die Chance, dessen Aufgabe zu übernehmen, sofern er sich bewährt. Sein Lohn könnte sich dadurch fast verdoppeln. Seinen Freunden hat er noch nicht davon erzählt, es ist ihm unangenehm zuzugeben, dass er seine Wohltäterin hat berauben lassen. Und zu allem Überfluss hat er noch eine völlig unschuldige Mitarbeiterin auf dem Gewissen. Schwer atmet er aus.

„Was ist mir dir, Henry? Wir können doch zufrieden sein und du machst so ein trübes Gesicht."
Henry verscheucht die dunklen Gedanken und hebt seine Flasche. „Nein, Arthur, du hast recht. Wir haben es geschafft!"

Mike Callaghan steht in der Finsternis auf dem Bürgersteig. Seine dunkle Kleidung ist jetzt eine hervorragende Tarnung. Lediglich sein helles Gesicht unter dem breitkrempigen Hut und die mitunter rot glimmende Spitze seiner Zigarette, lassen einen Beobachter erkennen, dass hier jemand steht.
Viel kann er von hier aus nicht erkennen, es reicht gerade, dass er sich die Gesichter der beiden Freunde von Henry Byrnes einprägen kann. Jetzt beobachtet er, dass der Eine der drei, der eben noch an der Werkbank gearbeitet hat, aufgestanden ist und in Richtung Tür geht.
Vorsichtig zieht sich Mike zurück, um dann wieder hinzusehen. Der Mann trägt etwas in der Hand und geht zu der Grube. Er steigt die Treppe hinunter zum Arbeitsplatz unter dem Auto. In dem Licht der Lampe in der Grube sind nur Schemen zu erkennen. Nach einem kurzen Moment kommt er wieder heraus, ohne diese Dose. Soweit Mike sich damit auskennt, sind diese Gruben unangenehme Arbeitsplätze, die man möglichst bald wieder verlässt, schon gar nicht dienen sie als Abstellräume. Bei der nächsten Gelegenheit wird er nachsehen, was es mit dieser Grube auf sich hat. Dazu muss er die Werkstatt im Auge behalten und warten, bis sich dort niemand aufhält.

Sein Magen knurrt, es ist bereits nach Mitternacht, er hat vor Stunden zuletzt etwas gegessen. Doch nun lungert er hier schon so lange herum, jetzt will er die Beschattung auch zu Ende führen.

Es hat wieder angefangen zu regnen, ein feiner Regen fällt leise vom Himmel. Mikes Zigaretten sind jetzt aufgebraucht, für so eine lange Beschattung hätte er sich noch ein weiteres Päckchen seiner John Players einstecken sollen. Er steht in dem Hauseingang gegenüber der Werkstatt und lehnt sich an die Wand. Es ist ein schon altes, zweistöckiges Gebäude, einige der Scheiben sind zerbrochen, die Haustür schließt nicht und lässt einen kühlen Strom faulig riechender Luft an seinen Hosenbeinen entlang streichen. Das sind genau die Observierungen, die er so liebt: Kein Schlaf, nichts zu essen und zu rauchen. Und jetzt meldet sich auch noch seine Blase. Er geht ein paar Schritte hin und her, um seine lahm gewordenen Beine etwas zu bewegen. Der Regen fällt auf seinen Hut und tropft auf seine Jacke.
Da! Jetzt wird die Tür zur Werkstatt geöffnet. Zwei Männer kommen heraus, gegen das Licht im Hintergrund der Werkstatt sind kurz zwei Silhouetten zu erkennen. Es sind der Einarmige und einer der beiden Unbekannten. Mike zieht sich schnell in den Hauseingang zurück. Die Straße ist völlig leer, lediglich am Ende der Straße sieht man gelegentlich ein Auto kreuzen. Die beiden Männer gehen zur 1. Avenue und bleiben an der Bushaltestelle stehen. Eine Viertelstunde später kommt der Bus aus Richtung Norden, der Einarmige verabschiedet sich von seinem Kollegen und steigt ein.
Der Zurückgebliebene wartet offenbar auf das Fahrzeug, das in die Gegenrichtung fährt. Es dauert noch eine halbe Stunde, dann hält ein Bus und er steigt ein. In letzter Sekunde entschließt sich Mike, ebenfalls einzusteigen. Arthur Ecclewood bezahlt beim Fahrer und sieht, als er in den Fahrgastraum geht, seinen Nachfolger einen Moment an. Mike gibt sich ein unbekümmertes Aussehen, sein Gesicht sieht müde aus, von den Hosenbeinen läuft Wasser in die Schuhe und tropft auf den Boden.
„Wohin soll es denn gehen, Mister?"

Mike hat gehört, dass sein Vorgänger die 72. Straße als Ziel genannt hat. Um nicht aufzufallen, wählt er die folgende Station, die 69. Straße. Als er das Wechselgeld erhält, wendet er sich an den Fahrer, um den unbeteiligten Nachtschwärmer zu markieren. „Kennen Sie einen Trick, mit dem man in der Nacht wach bleibt?"
Der Fahrer sieht ihn kurz an. „Geh früh schlafen, dann klappt das schon!", er legt nach vielen Jahren der Übung geschickt den Gang ein, der Motor dröhnt laut auf und das schwere Gefährt setzt sich in Bewegung.
Mike hält seinen Fahrschein in der Hand und setzt sich missmutig brummend in die Bank hinter Arthur Ecclewood. Der nimmt keine Notiz von ihm, sein Kopf sackt immer wieder nach vorne, dann scheint er eingeschlafen zu sein.
An der 72. Straße hält der Bus, der Fahrer wendet sich nach hinten zu seinen wenigen Fahrgästen und ruft: „72. Straße, Sir!"
Seine Zielperson schreckt hoch, sieht sich kurz um und steigt aus. Ihm folgt ein Fahrgast, der es sich mit der Station anscheinend in letzter Sekunde anders überlegt hat.
Gottseidank hat der Regen aufgehört, kalt und nass klebt die Hose an seinen Beinen. Er folgt seiner Person in sicherem Abstand, die biegt in die 70. Straße ein und betritt nach etwa hundert Schritten das Haus mit der Nummer 415.
Mike scheut sich, ihm in das Haus zu folgen, denn dann würde er bestimmt auffallen. So begnügt er sich damit, die Adresse herausgefunden zu haben.
Es ist fast drei Uhr in der Nacht, er ruft sich ein Taxi heran, damit er jetzt schnell nach Hause kommt.

Am nächsten Morgen kommt Mike spät aus dem Bett. Er duscht, trinkt eine Tasse Kaffee und verlässt das Haus. Er springt nur kurz in die Detektei. „Guten Morgen, Janet, gibt es etwas Neues?"

„Sorry, Mike, bisher nicht."
„Sag mal, könntest du mir eine Liste aller Bewohner des Hauses 415, 70. Straße Ost machen?"
„Kannst du mir einen Tipp geben, wie ich das machen könnte?"
„Tja, ich weiß auch nicht.... gibt es ein Einwohnerverzeichnis? Sonst fahr doch hin, geh durch das Haus und schreib die Namen der Türschilder ab."
„Ich werde einen Weg finden, lass mich nur machen."

Die nächsten Schritte führen Mike in das Büro von Gordon, er sieht von seiner Arbeit auf und begrüßt Mike.
„Was macht dein Arm?", fragt ihn sein Freund.
„Danke, das wird allmählich. Gibt es etwas Neues?"
Mike berichtet von der Beschattung letzte Nacht. „Ich möchte die Werkstatt durchsuchen, das kann ich nicht alleine. Ich stelle mir vor, dass wir zwei das gemeinsam machen. Wir warten, bis niemand zu Hause ist, du stehst dann draußen Schmiere und ich sehe mir die Werkstatt an."
„Das klingt haarsträubend, gehst du da kein zu großes Risiko ein?"
„Vielleicht. Ich möchte mit dir nachher hinfahren, vielleicht fällt uns bei Tageslicht noch etwas Besseres ein. Jetzt fahre ich erst einmal zu Candice ins Krankenhaus."
„Fein, grüß sie von mir!"

Zu Mikes großer Freude geht die Genesung von Candice in großen Schritten voran. Er erzählt ihr von dem Plan, die Werkstatt des Freundes von Henry Byrnes zu untersuchen.
„Mike, immer hast du so gefährliche Sachen vor! Denk an mich und unser Kind!"
„Es tut mir leid, Schatz, wir müssen ja irgendwie weiter kommen und außerdem bin ich nicht alleine, Gordon kommt mit mir."

„Mir hat er zuletzt auch nicht helfen können", gibt Candice fast trotzig zurück.
Mike schüttelt den Kopf. „Das ist nicht fair! Was passiert ist, war nicht vorherzusehen. Und vergiss nicht, dass du dein Leben seinem entschlossenen Handeln zu verdanken hast."
„Ich weiß, entschuldige bitte, ich mache mir nur Sorgen um dich, das kannst du doch verstehen?"
„Doch, ich verstehe dich sehr gut und ich liebe dich dafür."
Der Abschiedskuss fällt, wie immer in den letzten Tagen, sehr vorsichtig aus.

Am Nachmittag fährt Mike mit Gordon Batcher zur Werkstatt von William Goddon. Sie verlassen das Taxi an der Ecke zur 1. Avenue, gehen den Bürgersteig entlang und unterhalten sich zwanglos, beobachten dabei aber sehr genau die Details. Als sie die Werkstatt passieren, erklärt Mike leise: „Hier wohnt und arbeitet der Eine der drei, hier möchte ich hinein und die Grube in der Werkstatt untersuchen."
Gordon nickt, sein Blick geht hinüber auf die andere Straßenseite. „Was ist mit dem alten Gebäude da drüben?"
„Da habe ich letzte Nacht gestanden und die Werkstatt beobachtet", Mike erinnert sich an die langwierige Observation. „Ich ahne, was dir durch den Kopf geht, lass uns das alte Haus einmal genauer ansehen."
Die beiden Detektive überqueren die Straße und treten vor die Haustür Nummer 415. Die Tür ist immer noch, oder schon wieder, nur angelehnt, anscheinend lässt sie sich nicht mehr schließen. Mike zieht daran, sie lässt sich nur schwer bewegen, in der halb offenen Stellung steckt sie schließlich fest.
Gordon hat seinen immer noch verbundenen Arm in einer Schlinge und sieht zu. „Wenn ich mit anfassen soll, sag einfach Bescheid", dann grinst er Mike an.

„Du hältst dich raus, mir genügt es, wenn du dich aufmerksam umsiehst."
Gordon ist auf der Hut, seine unversehrte Hand steckt in seiner Jacke, nur einen Zoll von seiner Waffe entfernt, bereit, sie im Notfall sofort zu greifen.
Hinter der Tür ist ein dunkler Flur. Es gibt eine Lampe, die aber offenbar defekt ist, oder gibt es im ganzen Haus keinen Strom? Es sieht unbewohnt aus, auf dem Boden liegt Abfall, von hinten dringt ein unangenehmer Geruch zu ihnen. Mike prüft die Türen, zwei stellen sich als verschlossen heraus, die anderen lassen sich öffnen und führen in leere Wohnungen.
Eine der Wohnungen im Erdgeschoss sieht aus, als wäre sie bewohnt. An der Tür klebt ein Pappschild mit einem unleserlichen Namen. Mike klopft zuerst an die Tür, sie wird zu seiner Überraschung geöffnet und eine alte Frau sieht ihn aus ihrem schwarzen Gesicht an. Über die krausen Haare hat sie ein buntes Kopftuch gebunden.
„Guten Tag, gute Frau. Wir sind von der Hausverwaltung und wollen die Gasversorgung inspizieren."
Die alte Frau scheint verärgert. „Das wird aber auch Zeit, dass mal jemand kommt, das funktioniert schon seit einem Monat nicht mehr!"
Mike zieht seinen Notizblock aus der Tasche und folgt der Frau zu einem Abstellraum, in dem der Zähler für das Gas steht. Völlig eingestaubt ist das rote Gerät kaum zu erkennen. „Haben Sie wohl einen Lappen für mich?" Die Schwarze nickt und bringt ihm einen Lappen, der auch schon bessere Tage gesehen hat. Mike wischt damit etwas vom Staub fort und legt das Typenschild frei. Er notiert sich die Bezeichnung und die Gerätenummer. „Wir werden weitergeben, dass ihre Gasversorgung nicht funktioniert, versprochen!" Er steckt seinen Notizblock ein. „Sagen Sie, wohnen noch mehr Personen hier im Haus?"
Die zahnlose Alte schüttelt ihren Kopf mit dem bunten Tuch. „Nein, Mister, ich und mein Mann sind die Einzi-

gen, oben steht alles leer. Ich habe gehört, dass dieses Haus bald abgerissen werden soll, stimmt das?"
„Oh! Das könnte erklären, warum das Gas nicht funktioniert. Möglicherweise ist es für das ganze Haus abgestellt worden."
Die Frau reißt erschrocken die Augen auf. „Wo sollen wir denn hin? Wir haben doch gar kein Geld für eine teure Wohnung!"
„Es tut mir leid, liebe Frau, ich bin nur für die Gasversorgung zuständig. Ich werde versuchen, etwas für Sie zu finden." Mit einem unangenehmen Gefühl verlässt Mike die Wohnung. Er weiß jetzt, was er wissen wollte, aber das Schicksal der alten Leute hat ihn nachdenklich werden lassen. Er hatte kurz nach der Gründung seiner Detektei, noch bevor ihm Candy über den Weg lief, auch Not gelitten, nur nicht so schlimm, wie es diese Leute offenbar erleiden. Er hätte in wirklicher Not auf seine Familie, das heißt seine Tanten und seinen Vater zurückgreifen können.
„Die armen Leute, für die sozial Schwachen wird zu wenig getan", lässt sich Gordon vernehmen.
„Du hast völlig recht. Ich werde bei der nächsten Gelegenheit mit der Schwester meiner Verlobten sprechen, die setzt sich schon länger für sozial Bedürftige ein, ich hoffe, dass sie etwas bewirken kann."
Mike geht zur Treppe. „Lass uns noch einen Blick in die oberen Räume werfen." Die Treppe hat die besten Zeiten hinter sich, sie knarrt beunruhigend bei jedem Schritt. Das Geländer ist wackelig, Mike und Gordon verzichten sicherheitshalber darauf, sich daran festzuhalten. Die Räume im ersten und gleichzeitig letzten Stockwerk, sehen nicht viel anders aus, als die im Erdgeschoss. Die Räume sind leer und unbewohnt. Teile von Möbeln liegen auf den Fußböden, Tapeten hängen in Fetzen von den Wänden herab. Mike und Gordon stehen an einem der Fenster und sehen auf die Straße. Unten, genau gegenüber, ist der Eingang zur Werkstatt von William Goddon.

Mike lächelt Gordon an. „Was sagst du dazu? Das ist der ideale Beobachtungsposten."
„Ja, das passt gut, wie wollen wir vorgehen? Immer abwechselnd, oder wie hast du dir das gedacht?"
Mike kratzt sich am Kinn und holt erst einmal die Schachtel Zigaretten aus der Jackentasche. „Möchtest du auch eine?", bietet er Gordon eine von seinen John Players an, die dieser gerne annimmt. Dann stehen sie da, mit der glimmenden Zigarette in der Hand und sehen nachdenklich durch die schmutzige Glasscheibe hinaus.
„Ich denke, wir machen es so: Wir kommen beide wieder her, mit Verpflegung, Taschenlampe und meinen Dietrichen. Wir bleiben immer nur tagsüber hier. Zu zweit sind wir beweglicher, falls noch etwas zu besorgen ist. Dann können wir sofort los legen, wenn die Garage verlassen wird. Außerdem ist immer jemand da, der auf den anderen Acht geben kann." Mike denkt dabei an die Mahnung seiner Zukünftigen, er will jetzt nicht mehr so viel riskieren wie früher.
„Das scheint mir eine brauchbare Idee zu sein, kann ich auch etwas besorgen?"
„Danke, schone du dich lieber!"
Gordon zieht resignierend seine Schultern hoch. Mike ignoriert das und spricht weiter. „Ich werde Janet bitten, uns Proviant zu besorgen, damit wir hier nicht verhungern." Mike verlässt den Ausblick am Fenster und geht in den hinteren Teil der Wohnung. „Ich hoffe, dass sich hier eine funktionierende Toilette befindet."
Er öffnet die anderen Türen in der Wohnung und findet schließlich die Toilette. Ein grausamer Gestank schlägt ihm aus dem kleinen Raum entgegen. Über der Tür waren Spinnweben, die hängen nun in seinem Haar. Er hebt den Deckel des Klobeckens und tritt erschrocken zurück. Der letzte Benutzer – und das scheint ewig her zu sein - hat nicht gespült. Die Kette des Wasserkastens ist vorhanden, das untere Ende ist abgerissen. Mike zieht an dem Rest der

Kette und hört beruhigt das Rauschen des Wassers. Das anschließende Plätschern sagt ihm, dass der Wasserkasten wieder aufgefüllt wird.
„So, das scheint zu klappen. Wenn wir uns hier länger aufhalten müssen, was ich nicht hoffe, werde ich hier noch putzen müssen."
„Ich könnte einen Besen mitbringen und fegen", bietet sich Gordon an.
„Das ist eine gute Idee. Bin neugierig, wie du das machen willst – mit einem Arm, ich werde fegen!"
Gordon schmollt. „Die Wunde fängt an, mir lästig zu werden, aber ich soll den Verband noch eine Woche tragen."

Am nächsten Tag, gleich nach dem Besuch bei Candice, fahren Mike und Gordon mit dem Taxi wieder zu dem alten Haus. Sie laden ihren Krempel aus, dann bleibt Gordon zurück und Mike geht mehrere Male mit etwas Gepäck zu dem baufälligen Haus. Dabei beobachtet er misstrauisch die Werkstatt, in der Hoffnung, dass ihre Aktivitäten nicht auffallen mögen.
Vor der Werkstatt steht ein Auto, dass gerade hineingefahren wird. Anscheinend wird dort noch repariert. Mike trägt die beiden Klappstühle, einen Korb mit Lebensmitteln und Getränken, in die Behausung im ersten Stock. In einer weiteren Tasche hat er eine Taschenlampe, sein Einbruchswerkzeug und Reservemunition für ihre Revolver. Gordon folgt mit einem Besen und beginnt in der Wohnung gleich mit einer Hand zu fegen. Doch Mike nimmt ihm den Besen aus der Hand. „Das kann man ja gar nicht mit ansehen! Setz du dich lieber auf deinen Stuhl und beobachte die Werkstatt. Eine Pause kann auch nicht schaden, dann verzieht sich der Staub vielleicht."
Gordons ungeschickte Versuche mit dem Besen haben den Staub vom Boden aufgewirbelt, der sich nur langsam wieder setzt.

Der heutige Beobachtungstag bringt einige Erkenntnisse. In der Werkstatt wird gearbeitet, ganz normal, aber auch nicht besonders viel. Der stämmige der drei Freunde ist offensichtlich der Inhaber der Werkstatt. Einmal taucht der dritte Mann, der mit den gepflegten schwarzen Haaren, kurz auf und er und der Besitzer der Werkstatt verschwinden, möglicherweise auf ein Glas Bier oder einen Kaffee, in den hinteren Räumen.
So geht es noch vier Tage, gegenüber ist immer etwas Betrieb. Da der Inhaber der Werkstatt seine Wohnung direkt nebenan hat, erscheint eine Fortsetzung der Beobachtung in der Nacht nicht besonders sinnvoll, zumal sie in dem Fall mehr als zwei Personen sein müssten.

Mike besucht jetzt immer am Abend Candice im Krankenhaus. Jesaja kann dann nach Hause fahren.
„Bis Morgen!", ruft Candice ihm hinterher.
Mike fragt sich jedes Mal, ob die Bewachung überhaupt noch erforderlich ist. Aber Candys Entlassung ist abzusehen, danach wird es ohnehin anders geregelt werden müssen. In dem Landsitz der Evans auf Long Island ist immer mindestens einer der Bediensteten im Haus, der ein Auge auf Candy haben wird. Zudem ist sie dann nicht mehr ans Bett gefesselt und in der Lage, sich mit der eigenen Waffe zu verteidigen. Der Landsitz in Kings Point liegt am Ende einer langen Sackgasse auf der Halbinsel Great Neck, direkt an dem Meeresarm, der die Insel vom Festland im Norden trennt. Dorthin verirren sich nur wenige Menschen, sodass ein potentieller Attentäter schnell auffallen würde.

„Hallo, mein Schatz!" Gut sieht seine Verlobte heute aus, ihr Lächeln ist wieder so süß wie vor dem Anschlag. Sie strahlt ihn aus ihren blauen Augen an. „Mir ist langweilig! Ich will nach Hause", mault sie.
„Was sagt denn Professor Brewster dazu?"

Candice zieht ihre Augenbrauen zusammen. „Wenn es nach ihm geht, muss ich noch mindestens zwei Wochen hierbleiben."
„Du Arme! Ich kann ihm erzählen, wie gut du zu Hause gepflegt werden wirst. Wie sieht es dort mit einem Arzt aus?"
„Das habe ich mit Annie schon besprochen, der Hausarzt der Evans und jetzt Millburghs weiß schon Bescheid. Er soll aber gesagt haben, dass ich hier besser aufgehoben bin", Candice verzieht erneut ärgerlich ihr Gesicht.
„Dann wird da schon was dran sein. Unterhält Jesaja dich nicht gut?"
„Doch, das ist es nicht, er ist ein brillanter Erzähler. Wir sind inzwischen schon bei seinen Großeltern angekommen, irgendwann wird ihm der Stoff ausgehen", sie lächelt vergnügt bei dem Gedanken an Jesajas Anekdoten.

Die nächsten Tage auf ihrem Beobachtungsposten vor der Werkstatt laufen ebenso ab, wie schon der Erste. Mike fragt sich ein ums andere Mal, ob sie hier nicht ihre Zeit vertun. „Was meinst du, Gordon? Wie lange müssen wir hier noch ausharren?"
„Du bist der Chef, ich würde mir aber ein Limit setzen."
„Ja, daran habe ich auch gedacht, lass uns diese Zeit auf sieben Tage beschränken."
Gordon lächelt. „Genau, sieben ist eine Glückszahl, vielleicht haben wir am siebten Tage Glück."
„Du bist doch nicht abergläubisch?"
„Nein, das soll Pech bringen!"

An den langen Tagen, die sie nun zusammen verbringen, erzählen sie sich Geschichten aus ihrem Leben und machen Späße. Die meiste Zeit jedoch sitzen sie in Gedanken versunken und ziehen an einer Zigarette. Der Eimer, den sie als Aschenbecher verwenden, ist schon einen Zoll hoch mit Kippen gefüllt.

„Wie kommst du bei den Anonymen Alkoholikern zurecht?"

Gordon zuckt zusammen, mit der Frage hatte er nicht gerechnet, dann antwortet er: „Ganz gut, ich bin zu der Überzeugung gekommen, dass es mir hilft. Das Wichtigste ist die absolute Abstinenz, das ist bekannt, aber schwer durchzuhalten. Durch die Gespräche mit den anderen Betroffenen lernt man besser, damit umzugehen. Es hilft einem, wenn man hört, dass es anderen auch nicht anders ergeht."

Mike denkt nach. „Wirst du dein ganzes Leben abstinent bleiben müssen?"

Gordon nickt. „Allerdings, sonst war alles umsonst und geht wieder von vorne los. Es gibt Einige, die versuchen schon zum wiederholten Mal, vom Alkohol loszukommen." Er sieht auf seine Schuhspitzen.

Mike wechselt das Thema und erzählt ihm, wie er Candice kennengelernt hat. „Der Auftrag ihrer Schwester fing harmlos an, eine einfache Beschattung des Ehemannes, wie es zu Beginn schien. Doch dann kam die Mafia ins Spiel. Ohne Candice wäre ich nicht heil aus der Geschichte herausgekommen."

Gordon nickt, er kann sich das gut vorstellen.

„Wie war es denn bei dir, von deiner Freundin habe ich noch nicht viel gehört. Wie war das bei euch, damals?"

Gordon steckt sich eine Zigarette an und sieht nachdenklich durch die schmutzige Fensterscheibe hinaus. „Es war kurz nach meiner Entlassung vom FBI. Ich wohnte damals noch in Washington und habe eine Weile versucht, mich mit Gelegenheitsarbeiten über Wasser zu halten. Ich bin auf dem Busbahnhof herumgestreut und habe die Papierkörbe nach Essbarem durchsucht. Um nicht aufzufallen, habe ich mich gelegentlich zwischen die Reisenden gesetzt. Einmal saß ich neben einer unscheinbaren, etwas molligen jungen Frau. Sie hieß Myrna Jefferson, wie ich später erfuhr. Sie sah mich durch ihre Brille nachdenklich an. ‚Kann ich Ihnen helfen, Mister?'

So weit war ich gesunken, dass ich Almosen angeboten bekam. ‚Danke, es geht schon irgendwie', antwortete ich unklar, doch Miss Jefferson wollte mehr wissen, es war keine Neugier. Wie ich später erfuhr, hat sie eine Samariterseele und war ehrlich an meinem Wohlergehen interessiert.

Ich hatte keine Arbeit mehr und konnte die Miete für meine Wohnung nicht bezahlen. Der Tag, an dem ich auf der Straße landen würde, war abzusehen.

‚Fahren Sie doch mit mir nach New York', forderte mich Miss Jefferson auf. ‚Ich beginne in den nächsten Tagen eine neue Arbeit, dann bin ich nicht alleine, ich kenne dort noch niemanden.'

Darauf habe ich ihr gesagt, dass New York auch für mich völlig fremd sei und ich nicht wisse, was ich dort solle. ‚Ich werde Filialleiterin eines Supermarktes, vielleicht kann ich etwas für Sie tun. Kommen Sie doch erst einmal mit dem Bus mit, dabei haben wir ein paar Stunden Zeit, uns zu beschnuppern. Dann können Sie immer noch zurückfahren oder in New York bleiben. Ob Sie hier oder dort keine Arbeit und keine Bleibe haben, ist doch fast egal.'

Wie du weißt, bin ich mitgefahren. Wir haben uns während der Fahrt lange unterhalten, sie hat dabei viel von mir erfahren und ich von ihr."

„Bist du sofort bei ihr eingezogen?"

„Nein, ich habe ein paar Tage im Wohnheim der Stadt New York zugebracht. Aber dann hat sie mich bei sich aufgenommen. Den anderen Mietern hat sie weisgemacht, wir wären verheiratet, die kannten weder sie noch mich, das war nicht schwierig."

„Wollt ihr denn noch heiraten?"

„Doch ganz sicher, es soll auch nicht mehr lange dauern. Weißt du, Mike, Myrna hat etwas ganz besonderes an sich, was ich noch bei keinem Menschen wahrgenommen habe.

Sie ist unbedingt aufrichtig und macht sich wirklich etwas aus mir, ich bin gern mit ihr zusammen."

„Das klingt wirklich gut. Ich schlage vor, dass ihr beide uns mal besucht, wenn diese Geschichte erledigt ist und Candice aus dem Krankenhaus entlassen ist, ja?"

Ein Tag nach dem anderen vergeht mit Nichtstun. Am dritten Tag stehen sie wieder wie die Tage zuvor mit einer Zigarette in der Hand am Fenster und sehen etwas missmutig hinüber zu der Werkstatt. Dort passiert nur wenig, gerade ist ein Auto fortgefahren und die Garage ist leer. William Goddon kommt aus seiner Werkstatt heraus und entfernt sich zu Fuß.

„Bleibt er jetzt länger fort? Die Gelegenheit scheint günstig zu sein." Mike wird unruhig.

„Das wäre mir zu unsicher, vielleicht kommt er gleich zurück", mahnt Gordon zur Vorsicht.

Und richtig, keine dreißig Minuten später kommt er am Steuer eines Pontiacs wieder zurück. Der Auspuff dröhnt laut und stößt blaugraue Wolken aus. Bis der Wagen in der Garage abgestellt ist, verschwindet der Platz vor der Werkstatt im Ölnebel.

„Man müsste ihn fortlocken, indem man sagt, sein Auto wäre stehengeblieben und man benötige Hilfe. Was hältst du davon, Gordon?"

„Hm." Gordon scheint nicht überzeugt. „Wenn nun der andere auftaucht und ihn besuchen kommt? Wir müssten beide fortlocken."

Mike nickt und zündet sich eine neue Players an. „Ich fürchte, du hast recht. Lass uns noch etwas warten."

Bis zum siebten Tag müssen sie nicht mehr ausharren. Am fünften Beobachtungstag, am 4. Juli, einem Sonntag und außerdem dem Unabhängigkeitstag, ändert sich der Ablauf. Der Inhaber der Werkstatt hat seinen Truck auf die Straße gefahren. Nun belädt er die Ladefläche mit drei Klappstüh-

len aus Holz. Aus der Werkstatt holt er einen Grill und stellt ihn dazu.
Der dritte Mann kommt zu ihm und gesellt sich zu seinem Freund. Seinen Namen kennt Mike noch nicht, er erkennt ihn aber wieder. Gepflegte Erscheinung, immer gut frisierte Haare und recht gut aussehend, das ist der Kumpel des Werkstattbesitzers.
Sie unterhalten sich miteinander, dann holt Mr. Goddon noch eine Kiste mit Bier aus der Werkstatt, währenddessen setzt sich sein Kamerad auf den Beifahrersitz.
Es sieht so aus, als wenn die beiden zu einem Picknick an den Rand von Manhattan aufbrechen, vielleicht auch in den Central Park. Da sie drei Stühle dabei haben, wird der Einarmige wohl auch dazu kommen. Das Wetter ist nicht perfekt, aber trocken. Der Himmel ist bedeckt, von der Sonne ist nichts zu sehen.
Der Pickup fährt davon, das Rolltor der Werkstatt bleibt halb geöffnet zurück.

Jetzt ist endlich der Moment gekommen, die Werkstatt zu inspizieren. Da das Tor halb offen ist, braucht er seine Schlosshaken nicht. Mike nimmt sich die Taschenlampe, er prüft den Sitz seines Revolvers im Holster, alles in Ordnung. „So, Gordon, jetzt geht es endlich los. Du gehst am besten auf dem Bürgersteig auf und ab. Falls der schwarze Truck wieder auftaucht, rufst du unter dem Tor hindurch."
„Hoffentlich reicht dir die Zeit. Ich möchte mich nicht von den beiden überraschen lassen."
„Meinst du ich? Falls doch etwas schief geht, musst du Hilfe holen, darin bist du ja geübt."
„Mal nicht den Teufel an die Wand!"
Mike läuft über die Straße und schlüpft gebückt unter dem Tor hindurch. Währenddessen spielt Gordon die Rolle des gelangweilten Passanten.

In der Werkstatt ist es stockfinster. Mike schaltet seine Taschenlampe an und versucht, einen Überblick zu gewinnen. Über der Grube steht noch der Ford von gestern. Er scheint einen Getriebeschaden zu haben, das Getriebe ist ausgebaut, die Kardanwelle liegt am Boden der Grube. Mike geht die kleine Treppe in die Grube hinunter. Die Stufen sind schmutzig und schmierig, der Boden der Grube ist klebrig, Schrauben und Unterlegscheiben liegen herum. Am Ende der Grube steht ein Fass für das Altöl. Es ist ein oben offener Behälter mit zwei kleinen Rädern auf einer Seite. So kann es bei Bedarf unter eine Ölablassöffnung geschoben werden.

Aua! Mike stößt sich den Kopf an dem Auto, leise schimpft er vor sich hin. Es ist dunkel hier unten, nur seine Taschenlampe wirft einen schwachen Schein auf den Boden. Da ruft doch jemand?

Tatsächlich!

„Mike, das Auto kommt!", hört er die Stimme von Gordon von der Tür her kommen. Verdammt! Wo kann er sich jetzt verstecken? Für die Flucht ist es jetzt zu spät. Er schaltet die Taschenlampe aus. Unter dem Rolltor kommt jemand hindurch, dann wird das Licht in der Werkstatt eingeschaltet. Ein schwacher Schein fällt unter das Auto in die Grube hinein.

Mike beschließt, sich hinzuhocken und abzuwarten. Er hat die Hand an der Waffe und horcht auf jedes Geräusch.

Ein zweiter Mann kommt dazu, er hört die beiden miteinander sprechen. „Wie konntest du die Kohle vergessen?"

„Ja, ist ja gut, du hast das jetzt oft genug gesagt! Dir wäre das natürlich nicht passiert! Wir wollen uns lieber beeilen, Henry wartet bestimmt schon auf uns."

Nach wenigen Minuten ist Mike wieder alleine. Er hört noch den Pickup starten und davonfahren, dann ist Stille. Mike atmet hörbar aus. Mit der Taschenlampe leuchtet er den Altölsammelbehälter an. Der ist etwa drei Fuß hoch und zu zwei Dritteln mit einer nach Benzin riechenden, schwarzen Flüssigkeit gefüllt. Er benötigt etwas, um darin herumstochern zu können. Neben der Werkbank findet er mehrere Schweißdrähte. Er nimmt sich einen der etwa drei Fuß langen, dünnen Stäbe und klettert damit in die Grube zurück.

Er taucht den Schweißdraht in die schwarze Brühe. Er reicht gerade bis zum Grund. Auf dem Boden fühlt er einen etwa vier Zoll tiefen Schlamm und stochert darin herum. Dann bemerkt er etwas, es liegt auf dem Boden. Es scheint ein größeres Teil zu sein, das könnte die Konservendose sein, außerdem verbirgt sich dort ein flacher Gegenstand, vielleicht ist das die Waffe.

Mike fühlt sein Herz bis zum Hals schlagen, jetzt ist er dicht vorm Ziel. Die Dose kann er mit dem Schweißdraht nicht fassen, die interessiert ihn im Moment nicht. Wenn der andere Gegenstand die Waffe ist, könnte er sie am Abzugsbügel herausfischen. Er zieht den Schweißdraht heraus, schwarz läuft das Altöl daran entlang und tropft leise zurück in die schwarze Pampe. Er biegt einen Haken in das Ende des Drahtes. Schwarzes, stinkendes Öl klebt an seiner Hand. Er taucht den Schweißdraht wieder ein und fischt nach dem flachen Gegenstand. Er zieht den Draht hin und her, er stößt und zupft. Die Zeit vergeht, sollte er mit der Hand in das Fass greifen? Brrr, er schüttelt sich unbewusst. Vor seinem inneren Auge sieht er sich mit einem schwarzen Arm und einem völlig öligen Hemd in der stinkenden Brühe suchen.

Doch dann, nach zehn langen Minuten, spürt er einen Widerstand. Der Haken am Ende des Schweißdrahtes ist irgendwo hängengeblieben. Vorsichtig zieht er den Gegenstand heraus und - tatsächlich! Gefährlich glänzend kommt eine Waffe zum Vorschein. Mit leisem Plätschern läuft das Öl in die schwarze Soße zurück, Mike greift mit Hochspannung nach der Pistole. Es ist eine 1911, die Dienstwaffe der Offiziere. Behutsam fasst er die ölbeschmierte Waffe und verdammt sich für den Fehler, keinen Lappen bereitgelegt zu haben. So wartet er eine Weile, bis der größte Teil des Öls in das Fass abgelaufen ist und geht dann mit der Pistole die Treppe hinauf. Die neu hinzu gekommenen schwarzen Tropfen fallen neben den vielen anderen Ölflecken kaum auf. Dann findet er an der Werkbank einen Lappen, in den er die Waffe wickelt.

Mike atmet aus und entspannt die verkrampften Muskeln. Nun ist sein Vorhaben bald geschafft. Gordon sieht unter der Tür durch und kann ihn kaum erwarten.

Auf dem Bürgersteig grinst er seinen Kollegen an. „Ich habe sie! Es muss die richtige Waffe sein, ich bin mir ganz sicher. Jetzt aber schnell nach Hause, ich werde die Waffe zerlegen und reinigen. Den Krempel von drüben hole ich in den nächsten Tagen ab, damit hat es keine Eile."

Gordon grinst, „vielleicht wäre es gut, wenn du dich selbst auch reinigen würdest!" Mike sieht an sich herunter. Obwohl er nicht in das Fass greifen musste, hat seine Kleidung gelitten, Flecken sind von dem schwarzen Öl an der Jacke und an der Hose, von seinen Schuhen ganz zu schweigen. „Oje, gut dass Candy das nicht sieht."

Mike kann es kaum abwarten, die Waffe zu untersuchen, sodass er sich für die Heimfahrt ein Taxi nimmt. Gordon will mit der Subway nach Hause fahren. „Vielen Dank Gordon, für deine Hilfe", er grinst, „ich glaube, wir sind ein gutes Team, meinst du nicht auch?"

Gordon nickt, „allerdings!"

Mike wendet sich zum Gehen, „Grüß deine Freundin von mir!"

Mike sitzt im Taxi, die in einen Lappen eingewickelte Pistole auf dem Schoß. Das schwarze Öl beginnt, aus dem Lappen zu sickern, es wird Zeit, dass er nach Hause kommt. Für die notwendige Reinigung besorgt er sich an einer Tankstelle noch einen Kanister mit Benzin.

Im Penthouse legt er den Lappen mit der Waffe in den Raum, den er als Büro verwendet. Er sucht sich noch ein paar weitere Lappen und alte Zeitungen und beginnt, die Waffe zu zerlegen. Er kennt sich mit dieser weit verbreiteten Pistole aus, man benötigt kein Werkzeug dazu. Es sind lediglich ein paar Stifte mit einem Durchschlag zu entfernen. Mit Bürste, Lappen und viel Benzin säubert er sorgfältig jedes Teil. Am Schluss setzt er alles wieder zur vollständigen Waffe zusammen.

Er notiert sich noch die Seriennummer, dann beginnt der zweite Teil seines Planes. Die Pistole will er, natürlich ohne Wissen des Besitzers, in die Schatulle zurücklegen. Das wird schnell gehen, er muss jetzt nur eine kurze Abwesenheit der Vermieterin abwarten. Heute ist Sonntag und ein Feiertag, er muss immer damit rechnen, dass Henry Byrnes von dem vermuteten Picknick zur Feier des 4. Juli zurückkommen wird. Mike verschiebt die Sache auf den nächsten Tag.

Am Montag dem 5. Juli, steht Mike im Treppenhaus zur Wohnung des Henry Byrnes. Er sitzt auf der Fensterbank oberhalb des dritten Stockwerks und zieht an seiner John Player. Der Blick aus dem Fenster führt auf den kleinen Hinterhof. Wäsche kann er dort hängen sehen, Mülleimer stehen zu Gruppen zusammen, als wenn sie darauf warten würden, auf die Straße getragen zu werden. Er hört unter sich eine Tür klappen und lugt vorsichtig durch das Treppengeländer hindurch. Nein, es ist nicht Mrs. Baker, sondern ein Mieter aus der benachbarten Wohnung. Er muss sich noch etwas gedulden.

Zwei lange Stunden später wird seine Ausdauer belohnt. Mrs. Baker kommt aus ihrer Wohnung, verschließt die Tür und steigt langsam und umständlich die Treppe hinunter. Mike ergreift seine Tasche und springt die Stufen hinab. Nach wenigen Sekunden konzentrierter Tüftelei an dem alten Türschloss betritt er die Wohnung. Auch die Tür zum Zimmer von Henry Byrnes hat er schnell geöffnet. Flink verstaut er die blauschwarz glänzende Waffe in der Schatulle und ist in fünf Minuten wieder unten auf der Straße.

Später im Büro geht er zu ihrer Sekretärin. Sie sitzt gerade mit Gordon zusammen, sie beschäftigen sich mit einem verschwundenen Mädchen. Janet ruft mehrere Nummern an und Gordon blättert im Telefonbuch.
„Janet, du kannst doch beinahe alles?"
Sie lächelt ihren Chef an. „Worum geht es denn?"
„Ich habe die Seriennummer einer Pistole. Sie ist wahrscheinlich in der Militärakademie West Point anlässlich einer Jahrgangsfeier 1934 als Auszeichnung ausgegeben worden. Soweit ich weiß, werden dort die Besitzerdaten penibel festgehalten, vielleicht kannst du herausbekommen, wer sie damals erhalten hat."
Janet nickt, „Versprechen kann ich natürlich nichts, ich werde es versuchen."
„Falls es so nicht klappt, werde ich meinen Freund Joe Ripley vom 19. Polizeirevier bitten, den Besitzer zu ermitteln."
„Mike?"
„Ja?"
„Du wolltest doch wissen, wer in der Nummer 415 in der 70th Straße Ost wohnt?"
„Verdammt, das habe ich ganz vergessen, hast du etwas erreicht?"
„Ich war nicht alleine, Willy hat mir geholfen, er hatte seine Uniform als Taxifahrer an und dann sind wir Stockwerk für Stockwerk durchgegangen und haben so getan, als wenn wir einen Fahrgast suchen, der etwas in einem Taxi zurückgelassen hat. Mit Hilfe deiner Beschreibung haben wir ihn ausfindig gemacht: Er heißt Arthur Ecclewood!" Stolz sieht sie ihren Chef an.

„Klasse, Janet! Du mauserst dich zu einer vollwertigen Ermittlerin, eines Tages werden wir eine neue Sekretärin benötigen, weil du für die Schreibarbeit keine Zeit mehr hast!"
Janet strahlt übers ganze Gesicht und Mike fährt fort: „ Ich werde nachher Joseph Ripley aufsuchen, dem habe ich allerlei zu berichten."

Am späten Nachmittag betritt Mike das Büro von Joseph Ripley. „Schön, dich zu sehen, alter Freund, setz dich!"
„Danke, dass du Zeit für mich hast."
Joe grinst ihn an. „Für meine Freunde habe ich immer Zeit", dann fügt er hinzu: „Es gehört eine Portion Glück dazu, mich anzutreffen, du weißt, was mitunter auf unseren Revieren los ist. Aber nun fang an, ich merke doch, dass du etwas los werden willst."
Mike holt einen kleinen Zettel mit der Seriennummer der Waffe, die vermutlich Henry Byrnes gehört, aus der Brieftasche.
„Ich habe unsere Sekretärin gebeten, den Besitzer dieser Waffe ausfindig zu machen, kann sein, dass du das schneller heraus findest."
„Was hat es denn mit der Waffe auf sich?"
Mike lehnt sich zurück und fasst kurz seine Gedanken zusammen. „Die Pistole ist mit großer Wahrscheinlichkeit die Waffe, mit der auf meine Verlobte und unseren Mitarbeiter geschossen worden ist. Die Pistole sollte auf Henry Byrnes als Besitzer registriert sein. Und die Kugel, die bei Candy in der Lunge gefunden wurde, sollte exakt zu dieser Waffe passen."
„Wie, zum Teufel, bist du denn an diese Waffe gekommen?", fragt Joe verblüfft. Doch dann winkt er ab. „Ich glaube, ich will das gar nicht wissen."
Mike lächelt seinen Freund an. „Im Moment genügt es, dass du weißt, dass sie sich in der dazugehörenden Schatulle im Zimmer des Henry Byrnes befindet."

Joe schüttelt den Kopf. „Wie hast du das bloß gedeichselt? Du bist ein Teufelskerl! Obwohl du wahrscheinlich ein ganzes Bündel Gesetze übertreten hast...dennoch, Hut ab!"

Mike lächelt über das Lob und fährt fort. „Wie du weißt, hat sich Henry Byrnes mit meiner Verlobten genau zu der Zeit und an dem Ort verabredet, an dem auf sie geschossen wurde. Das reiht diesen Henry Byrnes ganz oben in die Liste der Verdächtigen ein. Wenn die Übereinstimmung mit der Kugel gefunden wird, ist er so gut wie überführt."

Der Detective macht sich Notizen. „Ich gebe dir recht. Wir sollten diesen interessanten Herrn zum Verhör abholen und zwar auf der Stelle!"

„Das ist noch nicht alles. Es gibt noch zwei Männer, die wahrscheinlich seine Komplizen sind."

„Mike, ich werd verrückt - lass hören!"

„Sie heißen William Goddon und Arthur Ecclewood. Ich vermute, dass sie für den Einbruch in den Safe verantwortlich sind, denn Henry Byrnes hat nur einen Arm."

Joe notiert sich die Namen. „Die Adressen hast du doch sicher auch?", fragt der Detektiv fast ein bisschen resigniert.

„Klar!", sagt Mike aufgeräumt und nennt die Adresse der Werkstatt und die Adresse von Mr. Ecclewoods Zimmer.

Joe Ripley zögert und sieht Mike an. „Einarmig, hast du gesagt?"

„Ja, warum?"

„Mir fällt etwas ein. Am Morgen nach der Ermordung von Lana Miller, war vor ihrer Wohnung ein einarmiger Mann, weil er einen Brief an Sarah Escott abgeben wollte. An Sarah Escott, deren Safe drei Wochen später geknackt wurde. Ich will verdammt sein, wenn da kein Zusammenhang besteht!"

„Das scheint mir auch so. Henry Byrnes hätte gar keinen Brief zu Miss Escotts Wohnung bringen zu brauchen, da sie beide in derselben Firma arbeiten."

Der Detective schlägt mit der Faust auf den Tisch, die Kaffetasse hüpft bedenklich. „Jetzt haben wir ihn! Ich werde gleich morgen die Genehmigung für eine Durchsuchung des Zimmers von Mr. Henry Byrnes beantragen. Gleichzeitig werden wir ihn und die beiden Männer, die du mir genannt hast, zum Verhör abholen."
Er macht eine Pause und sieht Mike eindringlich an. „Und danach will ich wissen, wie du an die Waffe gekommen bist. Nicht, dass wir eine Anklage auf manipulierten Beweisen aufbauen, die der Staatsanwalt mir dann rechts und links um die Ohren schlägt!"
„Keine Sorge Joe, das ist wasserdicht. Meinst du, ich lass dich ins offene Messer laufen?"
„Nein…..gut, vorerst will ich dir das glauben."
„Ach, ja, Joe, da ist noch etwas."
„So?" Der Lieutenant hebt eine Augenbraue.
„Den bei Sarah Escott gestohlenen Schmuck werdet ihr mit großer Wahrscheinlichkeit in dem Altölbehälter in der Werkstatt des Mr. Goddon finden."
Joe reißt die Augen auf und blickt Mike wie das achte Weltwunder an. „Wie zum Teufel….? …Ach, lass gut sein. Für eine Genehmigung zum Durchsuchen der Werkstatt ist dein freundlicher Hinweis leider nicht ausreichend. Vielleicht ergibt sich bei den Verhören noch etwas Brauchbares."

Mike ist wieder draußen auf der Straße. Er ist sehr zufrieden mit dem bisherigen Verlauf. Den Rest wird Joe schon erledigen, das ist polizeiliche Routinearbeit. Joe Ripley ist ein guter Kriminalist, aber er muss bei seiner Ermittlungsarbeit das Gesetz im Auge behalten, da ist er besser dran, er grinst vor sich hin.
Am nächsten Morgen ist er wieder bei Candice im Krankenhaus. Er besucht sie immer sehr gerne, heute ist außerdem ein wichtiger Termin. Ein Angestellter des New Yorker Standesamtes wird kommen und das Aufgebot auf-

nehmen, das muss dann von Candice und ihm unterschrieben werden.

Der Standesbeamte, der Marriage Officiant, ist ein Herr in mittleren Jahren. Sein Haar ist schütter und er ist klapperdürr. Freundlich lächelt er sein zu trauendes Paar an. „Das ist nicht üblich, dass wir Hausbesuche machen, oder sollte ich sagen »Krankenhausbesuche«?" Er lacht über sein Wortspiel. „Ich habe viel mit ihrer Schwester zu tun, sie setzt sich immer wieder für Hilfsbedürftige in New York ein und spendet sehr viel von ihrem Vermögen. Jetzt können wir uns endlich einmal revanchieren."
Das Aufgebot ist bestellt, seinem Schatz geht es jetzt jeden Tag besser. Der Fall, der Candy fast das Leben gekostet hatte, geht nun der Auflösung entgegen. Nun können sie beide die Hochzeit nicht mehr abwarten.

Der Zweite Weltkrieg in Manhattan

Seit ein paar Tagen arbeitet Henry Byrnes einen jungen Mann als Nachfolger für seinen Job als Postzusteller ein. Er ist sechzehn Jahre alt, schlank und hat rabenschwarzes Haar. Er scheint südamerikanischer Abstammung zu sein, ist aufgeweckt und lernt schnell. Die Tätigkeit ist einfach, es genügt, wenn man lesen kann. Seit einer Woche zeigt er ihm den günstigsten Weg durch alle Räume des Verlages.
Morgen soll er seine neue Arbeit antreten. Bei dem Gedanken daran empfindet er widerstreitende Gefühle. Auf der einen Seite freut er sich auf die Herausforderung, auf der anderen Seite verlässt er die Tätigkeit, die ihm in ihrer Gleichförmigkeit Sicherheit gegeben hat. Es gab keine Erfolgserlebnisse, aber auch keine Überraschungen. Außerdem hat er immer wieder ein flaues Gefühl im Magen,

weil er die Frau bestohlen hat, die ihm den neuen Job zutraut und sich für ihn eingesetzt hat.

„Mister Byrnes, Sie sollen zum Personalchef kommen!", ein Bote überbringt ihm eine kurze Nachricht. Henrys Herz macht einen Sprung, der neue Job fängt wohl schon an! Er legt seine Posttasche in dem Sortierraum ab, überprüft sein Aussehen in einem kleinen Spiegel und geht beschwingten Schrittes in das Büro der Personalverwaltung.

„Sind Sie Mr. Byrnes?" Zwei Streifenpolizisten in ihrer dunkelblauen Uniform sprechen ihn an.

„Ja, der bin ich."

Für einen Moment steht die Zeit still. Henry ruft sich selbst zur Ordnung, ruhig bleiben! Es ist nichts passiert, niemand kann etwas wissen.

„Wir haben den Auftrag, Sie zu ihrer Wohnung zu bringen. Dort sollen Sie einer Durchsuchung beiwohnen."

Henry Byrnes durchfährt ein eisiger Schreck, doch dann beruhigt er sich wieder. In seinem Zimmer gibt es nicht den kleinsten Hinweis auf irgendetwas. Aber, was ist der Grund für diese Durchsuchung? „Warum soll meine Wohnung durchsucht werden?", fragt er so unbeteiligt wie möglich.

„Tut uns leid, wir sollen Sie nur abholen. Detective Ripley kann Sie über die Hintergründe aufklären."

Flankiert von den beiden Cops, wird Mr. Byrnes zu dem Wagen geführt, der auf der Straße parkt. Unangenehm spürt er die Augen der Mitarbeiter des Verlages und der Passanten auf sich gerichtet. Während der Fahrt zu seinem Zimmer, lässt er sich alle möglichen Gründe für diesen Polizeieinsatz durch den Kopf gehen. Bisher hat doch alles gut geklappt, was war denn schiefgegangen? Er versucht sich einzureden, dass es sich vielleicht um eine Verwechslung handeln könnte.

Sie halten in der 25. Straße, Detective Ripley wartet rauchend auf dem Bürgersteig auf die Rückkehr seiner Mannschaft.
„Lieutenant, das ist Mr. Byrnes, wie gewünscht."
„Danke, Jungs. Gute Arbeit."
Ein Polizist begleitet Mr. Byrnes und den Detective in den dritten Stock. Die Zimmerwirtin, Mrs. Baker, ist in heller Aufregung.
„Um Gottes Willen! So viel Polizei! Mr. Byrnes ist so ein netter und ruhiger Untermieter!"

Im Zimmer von Henry Byrnes warten bereits zwei Mitarbeiter von der Zentrale in der Park Row. Sie sollen den Raum genauestens untersuchen.
Lieutenant Ripley setzt sich an den einzigen Tisch im Raum und holt ein Protokoll und einen Füllfederhalter aus seiner Aktentasche. Er beginnt, die Adresse und den Namen einzutragen. „Sie sind Henry Byrnes? Gibt es noch weitere Vornamen?"
Mr. Byrnes räuspert sich, er hat einen Kloß im Hals. „Ja, ich heiße mit vollständigem Namen Henry Algernon Byrnes."
Joseph Ripley ergänzt die Eintragungen. „So, Ihr könnt anfangen!", ruft der Detective den beiden Männern zu.
Der kleine Raum ist von den beiden erfahrenen Polizisten schnell durchsucht. Sie rücken den Schrank von der Wand und sehen unter das Bett. Die Schatulle für die Pistole wird aus dem Schrank geholt und auf den Tisch gestellt.
„Sehen Sie mal, Lieutenant, was für eine schöne Schatulle", strahlt ihn einer der beiden Helfer an.
Verblüfft beobachtet Byrnes das offensichtliche Gewicht der Schachtel. Das kann nicht sein, versucht er sich einzureden, die Waffe liegt doch in dem Fass mit dem stinkenden Öl in Williams Werkstatt.

„Keine Hemmungen, öffnet die Schachtel!", Joseph Ripley ist sehr neugierig. Nun wird sich zeigen, ob Mike seine Sache gut gemacht hat.

Unter dem Deckel mit der Plakette kommt eine blitzblank gereinigte Waffe zum Vorschein. Henry Byrnes reißt die Augen auf, das kann doch nicht sein! Nein, das ist einfach nicht möglich!

„Das ist nicht meine Waffe!"

Joseph Ripley schmunzelt, er vergleicht jetzt die Seriennummer mit einer Notiz, die er aus seiner Tasche gefischt hat. Er nickt, auf Mike kann man sich verlassen. „Ich fürchte, Sie täuschen sich, die Waffe ist auf Sie zugelassen, wir nehmen Sie erst einmal mit zum Revier, dann sehen wir weiter."

Der Einarmige versteht die Welt nicht mehr. Das muss ein Trick sein! Man will ihn reinlegen!

Im Revier sitzt Henry Byrnes in einem kargen Raum, der notdürftig von einer Glühbirne an der Decke erhellt wird, ein Fenster sucht er vergeblich. Ein Polizist steht Wache an der Tür, Detective Ripley sitzt gegenüber von seinem Festgenommenen.

„Wir werden zuerst ihr Alibi an verschiedenen Tagen überprüfen. Wo waren Sie am 1. Juni in der Zeit von 5:00 bis 6:00 am Abend und am 22. Juli in der Zeit von 5:00 bis 7:00 am Abend?"

Henry Byrnes versteht nicht, was hier vorgeht. Woher weiß der Detective das alles? Das sind genau die Termine, an denen einmal Lana Miller und das andere Mal das blonde Model umgebracht worden waren. Er druckst etwas herum.

„Ich, äh... lassen Sie mich nachdenken, das ist ja schon eine Weile her."

„Kein Problem, wir haben alle Zeit der Welt", sagt Detective Ripley und lehnt sich mit verschränkten Armen zurück.

„Am 1. Juni war ich mit meinen Freunden Karten spielen, am 22. Juli haben wir einen gehoben, ja, genau, in einer Kneipe an der 1.Avenue."

Detective Ripley hat sich vorgenommen, seine Informationen zu einer Breitseite zusammenzufassen. „Diese Freunde sind wohl William Goddon und Arthur Ecclewood? Ich würde mich wundern, wenn die Ihnen ein Alibi geben können, sie haben selbst keines für die angegebenen Zeiten."

Henry Byrnes glaubt inzwischen, einen Albtraum zu erleben, das kann doch alles nicht wahr sein! Was geht hier vor?

Ein Polizist kommt herein und flüstert dem Detective ins Ohr. Der grinst den Einarmigen gefährlich an. „Ich habe eben die Information bekommen, dass mit ihrer Waffe auf Miss Candice Evans und mit Sicherheit auch auf Gordon Batcher geschossen worden ist. Die Ergebnisse des Schussversuches sind eindeutig." Triumphierend sieht er Henry Byrnes an, der sichtlich in sich zusammengesackt ist. Aber er setzt noch einen drauf. „Die junge Frau, auf die sie geschossen haben, lebt. Sie wird in den nächsten Tagen aus dem Krankenhaus entlassen werden. Der andere Verletzte lebt auch, er hat sogar dazu beigetragen, dass Sie hier vor mir sitzen."

Henry Byrnes ist fertig mit sich und der Welt. Die Übereinstimmung des Geschosses mit seiner Pistole kann er nicht wegdiskutieren. Das ist ein Mordversuch, das gibt ein paar Jahre Gefängnis. Er wird aber auf keinen Fall etwas von sich geben, was seine Kameraden belasten würde, er weiß, dass sie sich auch so verhalten würden.

Joseph Ripley sieht seinem Verhafteten an, dass er kurz davor ist, ein Geständnis abzulegen. „Wollen Sie jetzt gleich gestehen, oder nachher? Wir haben zwar nur Indizien, die sind aber so beweiskräftig, dass der Staatsanwalt Anklage erheben kann." Dann ruft er die Wache. „Sperren Sie ihn weg!"

Mike kommt am nächsten Morgen aus dem Krankenhaus zurück. Nur noch ein paar Tage, hat es geheißen. Er kann es nicht mehr abwarten, dass seine Candy endlich aus dem Krankenhaus entlassen werden soll. In ihrem Landsitz auf Long Island ist schon alles für ihre Ankunft vorbereitet. Sie hat dort immer noch ihr altes Zimmer, das Bett ist frisch bezogen und auf dem Nachttisch liegen ihre Lieblings-Candys. Candys für Candy, Mike schmunzelt bei dem Gedanken an seinen Liebling.
Jesaja gibt wieder acht, dass niemand seiner Chefin zu nahe kommt. Die Tage der Bewachung werden bald vorbei sein. Sobald neben Henry Byrnes auch seine Kumpane hinter Schloss und Riegel sind, braucht er ohnehin nicht mehr aufzupassen. Dann wird Candy das Krankenhaus bald verlassen. Jesaja ist inzwischen der gute Freund des Pflegepersonals, er kennt jede der Krankenschwestern mit Namen. Wenn dieser Job nicht bald zu Ende geht, wird er dort nicht mehr fort wollen.

Als er das Büro betritt, wird er von Janet gerufen. „Mike! Du sollst bitte Detective Ripley anrufen."
„Klar doch, hat er gesagt, worum es geht?"
„Es hat irgendetwas mit deiner Aussage zu tun."
„Danke, ich kann mir schon denken, was es ist."
Er setzt sich an seinen Schreibtisch und steckt sich eine Zigarette an, genussvoll atmet er den aromatischen Rauch ein. Er wählt die Nummer, die er inzwischen auswendig beherrscht.
„Lieutenant Ripley!", meldet sich der Detective.
„Hallo, Joe, hier ist Mike. Du wolltest mich sprechen?"
„Gut, dass du dich gleich meldest. Es sind zwei Dinge, zum einen wollte ich dir vom Verhör des Henry Byrnes berichten, zum anderen wollte ich dich bitten, bei passender Gelegenheit hierher zu kommen, weil ich deine Unterschrift unter dem Protokoll deiner Aussage benötige."

„Kein Problem. Wie wäre es am Sonnabend?"
„Das passt mir gut. Komm doch zum Dienstschluss um 2:00, vielleicht können wir anschließend hier in die Gaststätte gehen. Bring etwas Zeit mit, du weißt ja, wie es hier zugeht, die Verbrecher bestimmen meinen Tagesablauf."
„Klar, ich werde einfach warten. Was ist denn mit der Aussage von Byrnes?"
„Tja, bisher schweigt er wie ein Grab. Sein Mordversuch ist aber einwandfrei zu beweisen, das Problem ist, dass seine Freunde in ihrem Verhör nichts, aber auch gar nichts gesagt haben. Deshalb werden wir ihn hierbehalten, der Staatsanwalt arbeitet schon an einer Anklage. Seine Freunde mussten wir leider laufen lassen, solange keiner von ihnen auspackt, können wir ihnen nichts nachweisen."
„Hm, das ist ärgerlich, aber schwer zu ändern. Was ist denn mit dem Schmuck?"
„Bis jetzt habe ich keine Genehmigung für die Durchsuchung der Werkstatt. Ich habe meine Regeln und kann da nicht einfach rein spazieren, wie du das anscheinend getan hast. Es könnte auch sein, dass die beiden den Schmuck bereits an einer anderen Stelle versteckt haben."
„Ja, das halte ich auch für möglich. Bis dann, wir sehen uns am Samstag."
Mike legt auf und denkt noch über das Gespräch nach. Ihm fällt keine weitere Beweismöglichkeit zum Überführen der Komplizen von Henry Byrnes ein. Er steckt sich eine John Players an und geht in Gordons Büro. „Mein lieber Freund, was macht der Arm?"
„Danke, der Arzt hat mir gestern eröffnet, dass der Verband Ende der Woche entfernt wird. Erzähl mir lieber, wie es Candice geht."
„Sie hat Langeweile und soll Mitte nächster Woche entlassen werden."
Gordon lacht. „Das freut mich für euch beide….da ist aber noch was, oder?"

„Ja, es geht um die schleppende Verhaftung der Komplizen von Byrnes. Alle schweigen, ohne ihre Aussage kann man den beiden nichts nachweisen und man musste sie vorerst nach Hause entlassen. Übrigens, das in Candice gefundene Geschoss stimmt eindeutig mit der Waffe von Byrnes überein. Dein Hinweis war goldrichtig."
Jetzt lächelt Gordon wieder, er freut sich sichtlich über das Lob. „Zurück zu den Komplizen, Mike. Ich weiß, was du meinst, im Moment fällt mir dazu leider auch nichts ein. Was uns fehlt, wäre eine Zeugenaussage oder Fingerabdrücke, die Jungs sind gerissen, so leicht lassen die sich nicht bange machen. Ich melde mich sofort, sobald mir etwas einfällt."
„Jetzt ganz etwas anderes", wechselt Mike das Thema, „Deine Freundin muss natürlich auch zu unserer Hochzeit kommen, dann lernen wir sie endlich einmal kennen."
„Danke, das ist nett, ich habe mit ihr schon darüber gesprochen. Sag mal, du lädst immer fleißig ein, ist das Haus denn groß genug?"
Mike grinst, „Mach dir darüber keine Sorgen, Gordon, es ist nicht nur groß, es ist riesig! Ich habe mich immer noch nicht daran gewöhnt, du wirst es bald sehen."

Arthur Ecclewood betritt die Werkstatt von William Goddon. Seine Laune ist nicht die Beste, mit wütendem Schwung hängt er seinen Hut auf den Garderobenhaken.
„Was sagst du dazu, Bill? Nun haben sie unseren Lieutenant eingesperrt."
William Goddon gibt ein Knurren von sich. „Es ist nicht gerecht, wir sind doch die Schuldigen."
„Na, so ist es ja auch nicht, er hat auf die Blonde aus dem Verlag geschossen. Wenn die nicht überlebt hätte, müsste er mit der Todesstrafe rechnen, nun werden es wegen versuchten Mordes lediglich ein paar Jahre Knast sein."

„Schon, aber warum hat er es gemacht? Weil er uns schützen wollte! Uns, seine Kameraden! So steht einer für den anderen ein."
„Was willst du denn damit sagen?"
„Ich finde, wir sollten ihm helfen. Wir waren auch die Gewinner bei dem Einbruch, wir haben die dicke Kohle herausgeholt. Und nun sitzt unser Lieutenant hinter Gittern."
„Wenn du nicht das Mädchen abgestochen hättest, hätte Henry nicht auf das Model schießen müssen, so sieht es doch aus!!!"
„Na, du hast leicht reden!! Mir blieb doch gar nichts anderes übrig! Und wenn du besser auf das Stockwerk aufgepasst hättest, wäre es erst gar nicht so weit gekommen."
„Das war wohl mindestens genauso dein Versäumnis."
Die beiden sitzen nebeneinander in der Küche und brüten düster vor sich hin. Arthur Ecclewood greift nach der Bierflasche und nimmt einen Schluck. Er zündet sich eine Zigarette an und bläst langsam, in Gedanken versunken, den Rauch aus. „Bill, wir müssen etwas unternehmen, es geht nicht, dass Henry jetzt Jahre im Knast verbringt und wir sind fein raus."
William setzt sich abrupt auf. „Ja, du hast recht, wir holen ihn da raus! Ich werde uns Waffen besorgen, wir treffen uns morgen hier bei mir um die gleiche Zeit."
Arthur steht auf, er ist erleichtert, dass jetzt etwas passiert und sein Kamerad mitmacht.

Als Arthur Ecclewood am nächsten Tag die Werkstatt betritt, sieht es dort aus, wie in einem Waffenlager. Zwei M1 Garand Sturmgewehre und drei Colt 1911 liegen auf der Werkbank. Mehrere Schachteln Munition vervollständigen das Arsenal.
„Das sieht ja fabelhaft aus! Damit werden wir es schaffen."
Arthur Ecclewood ist in guter Stimmung, er ist voller Tatendrang. Der Gedanke, dass ihr Vorgesetzter nun lange

im Gefängnis bleiben soll, ist ihm ein Gräuel. Sie haben sich immer gegenseitig geholfen. Irgendwo tief in ihm schlummert eine Erinnerung, die ihm unbewusst zu schaffen macht. Sein Ungestüm war letztlich damals der Grund gewesen, dass ihr Chef seinen Arm verloren hat. Unbewältigte Schuldgefühle lassen ihn nun unvernünftige Entschlüsse fassen.
William Goddon ist eigentlich der Besonnenere von beiden. Arthur ist ungestüm und explosiv, er dagegen überlegt lange und reagiert dann meistens sinnvoll. Jetzt aber lässt er sich von der Impulsivität seines Kameraden mitreißen. William mag klare Verhältnisse, er erträgt es nicht, wenn jetzt ihr Vorgesetzter ihre Schuld auf sich nimmt. Er hat seinen Vorgesetzten nicht tagelang durch die Normandie geschleppt, damit der nun für Jahre im Gefängnis versauert.
Pläne für die nahe Zukunft sind schon in seinem Kopf herangereift. Das Geld aus dem Safe ist kaum angebrochen, ebenso der Anteil von Arthur und Henry. Gestern hat er die Konservendose mit dem Schmuck aus dem Altöl herausgefischt. Zum einen, weil die Polizei vielleicht doch noch kommen und danach suchen könnte, zum anderen haben sie so noch eine stille Reserve verfügbar. Er hat einen Bekannten in der Bronx, dort könnten sie sich vorerst verstecken.
Den Termin für die Befreiung ihres Vorgesetzten, haben sich die beiden sorgsam überlegt. Am frühen Sonnabendnachmittag ist nicht mehr viel los, der Berufsverkehr ist dann abgeflaut, auf der Polizeiwache gibt es nur die Wochenendbesetzung.
Gemeinsam tragen sie die Ausrüstung zum Pickup hinaus. William und Arthur steigen ein und sehen sich an.
„Alles klar, Sergeant?"
„Alles klar!", William Goddon startet den Pickup und fährt los.

Am frühen Nachmittag lässt sich Mike mit dem Taxi zum 19. Revier bringen. Es liegt genau auf der anderen Seite von Manhattan, mit dem Central Park dazwischen, deshalb sind die Verbindungen mit den öffentlichen Verkehrsmitteln etwas umständlich.
Joseph Ripley sitzt an seinem Schreibtisch und telefoniert, wird aber gerade fertig. Mike hört noch, wie er sich verabschiedet und den Hörer auflegt.
„Hallo, Mike! Wir bekommen doch noch einen Durchsuchungsbeschluss für die Werkstatt von William Goddon, aber nicht vor Montag."
„Ich bin ziemlich sicher, dass sie nach dem Verhör mit dir den Schmuck bereits an einer anderen Stelle versteckt haben."
Joseph gibt ihm recht „Ja, das denke ich auch, aber vielleicht finden wir irgendwelches Werkzeug, das wir mit dem Einbruch in Verbindung bringen können, oder sonst etwas. Irgendwas findet man immer."
„Du würdest auch einen guten Privatdetektiv abgeben!", lacht Mike ihn an.
Der Detective erhebt sich, „ich bin Polizist, das muss reichen, lass uns gehen, ehe noch Verbrecher hereingeführt werden und ich meinen Feierabend verpasse. Die Gauner werden immer dann aktiv, wenn ich nach Hause will."

Draußen fallen zwei Schüsse. Der Lieutenant blickt Mike verdutzt an. „Da siehst du, was ich gemeint habe, es geht heute früh los."
Die Polizisten der Tagesschicht wollten sich eigentlich schon auf ihr baldiges Schichtende vorbereiten, nun laufen sie hastig umher. Wieder fällt ein Schuss. Die Tür zur Wache wird aufgestoßen und zwei Männer stürmen herein. Sie sind bis an die Zähne bewaffnet, jeder hält ein Sturmgewehr in der Hand, im Gürtel der beiden steckt eine Pistole,

der schwarzhaarige von ihnen trägt ein Schulterholster, in dem eine weitere Waffe steckt. In den tiefen Taschen ihrer Kampfanzüge befinden sich noch mehrere Magazine mit Munition.

Einer der Polizisten schießt aus der Deckung des Schreibtisches. In der Aufregung geht der Schuss daneben, das Holz des Türrahmens splittert und spritzt in der Wache umher. Mike und Joseph hocken beide hinter dem Schreibtisch des Detectives und halten ihre Revolver in der Hand.

Mit einem Mal springt der größere der beiden Männer, wild um sich schießend, mit ein paar mächtigen Sätzen durch den Raum. Sein Begleiter gibt ihm Feuerschutz und gibt mehrere gezielte Schüsse ab. Die Polizisten schießen aus der Deckung zurück, so gut sie können. Die Eindringlinge sind jedoch zu allem entschlossen und kampferfahren, sodass sie nur wenig gegen sie ausrichten können.

Der Schwarzhaarige ist vorgeprescht, er steht direkt vor Joseph Ripleys Schreibtisch. Er hält sein Sturmgewehr mit beiden Händen und richtet es auf den Lieutenant. „Steh auf, Freundchen!"

Der Detective erkennt, dass er zu langsam war. Einem ehemaligen Soldaten, der in Europa zwei Jahre lang unter härtesten Bedingungen gekämpft hat, hat er nur wenig entgegenzusetzen. Lieutenant Ripley legt langsam seine Waffe auf den Schreibtisch und hebt die Hände.

„Du wirst jetzt unseren Lieutenant frei lassen! Vorwärts!", er dirigiert ihn mit der Mündung des Gewehrs zu den beiden Zellen der Wache.

Detective Ripley hat die Hände erhoben und geht langsam in die angewiesene Richtung. Der stämmigere der beiden Veteranen hält die Polizisten in der Wache unter Kontrolle.

Joseph Ripley ruft laut, so laut, dass ihn alle verstehen: „Sergeant Campbell, holen Sie die Schlüssel für die Zellen und lassen Sie Mr. Byrnes frei! Keiner geht jetzt ein Risiko ein, wir werden sie später wieder einfangen!"

Arthur Ecclewood lacht hämisch. „Uns fängt niemand! Wir sterben gemeinsam oder wir leben gemeinsam!", er zieht am Abzug seines Sturmgewehres, ein Schuss aus seiner M1 kracht in die Decke. Putz und Staub rieselt herunter, die Polizisten ducken sich unwillkürlich.

Henry Byrnes wird freigelassen und kommt seinen Kameraden entgegen. Er sieht sich irritiert um. Arthur Ecclewood drückt ihm die dritte Pistole in die Hand. „Hier, Lieutenant, das Magazin ist gefüllt, sie ist durchgeladen."

Henry Byrnes weiß nicht so recht, ob er sich über die Befreiung freuen soll, wird jetzt nicht alles noch viel schlimmer, als es ohnehin schon ist?

Mike Callaghan steht hinter dem Schreibtisch, seinen Revolver hat er darauf legen müssen. Nun sieht er der Eskalation machtlos zu. Jede Einmischung von ihm könnte das Leben seines Freundes und der anderen Polizisten gefährden.

Der Gefährlichste der drei scheint ihm Arthur Ecclewood zu sein. Er ist furchtlos und unberechenbar, auf ihn muss er sein Hauptaugenmerk richten. Jetzt steht er vor ihm, den Rücken ihm zugewandt, er blickt zu Henry Byrnes, sein Gewehr zeigt immer noch auf den Detective.

„Private Ecclewood! Stillgestanden!", ruft Mike ihn von hinten an, so laut er kann und versucht seiner Stimme einen scharfen, befehlsmäßigen Ton zu geben.

Ganz kurz zuckt der ehemalige Soldat zusammen, zu tief sitzen diese in langer Praxis eingebrannten Befehle.

Genau in diesem Moment der Ablenkung schießt einer der Polizisten aus dem Schutz eines umgekippten Tisches. Der Schuss trifft Arthur Ecclewood in den Arm. Er dreht sich wütend um, sein Gesicht ist vor Zorn verzerrt, sein sonst ordentlich frisiertes Haar hängt ihm wirr in die Stirn. Er richtet seine Pistole auf den vermeintlichen Schützen und schießt zurück. Detective Ripley nutzt den Sekundenbruchteil der Unaufmerksamkeit und bringt sich hinter einer Tür in Deckung. Im nächsten Moment schießen

seine Kollegen von allen Seiten. Laut hallen die Schüsse von den Wänden zurück. Arthur Ecclewood und sein Kamerad am Eingang beantworten gezielt die Angriffe, sie haben sich ebenfalls verschanzt und schießen aus etwas schwacher Deckung zurück.
Henry Byrnes steht an der Wand, die Waffe in der abgesenkten Hand und sieht dem Gefecht apathisch zu. Wie in Trance erlebt er das Krachen der Schüsse und die lauten Einschläge. Ein Polizist schreit laut, er ist getroffen worden. Die beiden Veteranen sind auch getroffen worden, sie sind aber nicht kampfunfähig. Solange sie schießen können und die Munition reicht, wird gekämpft. Das war bei dem Angriff auf die französische Küste auch nicht anders, am Ende hatten sie den Sieg davongetragen.
Vor Henry Byrnes Augen treten die Erlebnisse von damals hervor. Immer wieder ein neues Gemetzel, ein neuer Hinterhalt. Angriffe, Schüsse, von überall her kam der Lärm von Gefechten. Ein lautes Brummen dröhnt in seinem Kopf. Sollte das etwa die lange erwartete Unterstützung aus der Luft sein? Da! Das Kanonenrohr des Tigers dreht sich und zeigt jetzt genau auf ihn. Er sieht die gelbe Mündungsflamme vor sich und spürt jetzt den Schmerz, der ihn durchfuhr, als das 88 mm Geschoss ihm den Arm abriss. Der Schmerz ist so groß, dass er das Bewusstsein verliert.
Mit blutendem Kopf sinkt Henry Byrnes an der Wand hinunter.

Die Schlacht ist vorbei. William Goddon hat aufgegeben, er wird jetzt von einem der Polizisten in eine Zelle gesperrt. Der Sergeant vom Dienst telefoniert mit dem Rettungsdienst, es sind fünf mehr oder weniger stark Verletzte zu behandeln. Unter Ihnen befindet sich Henry Byrnes. Er scheint einen Querschläger an den Kopf bekommen zu haben und liegt bewusstlos auf dem Boden.

Arthur Ecclewood kann niemand mehr helfen. Er liegt mit mehreren Einschüssen in einer Lache aus Blut.
Mike hat sich auf einen Stuhl gesetzt und sieht seinem Freund zu, der routiniert Aufgaben verteilt. Nach einer Viertelstunde kommt er zu ihm zurück. „So, Mike, jetzt geht alles seinen geregelten Gang, lass uns hier bloß verschwinden, ich habe vorerst die Nase voll!"
„Geht mir genauso, was meinst du, wie gut uns jetzt ein Bier schmecken wird!"
Joseph Ripley nickt, dann verlassen sie beide rasch die Wache.

Hochzeit auf Long Island

Als Mike am Morgen des 14. Juli, einem Mittwoch, aufwacht, weiß er zunächst nicht, warum er so ruhelos ist. Er streckt sich, jetzt fällt es ihm schlagartig ein: Heute wird Candy aus dem Krankenhaus entlassen. Sie hat jetzt drei Wochen in der Klinik verbracht und Mike kam die Zeit endlos lange vor. Nicht, dass er Langeweile gehabt hätte, nein, wirklich nicht. Aber dieser Fall, der nicht zuletzt Candy ins Krankenhaus gebracht hatte, ist nun gottlob vorbei und sie können beruhigt in die Zukunft sehen. Mike springt mit einem Satz aus dem Bett. Er hat sich um 10:00 mit Candys Schwester vor dem Eingang des Presbyterianischen Krankenhauses verabredet, er will sie nicht warten lassen.

Mike steht schon seit 10 Minuten vor der Klinik, als Annie mit ihrem schwarzen Cadillac Fleetwood 60 vorfährt. Ein gewaltiges Auto, Mike beobachtet etwas skeptisch, wie die zierliche Annie hinter dem mächtigen Volant hervorkommt und aussteigt. „Annie, meine Liebe!", er beugt sich zu ihr hinunter und küsst sie auf beide Wangen. „Ich bin wirklich froh, dass du dich um Candice kümmern willst."

„Das ist für mich selbstverständlich, seit ihrer Geburt habe ich mich oft um meine Schwester gekümmert", sie lächelt Mike an, „das ist das Los einer großen Schwester."
Mike räuspert sich. „Bist du mir noch böse, weil ich Candy in diese Lage gebracht habe?" Annie sieht ihn nachdenklich an. „Nein, ich denke nicht. Ich weiß allerdings nicht, ob ich so nachsichtig wäre, wenn es wirklich böse ausgegangen wäre, das sage ich dir ganz ehrlich." Mike blickt auf seine Schuhe, dann in Annies Augen. „Ich weiß."
Annie geht voraus, sie kennt den Weg mindestens so gut wie Mike.
Candice sitzt bereits reisefertig auf dem Stuhl neben dem Bett, auf dem Stuhl, auf dem Jesaja so manche Stunde gesessen hat und sie mit seinen Geschichten unterhalten hat. Die Bewachung von Candice ist nach der Schießerei im 19. Polizeirevier nicht mehr nötig und Jesaja geht seitdem neuen Aufgaben nach.
Candice legt die Arme um Mike, er drückt sie vorsichtig und gibt ihr einen zarten Kuss. Annie steht daneben und kann es gar nicht abwarten, ihre Schwester zu herzen. Doch dann gibt Mike Candy frei und Annie nimmt sie in Beschlag. Mike ergreift den Koffer und geht zur Tür. „Los kommt, ihr zwei, so schön ist es hier auch wieder nicht."
Die Schwestern folgen ihm und die Absätze ihrer Stöckelschuhe klappern laut durch die Gänge. Annie hält Candice fest an der Hand, sie traut ihrer Zusicherung nicht, dass sie schon wieder gesund genug wäre, um alleine zu gehen.
Am Auto angekommen, lädt Mike den Koffer ein und setzt sich auf den Rücksitz. Candice nimmt den Beifahrersitz neben ihrer Schwester ein. Während der Fahrt nach Long Island gibt es schon allerhand zu besprechen. Bei Annie laufen alle Fäden für die Trauung und die Hochzeitsfeier zusammen.
Mike schmunzelt über Annies Eifer. „Es ist gerade so, wie bei der Heirat der Königin von England vor einem halben Jahr", bemerkt er mit einem Lächeln.

„Das mag sein, mir ist Candice aber um ein vieles lieber, als Elizabeth II", kontert Annie. Wie recht sie hat! Die Königin in seinem Herzen wird immer Candice sein.

Die beiden jungen Frauen haben viel zu besprechen und sind noch lange nicht fertig, als Annie auf den Hof des riesigen Anwesens fährt. Das Hochzeitskleid ist für Annie ein wichtiges Detail, so greift sie dieses Thema jetzt auf. „Ich habe für morgen den Schneider bestellt, es sind nur noch zwei Wochen Zeit, das wird schon knapp. Wenn ich nur an die vielen Anproben denke!" Sie sieht prüfend an Candy hinunter. Nein, von ihrer Schwangerschaft ist noch nichts zu bemerken.

Annie macht nur Theater, Mike weiß das. Die Zeit reicht aus und Annie ist eine gute Organisatorin, wenngleich die Arbeit für die Firma ihres verstorbenen Vaters jetzt etwas zu kurz kommt. Aber wenn die kleine Schwester heiratet, ist es eben etwas Besonderes und Annie läuft zur Hochform auf.

Gute zwei Wochen später sind die Vorbereitungen in dem riesigen Landsitz auf Long Island fast abgeschlossen. Es ist Freitag, der 30. Juli 1948. In zwei Tagen soll es hier die größte Feier geben, die das ehrwürdige Haus je erlebt hat.

Heute findet die Trauung im Marriage Bureau, dem Standesamt, in der Worth Street im Süden Manhattans, statt. Es ist ein grauer, imposanter Bau mit fünf Stockwerken. Die Räume im Erdgeschoss sind sehr hoch, die Einrichtung ist edel, die Wände und manche Decken sind mit Gemälden geschmückt. In dem riesigen Vorraum warten bereits die Trauzeugen und etliche Gäste, als Mike und Candy eintreffen.

Candice hat sich nur für den heutigen Tag ein neues Kostüm schneidern lassen, es ist aus dunkelblauem Samt mit einer weißen Bluse aus Seide. Annie hat sie dazu überredet, sich einige Locken in ihr sonst glatt herunterhängendes

Haar drehen zu lassen. Nun umrahmt das Haar ihr Engelsgesicht wie mit goldenen Kringeln.
Mike kommt sich etwas deplatziert vor. An den Reichtum der Evans, beziehungsweise Millburghs, wird er sich wohl nie gewöhnen können. Er hat sich aber durchsetzen können und trägt keinen ganz neuen Anzug, sondern den, den ihm Candice Anfang des Jahres geschenkt hatte. Dazu trägt er die übliche gestreifte Krawatte.

Die Trauzeugen sind Annie und Ernest Millburgh für Candice, sowie Eddie Costein und Willy Murdoch für Mike. Bei seinen vielen und guten Freunden war die Auswahl schwierig gewesen. Er hat lange überlegt, wen er bittet, Trauzeuge zu sein, am Ende ist die Wahl auf die beiden gefallen. Sie sind seine ältesten und treuesten Freunde in New York. Mehr als einmal war er auf ihre Hilfe angewiesen und sie haben nie auch nur einen Wimpernschlag lang gezögert.
Von seinen Tanten aus Wyoming ist eine Glückwunschkarte gekommen, sie entschuldigen sich für ihr Fernbleiben, der weite Weg ist ihnen inzwischen zu mühsam geworden. Sie würden sich jedoch freuen, wenn Mike und seine Frau sie besuchen würden.
Das junge Paar wird von einer Frau in mittleren Jahren in das Trauzimmer geführt. Sie stehen nun vor einem Pult, die Trauzeugen werden aufgerufen.
Mike sieht sich um. Hinter ihnen sind etwa zwanzig Bänke, auf jeder Seite stehen zehn hintereinander. Sie sind gefüllt mit Gästen, einige winken ihm zu. Er hat keine Muße, darauf zu antworten und dreht sich wieder nach vorne, um von der Trauungszeremonie nichts zu verpassen. Auf beiden Seiten des Pultes stehen große Vasen mit Blumen, betörend verbreitet sich ihr Duft im Raum.
Gordon Batcher löst sich aus der Menge der Gäste und kommt nach vorne. Er stellt sich hinter ein kleines Pult an der Seite und faltet einen Zettel auseinander.

„Liebes Brautpaar, liebe Gäste. Ich bin von der Schwester der Braut gebeten worden, etwas über Mike zu berichten. Ich weiß nicht, ob ich ihn am besten kenne, auf jeden Fall wohl am längsten." Dann beginnt er die sorgfältig recherchierte Geschichte von Mike zu erzählen. Es beginnt mit ein paar Anekdoten aus seiner Militärzeit in London und endet mit dem Anschlag auf Candice. „Aber der Schrecken ist vorbei, nun ist unsere Candice wieder gesund und glücklich neben ihrem Liebsten."
Candice hat vor Freude Tränen in den Augen. Mike bemerkt es und lächelt, er ist ebenfalls kurz davor, vor Rührung ein paar Tränen zu verlieren.
Annie trennt sich aus der Gruppe der Trauzeugen und kommt nun nach vorne hinter das Pult. Sie hat sich gut vorbereitet und erzählt in knappen Worten den Werdegang von Candice. Ihre Geschichte beginnt mit dem Jurastudium von Candice, der damals größten Veränderung nach ihrer wohlbehüteten Kindheit. „Vor etwas mehr als einem Jahr habe ich noch gedacht, unsere Candice würde den Weg durch ihr Leben nicht finden. Ihre Karriere in der Firma unseres Vaters hatte sie abgebrochen und sie gefiel sich darin, auf zahllosen Partys den Männern die Köpfe zu verdrehen", an dieser Stelle lachen einige Gäste leise „Doch das änderte sich schlagartig, als sie Michael Callaghan begegnete. Einem Mann, der die Gefahr genauso wie schöne Frauen, anzuziehen schien. Aber was soll ich sagen? Meine erste Skepsis wandelte sich in Bewunderung für den Mann, der aus meiner kleinen Schwester eine selbstbewusste, junge Frau werden ließ."

Die eigentliche Zeremonie ist nach einer kurzen Rede des Marriage Officiant, des Standesbeamten, in wenigen Minuten vollzogen. Candice reicht Mike ihre Hand, damit sie die Ringe wechseln können. Er sieht ihr in die Augen, in denen schon wieder Tränen glitzern, er spürt, wie ihre Hand

zittert. Doch dann ist auch diese Hürde genommen. Es endet mit dem Spruch, an Mike gewandt:
„Sie dürfen die Braut jetzt küssen."
Der Bräutigam sieht seiner Braut in die blauen Augen. Candice wischt sich mit dem Handrücken Tränen aus dem Gesicht und spitzt ihre Lippen. Zart küsst er sie. Plötzlich brandet Beifall auf, die Gäste auf den Bänken haben sich erhoben und strömen auf das Brautpaar zu. Von jeder Seite kommt eine Hand, die geschüttelt werden möchte. Es wird immer lauter in dem Raum, den eben noch eine ehrfürchtige Stille erfüllte. Alle reden durcheinander, jeder möchte noch ein paar Worte an die Braut oder den Bräutigam richten.
Alle ihre Freunde sind gekommen, um der Zeremonie beizuwohnen. Jesaja hat seine Frau dabei, Janet ist unter ihnen, Joseph Ripley, einige Freundinnen von Candy.
Langsam löst sich das Getümmel auf und sie strömen auf den Bürgersteig. Draußen stehen einige Fotografen, Blitzlichter flammen auf. Ein Fotograf kommt zu ihnen und drückt ihnen die Hand. Es ist Andrew Jenkins von der New York Post, ein guter Bekannter von ihnen beiden.
„Es freut mich für euch, ihr seid das attraktivste Brautpaar, das ich je fotografieren durfte! Ich werde nur ein kleines Bild herausbringen, ich kenne Candices Abneigung gegen Fotos von ihr", er lacht kurz auf, „ich muss jetzt rasch zur Redaktion. Wir sehen uns am Sonntag auf der Feier."

Nach der Trauung fahren sie in dem geschmückten Cadillac der Millburghs zum Landsitz auf Long Island. Ernest kutschiert den schwarzen Wagen. Annie sitzt neben ihm und blickt sich um, auf der Rückbank sitzt das Brautpaar und hält sich an der Hand. Für einen Moment muss Annie an ihre eigene Trauung denken und an alles, was seitdem passiert ist. Zum Beispiel Ernests Affäre....sie sieht ihren Ehemann am Steuer an und nimmt sich vor,

ihn später zu fragen, ob er auch an ihre Heirat denken musste.
Doch es gibt noch viel zu tun. Viele Bekannte und Freunde sind gekommen, um beim Schmücken des Hauses zu helfen. Ein Gärtner steht vor dem Haus und misst die Tür aus, es soll eine Blumengirlande daran befestigt werden.
Mike sieht zum Himmel hinauf. Heute sieht es leider grau in grau aus, auf der Herfahrt gab es leichten Nieselregen.
„Unser Nachbar sagt, dass es am Sonntag schön wird, er muss es wissen, er hat ein Geschäft für Regenschirme am Broadway", Annie strahlt das junge Paar an.
Viele Zimmer des Anwesens sind vom Personal als Gästezimmer hergerichtet worden. Die Köchin und die Dienstbotin werden kurzfristig durch eine Heerschar von Helfern unterstützt.

Der Nachbar mit dem Regenschirmladen hatte recht: Am Sonntag ist das Wetter unglaublich schön, ein warmer Sommertag mit stahlblauem Himmel erstreckt sich über Long Island. Der Sund zum Festland liegt still wie ein See, die Küste des Staates New York ist nicht zu erkennen, sie verschwindet im Dunst über dem Wasser.
In dem großen Garten ist ein Podest aufgebaut worden. Die Kapelle ist gerade eingetroffen und die Musikanten stimmen ihre Instrumente. Nach der kirchlichen Trauung soll getanzt werden. Im Haus und im Garten sammeln sich immer mehr Menschen. Annie sprach von insgesamt etwa einhundert Gästen, so viele scheinen es jetzt schon zu sein.
Im Getümmel der vielen Menschen erkennt Mike Gordon, der mit seiner Freundin gekommen ist. Mike drängt sich durch die vielen Gäste. „Es freut mich sehr, Sie endlich kennenzulernen, Miss Jefferson."
Die etwas pummelige Frau strahlt ihn aus ihren dunklen Augen an. „Wir freuen uns, dass wir an ihrer Hochzeit teilnehmen dürfen. Sagen Sie doch einfach Myrna zu mir."
„Danke für das Angebot!"

Doch Mike muss sich jetzt den anderen Gästen zuwenden. Mit der Zusicherung, dass sie sich später noch treffen werden, verlässt er die beiden.

Candice ist im Haus, zwei Gehilfinnen des Schneiders helfen ihr beim Anlegen des Brautkleides. Mike darf sie natürlich noch nicht sehen. Er ist schon lange fertig, er hat einen nagelneuen Anzug erhalten, ganz in schwarz, mit einer silbernen Fliege über dem weißen Hemd. Gegen seinen Protest war Maß genommen worden, nun steht er adrett gekleidet im Garten und unterhält sich mit seinem Schwager.
„Wir können von Glück reden, dass Candice nicht ums Leben gekommen ist."
„Erinnere mich bloß nicht daran, Ernest. Mir wird jetzt noch schlecht, wenn ich daran denke."
Sein Schwager klopft Mike beruhigend auf die Schulter. „Sorry, ich wollte dich nicht erschrecken, fiel mir nur gerade ein." Er grinst etwas verlegen.
Annie kommt zu ihnen und wendet sich an Ernest. „Du musst mir helfen, weil gleich der Priester kommt, er wird jeden Moment vorfahren."
Dann dreht sie sich zu Mike. „Pass bloß auf, dass dein Anzug nicht schmutzig wird", dann lacht sie über Mikes dummes Gesicht, sie weiß, wie sehr er diese Zeremonien und die steifen Anzüge hasst.

Dann ist es soweit. Eine kirchliche Trauung bildet den Abschluss der Heirat und den Beginn der großen Feier.
Priester Caldwell ist ein alter Herr mit schlohweißem Haar. Unter seinem dunklen Anzug trägt er einen weißen Kragen. Er hatte auch Ernest und Annie getraut und spontan zugesagt, auch die Heirat der kleinen Schwester mit dem kirchlichen Segen zu versehen.
Candice kommt aus dem Haus geschritten. Zwei kleine Mädchen aus der Nachbarschaft tragen die Schleppe aus

weißem Taft. Sie sind mit der langen Schleppe etwas überfordert, nur das Versprechen der Mutter, dass sie hinterher etwas Süßes bekommen werden, lässt sie tapfer durchhalten. Candice sieht atemberaubend aus. Ein kleiner Ausschnitt lässt ein Stück vom hübschen Busen erkennen, das weiße Kleid ist so lang, dass es den Boden berührt. Ihre blonden Haare sind zu einem Kranz geflochten, der wie eine goldene Krone auf ihrem Kopf befestigt ist. Mike sieht Candy auf sich zukommen, ihre Augen treffen sich und sie fühlen sich zueinander hingezogen.
Mike und Candy stellen sich gemeinsam mit Priester Caldwell auf einen niedrigen Podest. Die Gäste stehen auf dem Rasen und sind mucksmäuschenstill.
Mike steht neben Candice und sieht auf den Sund hinaus, der in der morgendlichen Sonne glitzert. Der Dunst hat sich in den Sonnenstrahlen aufgelöst und lässt einen schmalen Streifen Grün der gegenüberliegenden Küste erkennen.
Mike denkt kurz an die Zeit vor einem Jahr zurück. Er hatte sich mutig selbstständig gemacht und saß damals in dem kahlen Büro in der 17. Straße, hungrig und ohne Auftrag. Und nun? Heute ist er sicherlich der glücklichste Mensch, den man sich vorstellen kann. Alle seine Freunde und die Freunde und Freundinnen seiner Frau sind heute hier und dürfen an ihrem Glück teilhaben.

Die letzten Worte vom Segen des alten Priesters sind verflogen, da beginnen die Gäste auf dem Rasen zu klatschen, erst einige wenige, dann wird der Beifall laut und enthusiastisch. Stimmengewirr entsteht, die Kapelle am Rande der Terrasse spielt einen Tusch, das Brautpaar soll jetzt den Tanz eröffnen. Mike ist nicht sonderlich darin geübt, es ist lange her, dass er getanzt hat, zuletzt war es vor dem Krieg gewesen. Doch Candy hilft ihm, sie ist eine geübte Tänzerin. Die Ausbildung in einer renommierten Tanzschule war

ein Teil ihres Eintrittes in die Welt der Erwachsenen, pedantisch von den Eltern geplant.
Candice und Mike absolvieren ein paar Runden, dann wird das Tanzen für alle eröffnet. Schnell füllt sich die hölzerne Plattform mit den Paaren. Die Herren alle in schwarzen oder grauen Anzügen, die Damen in hübschen Kostümen oder in langen Roben.
Auch Janet und Willy sind auf der Tanzfläche, strahlend hält Willy seine Freundin im Arm. Ganz kurz kann Mike seinen Freund Eddie sehen, der mit seiner Frau eine Runde dreht.

Es ist kurz nach Mitternacht. Die meisten der Gäste sind auf dem Weg nach Hause, alle anderen sind dabei, ihr Bett in einem der Zimmer aufzusuchen oder sie schlafen bereits.
Mike steht neben Candice an dem steinigen Strand und sie lauschen dem leisen Rauschen der Wellen. Ein schmaler Mond wirft einen geheimnisvollen Schein auf das Wasser. Sie sprechen nicht, sie halten sich an der Hand und sind dankbar. Candy lehnt sich an Mike und sieht zu ihm hoch. Er legt den Arm um sie und sagt: „Du bist mein großes Glück, weißt du das?" Candy nickt.

Nachwort

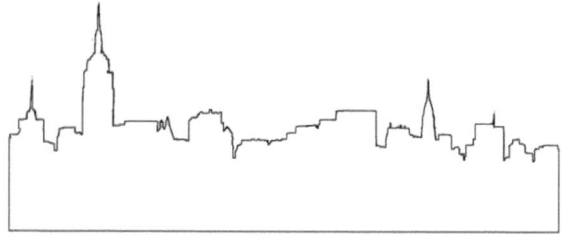

Bisher ist vom gleichen Autor erschienen:

- Töchter des Stahls – Amerika on 1922 – 1947

    Ein historischer Roman

    Der Werdegang eines jungen Mannes wird beschrieben, sowie die Entwicklung eines schönen und reichen Mädchens. Die schwierigen Zeiten mit ihren Verbrechern und der Not der damaligen Zeit wird mit ihnen lebendig.

    Dieser Roman beschreibt die Vorgeschichte der Detektivromane, wie alles begann…

- Der Tod im Paradies

    Ein scheinbar einfacher Fall entwickelt sich zu einem ausgewachsenen Verbrechen.
    Privatdetektiv Mike Callaghan lernt bei seinem ersten großen Fall Freunde, Verbrecher und ein hübsches Mädchen kennen.

- Schwarze Weihnachten in Manhattan

    Ein Weihnachtsmann stellt sich als sehr gefährlich heraus, unser Held muss Weihnachten und den Jahreswechsel 1947/48 im Gefängnis verbringen. Nur seine schöne Partnerin und seine Freunde können ihn jetzt noch vor der Todeszelle bewahren.

- Mit dem Fahrstuhl kam der Tod
Dieser Roman liegt Ihnen hier vor

Interessieren Sie sich für die Abenteuer von Mike Callaghans Großvater, dem Gunfighter?
Dann könnten die folgenden vier Bücher für Sie interessant sein:

1. Vom Herumtreiber zum Gunfighter
2. Der Reiter aus Laramie
3. Das Tal der Siedler
4. Die Minenstadt

Sie beschreiben den Weg eines Jungen zum gefürchteten Revolvermann. Er kehrt seinem bisherigen Leben als Kämpfer den Rücken und entwickelt sich zum Wohltäter eines Tales.

Es gibt einen ersten Krimi unter meinem realen Namen, Peter Eckmann. Er heißt:

- Der Kreidestrich

Eine junge Prostituierte flüchtet von St. Pauli zurück in ihre Heimat an der Oste. Schergen ihres Zuhälters sind hinter ihr her und trachten nach ihrem Leben. Sie versteckt sich bei einer Verwandten und findet Arbeit bei der Portland Cement. Doch so leicht lassen sich ihre Verfolger nicht abschütteln: Ein Toter ruft die Polizei auf den Plan, und die junge Frau fürchtet, dass ihre Vergangenheit ans Licht kommen könnte…

Ein Krimi in der beschaulichen Umgebung des Niederelbe-Dreiecks, in dem flaches Land und Todesangst aufeinandertreffen.

Der Roman spielt 1963-1965

Und wieder gibt es einen neuen Roman, er heißt

- Fähre ins Jenseits

Auf der Schwebefähre in Osten wird der ehemalige Kommandant eines Konzentrationslagers von einem früheren Häftling wiedererkannt. Um der Bestrafung zu entgehen, beginnt eine Spirale des Todes.

Die Schwebefähre stellt ein wichtiges Bindeglied über die Oste zum Schlupfwinkel des Verbrechers dar.

Der Roman spielt 1965 im Osteland zwischen Osten und Otterndorf.

Beachten Sie auch bitte meine Internet-Seite:

www.allan-greyfox.de

Dort finden Sie Hintergrund-Informationen zu meinen Büchern.